谨以此书

献给　渐行远去的激情岁月

致敬　永不凋零的热血青春

参军吧，兄弟

高满航/著

海燕出版社

·郑州·

图书在版编目（CIP）数据

参军吧，兄弟 / 高满航著. — 郑州：海燕出版社，2024.3
ISBN 978-7-5350-9306-6

Ⅰ.①参…　Ⅱ.①高…　Ⅲ.①长篇小说–中国–当代
Ⅳ.①I247.5

中国国家版本馆CIP数据核字（2023）第173602号

参军吧，兄弟
CANJUN BA, XIONGDI

出 版 人：李　勇　　　　美术编辑：郭佳睿
策划编辑：李喜婷　　　　责任校对：吴　萌
责任编辑：彭宏宇　　　　责任印制：邢宏洲
　　　　　黄秀琴　　　　封 面 图：陈宇征

出版发行：海燕出版社
　　　　　地址：河南自贸试验区郑州片区（郑东）祥盛街 27 号
　　　　　网址：www.haiyan.com　　邮编：450016
　　　　　发行部：0371-65734522　　总编室：0371-63932972
经　销：全国新华书店
印　刷：郑州市毛庄印刷有限公司
开　本：710 毫米×1000 毫米　1/16
印　张：20
字　数：300 千字
版　次：2024 年 3 月第 1 版
印　次：2024 年 3 月第 1 次印刷
定　价：38.00 元

如发现印装质量问题，影响阅读，请与我社发行部联系调换。

天生我材必有用（自序）

　　我的创作都是从过往经历的小花园里"挖呀挖呀挖"。

　　这部小说亦取材于熟悉的人和事。

　　依然记得 22 年前那个炽热的 7 月。高考刚结束，我就迫不及待地和几个同学前往省城咨询报考军校事宜。见到的那些鲜红标语和鼎沸人群，统统成为见证我成长的标志性画面，长久地定格于脑海。那天咨询的人实在太多，我们根本就挤不到跟前，只能没头没脑且尽力而为地拿能拿到的资料，记能记住的各个军校名称，生怕疏漏掉决定自己命运的任何机会。

　　那是我军旅的起点，也是我为高原和他的同学们设置的人生转折。

　　在小说里，我把那场军校的咨询会搬到了六中，这样一来，高原、赵立志、胡迈们就有了主场优势，也才都有机会近距离接触代表不同军兵种的学长，让他们从戎报国的梦想更有理由成为现实。当年的会场上，悬挂的标语有很多，其中我记忆最为深刻的便是"参军吧，兄弟"。

　　22 年前的 8 月底，我如愿考进军校，与高原和赵立志一样，成为准军官。第一次开大会，学员队队长就用浓重的江苏口音宣布了两件事：其一，我们队最牛的一个同学竟是其所在省的高考第三名，这是足以报考全国任何一所名校的成绩，他却来与我们做同学，于是，大家用异口同声的惊呼表达着最大诚意的荣幸；其二，队长号召我们向优秀的同学看齐，尤其强调，无论如何都不要给队里"磨合"。同学们你看我，我看你，不知队长所云。那时候，大家已经知道军人必须令行禁止，不让干的坚决不干，但那一刻，弄不清队长说的"磨合"是个啥。不知，自然难贯彻落实。散会后，还是江苏籍的同学翻译，说"磨合"就是"抹黑"，我们这才恍然大悟，并且异口同声地坚决表态："绝不给队里'磨合'。"那个高考全省第三的同学不但没给队里"磨合"，而且坚决"将优秀进行到底"。他在我们入校第一年就参加英语四级考试，并获得了将近满分的优异成绩，学校为鼓励先进，直接给他立了三等功。他一战封神，加上同学们口口相传，很快成为传奇。

我一直试图将这位优秀同学写进我的作品，就像武侠小说里的武林霸主，言情小说里的绝世美女，我也太需要这样一个角色给我平淡无奇的创作撑场子、争面子，于是这次，我就以"高原"之名请他入书。"高原"的优秀是"不讲理"的，思想品德好，学习好，身体好，妥妥的三好学生。与此同时，他并没有把自己的天赋用于追求一己之利，而是以赤子情怀擎起家国梦想，践行报国之志。就和我那位令人仰望的同学一样，成为同辈楷模。

不可否认，这个世界上除了熠熠生辉的人，也还有黯淡无光者。

我军校刚毕业那年冬天，受命到新兵连当排长。我这个排长的最主要任务，就是带着三个军事素质过硬的班长，组织排里的三十多个新兵苦练加巧练，确保最终都能顺利通过新训结束时的军事考核。三个班长都是各个单位选派的佼佼者，他们一看新兵的考核标准，扑哧笑了，不约而同地拍胸脯给我打包票说："小意思，天天睡觉都能全员优秀。"结果呢，偏偏有个胖胖的新兵打了几个老兵志得意满的脸。排里也有其他胖子，但都是那种壮硕的胖，强化练一练就突飞猛进。唯有这个新兵是虚胖，长跑、拉单杠、扔手榴弹都成绩垫底，就连叠被子和站军姿也从来是落后典型。胖乎乎，肉嘟嘟，从来不紧不慢，看着都让人着急。每回训练，这个新兵都把他的班长气得直跺脚。连长到我们排来，见这新兵也一句话不说，光是唉声叹气加摇头——他甚至连鼓励我们不要放弃新兵的话都不说。我明白，从来把"掉皮掉肉不掉队"挂在嘴边的连长，肯定觉得这个新兵训练不出来。他后来干脆直说，这样的新兵百分之百通不过军事考核，也将百分之百被退回。

新兵清楚自己的情况，也意识到了自己的危机，几次找我道歉。他其实没做错什么，只是单纯为自己的成绩拖了排里后腿内疚，并红了脸承诺："一定好好练。"他是连长、班长都没办法的人，我也闹不清，他能对自己有啥办法。我只能尽力安抚鼓励，让他不至于陷入绝望。事实验证了那句老话：努力出奇迹。新兵发了狠训练，终于踩着及格线过关，如愿留在了部队。我把这个令我难忘的新兵也写进了我的小说，取名胡迈，让他经历一段放荡不羁的青春后，入伍到军营与我相遇。胡迈和那个虚胖的新兵一样，曾经是什么样并不重要，重要的是超越自我走上了一条新的道路。就像我在部队遇到的那些出类拔萃的老兵一样，入伍十多年，他们有的成为修理大拿，有的成为王牌驾驶员，也有的是在演兵场上取得骄人战绩的功臣。他们用不懈努力，为自己赢来一席之地，也赢得尊重和认可。

我早已经没有了那个新兵的消息，却仍希望他在部队的路走得更远一点，以偿当初发了狠劲的努力，一如胡迈在边关哨所实现了自身的价值。认识刘老兵时，我已经是少校军官。那年春天，我作为军级机关的新闻干事，奉组织之命，前往深山军营采访刘老兵。在此之前，刘老兵接连获得了二等功、全军士官优秀人才奖一等奖、火箭军"十大砺剑尖兵"等一系列荣誉，如此光彩夺目的士兵在我们单位实属少见。

我未见其人时，就存着疑惑，也颇感惊讶：这非凡的刘老兵到底是什么材料制成的？等见到了，采访了，才真正了解，刘老兵和我见到的其他官兵一样，同是凡体肉身，不同的是，他在每个岗位都竭力奋进，把工作干到极致。刘老兵是山东人，读书的时候成绩也极为优秀，却因诸多原因，不得已中途辍学，18岁那年参军入伍。他一开始在警卫营，警卫营的主要任务是处突和执勤，拼的是体力和耐力。第一年，刘老兵在警卫兵最看重的长跑、短跑、单杠等项目上打遍全连无敌手。第二年，又破了全营的多项纪录。之后，他理所当然成为代表警卫营的金牌选手，多次参加全旅、基地、火箭军乃至全军的各种比武和竞赛，屡创佳绩。

官兵们服气刘老兵，不只是因为刘老兵优秀，更因为都看到了他优秀背后的艰苦付出。训练的时候，别人跑五千米，他就跑十千米；别人徒手训练，他却悄悄给自己腿上绑沙袋；别人正课时间练，晚上休息，他则在夜深人静之时仍悄悄加练。别人说他傻，他只嘿嘿笑，该怎么练还怎么练。刘老兵心里，有一个清晰的目标，欲要抵达，就只能拼尽所能奋力向前。

当兵差不多十年后，刘老兵面临人生的新抉择。

那时候，警卫兵顶多干到上士，想要继续留队服役，就得转岗位。刘老兵离开警卫营，到了技术营。按理说，警卫营再怎么出类拔萃的优秀士兵到了技术营也是门外汉，不懂业务，顶多给人当个帮手打打杂。刘老兵偏就不信邪，坚信别人能干他就能干，而且憋着劲儿要比别人干得好。没人觉得他这个四肢发达的警卫兵能在技术营折腾出什么名堂。大家都认为，他之所以没和同批的警卫兵一起退伍而是被转岗，皆因他曾摘金夺银给单位做过贡献，单位多留他几年算是照顾。可刘老兵自己从来不是这么看的。

初来乍到，他就闷着头啃完了技术营几乎所有的工作日志和技术文献，接下来，他又拜最优秀的技术兵为师，向人家请教一招一式。再之后，就是不断地重复和揣摩。不出一年，他不但完全胜任了本职工作，而且创造性地摸索出了一套全新的技术工作操作流程。营里为了表彰他的功绩，不但把那套工作流程以他的名字命名，而且很快就在全营推广应用。理所当然，刘老兵又一次站在了聚光灯下，从警卫尖兵完美转身为技术尖兵。

那次采访结束后，刘老兵和他的故事就久久地印刻在我的脑海中。

决定创作这部小说的时候，刘老兵的面庞一瞬间浮现在我眼前。我几乎本能地，第一时间在互联网搜索引擎里输入刘老兵的名字，果不其然，几年没有音信的刘老兵得了奖，立了功，又有了更大成就。看着照片上他那布满皱纹的笑脸，我打定主意，必须把他请进我的小说。

没错，"刘老兵"就是永远憋着一股子不服输劲头的赵立志。

赵立志的人生起点很低，生于农村、经济窘迫，而且不得不面对与父亲、与弟弟若隐若现的各种矛盾，但他从来不服输、不认命，心里始终燃烧着一团希望之火，并为此竭尽所能。就像现实中的刘老兵一样，他知道自己的目标是什么，并朝着那个方向全力冲刺，得以挣脱束缚且成就自我。

葛青松几乎是我军旅引路人的翻版，他们一样自律、一样优秀、一样吸引和激励着后来者，也一样是我心中迸发着璀璨光芒的巨大谜团。田雨格是我认识的多个女战友的集合体，她们巾帼不让须眉，让我见识了"当代花木兰"，也让我信服了"谁说女子不如男"。她们总是取得超乎预料的骄人成绩，让男子汉都汗颜。再回到六中，魏颖川老师的形象来自我就读高中时的班主任，他是我人生成长重要阶段中一个极为关键的引路人。我把对他的所有记忆都写进了小说里，包括他的严厉、他的负责、他的包容、他的温情。他是我莽撞青春的守护人，也是我人生成长道路上的解惑者。

如上所述，这部小说里的每个人物都来自我难以忘怀的过往生活。

我请他们做客我的小说，探索他们之所以成为他们的必然性。

"高原"们不是生来优秀，而是因为有了选择，有了努力，有了日复一日的坚持，才一步步成长起来。高原和秋帆、胡迈以及刘正、赵立志、姚自远，他们几乎都有着相同的起点、相同的履历，也似乎将步入相同的轨道，但因为军旅灯塔的引领，他们终是在人生的关键处分道扬镳，走上了不同道路。

肇始于此，他们也有了不一样的故事，不一样的人生。

我对过往生命里人和事的认识，也是我对这个世界的认识，同样，我所有的文学表达也都源自于此。其中更多的是我熟知的那些在军旅征途上无悔跋涉的战友，他们来自五湖四海，皆因梦想而集结在八一军旗下。

大道从来不孤，跋涉者终将在追寻梦想的壮阔征途上与更多志同道合者相逢。"高原"们与祖辈相逢、与父辈相逢、与葛青松相逢，以及彼此天各一方后的再重逢，是友情的凝聚，更是人生道路的合辙并轨。他们青春的梦想在人生的花园里绽放五颜六色的精彩后，成长为守护国防的沉甸甸果实。

大道也从来不拒绝跋涉者。不论天资聪慧的高原、斗志昂扬的赵立志，还是迷途知返的胡迈，他们即便出身、才智、学识等方面各不相同，但都秉持军人初心相聚军旅。是一个兵，就守好边防；是技术人员，就精研尖端武器；是军事主官，就身先士卒、带强队伍……天生我材必有用，年轻的他们，在各自的岗位上忠诚坚守，都已然是国防和军队建设的坚强力量。

此刻，我再次深情呼唤："参军吧，兄弟！"

军营是广阔舞台，在这里，每个人都能绽放独属自己的绝伦精彩。

满航 2023 年 6 月 27 日于北京

001

2022 年 9 月。

距豫州市第六中学 2001 级新生在教导团的军训已过去了二十一年。

时过境迁，物是人非。

当年的高一新生高原，如今已是火箭军某导弹旅的参谋长。

这一天，高原正在大山深处的训练场组织新型号导弹性能测试，震颤状态下的测试刚结束，他眼见技术员核准登记完数据，却不放心，又检查了一遍，确定数值无误后刚合上资料夹，值班的战士就在身后打报告。

战士敬了个标准的军礼："报告首长，值班室有您电话。"

高原问："谁打来的？"

战士回答："报告首长，是一个女同志。"顿了一下，又接着说，"她还说是您的老相识。"高原疑惑，战士又继续补充："这名女同志还说，她是配合咱们这次测试任务的厂家工程师。"

高原颇觉意外，虽暂时不能确定来者何人，但他那闪着亮光的眼睛里似乎暗藏着欣喜，他紧盯着战士急切地问："这名女工程师现在何处？"

"在一号哨所被哨兵挡在禁区外，让派人带证件登记接人，"战士请示高原，"首长，我们已经准备好车，是否现在就去接？"

高原迅速脱掉白色工作服，对着仪容镜理好军装说："我亲自去。"

车子走了半个多小时的盘山公路，在一号哨所门前刚停下，高原就迫不及待地跳了下去。

高原从进门就一个劲儿地摇着头说:"没想到,没想到,真是没想到。"他的笑容同时溢满了脸庞,既激动又兴奋,夹杂其间更多的,还是不敢相信。

高原不敢相信的是,站在他对面这个以厂家工程师之名来到导弹旅的女同志,果真就是多年未见的老同学和老朋友田雨格。战士报告的时候,高原脑中就有过这样的猜测,很快就被他坚决地否定了,万万没有想到,竟真的是她。

高原从来不否认生命中的万千偶然,但当他此时此刻真正地置身其中时,仍觉得这样的巧合简直令人难以置信。是呀,十几年未见的故人竟在这儿见着了!这会儿,田雨格真真切切地站在面前,又由不得他不信。

田雨格望着高原,明知故问:"你没想到什么?"

高原大笑:"没想到能见到你,而且是在这里见到你。"

田雨格故意说:"我还担心你不认识我了呢,听见别人都叫你'首长',想着贵人多忘事,你大概早已经把我这个朋友忘个一干二净。"

高原急忙解释:"你现在不光是我的老朋友,还是我们导弹旅全体官兵盼着的大专家,忘了谁都不能忘了你。走,大专家同志,我们进山。"

车子行走于狭长的山谷,他们也各自说起这么多年的经历。

田雨格告诉高原,她在北京读完硕士研究生后,前往加拿大读博,她的导师恰是高原曾有过一面之缘的吕思中教授。田雨格留学国外那会儿,吕教授已是智能机器人研究领域的世界级权威。田雨格毕业后,鉴于其杰出成绩和对智能机器人的浓厚兴趣,吕教授留她在自己研究所工作。

吕教授研究智能机器人起步早,突破了许多核心关键的瓶颈技术,其研究的深度和广度一直以来都遥遥领先于其他同行。但在那块外国人的土地上,仅仅因为吕教授是华裔,于是,和很多年前中国优秀科学家在欧美遇到的不公平遭际一样：他在申请智能机器人技术专利和转入实践应用时，被当局的职能部门屡屡刁难，一会儿突击检查，一会儿又强令他写各种繁杂琐碎的证明材料，终归是不让他顺顺利利干事。吕教授不胜其扰，精力几乎全被耗费在这种有理说不清的扯皮上，导致研究一度中断。后来，当地政府又专门出台法案，其中有一条规定几乎直指吕教授：要求必须有他们指定的欧美员工进入机器人研究的核心技术团队，并且每个阶段的研究成果必须经审核批准，吕教授的智能机器人研究才可继续进行。这样的情况在以前闻所未闻，却偏偏让吕教授遇上了。

吕教授极为气愤，对外宣布宁可中断研究也不会屈服。就在这时，田雨格动员吕教授回到中国。吕教授和他的机器人事业在中国如鱼得水，加之田雨格的辅助，短短几年，智能机器人就从理论研究转入实践层面的批量生产，大量运用于厂矿和规模化农业生产，获得了巨大市场。

"没想到呀，"高原感慨，"你竟把机器人玩到了世界一流水平。"

"这可不是玩。"田雨格像当年一样心直口快，纠正高原说，"我们这是研究，而且是前沿科学研究，算得上前无古人的科研拓荒，每一步都是从无到有。你看着吧，这才是开始，智能机器人的未来绝对不可限量。"

"实在了不起。"高原啧啧说，"我服你，一件事能干一辈子。"

田雨格望着车窗外高耸的大山，反倒夸起高原："你才是我的偶像，当年只记得你说要跟导弹打一辈子交道，我当时还想呢，这挺淳朴的一个帅气小伙，说话怎么张口就来。现在看，是我浅薄了，你还真是说到做到。"

高原听田雨格这么一说，忍不住爽朗大笑。

田雨格红了脸，转头问："你笑什么？我说的可都是真心话。"

高原点头，又摇头，颇为认真地对田雨格说："我可不是你的什么偶像，我才来山里多久！实话说吧，连平均数都不到。在这山里，时间长的有待了四十四年的老高工，也有十几岁就进山，一直干到退休的士兵。"

他问开车的司机："小刘，你在山里多长时间了？"

司机盯着前面的山路，回答："报告首长，十六年。"

高原问田雨格："你听见了吧？我才十四年，他比我还多两年呢。"

田雨格感叹："你们太了不起了，真是献了青春献终身。"

"你也了不起。"高原由衷地对田雨格竖起大拇指，"我守护国家重器，你也站在智能机器人研究的最前沿，我们用各自的方式践行着曾经的诺言。"

田雨格就此又是一番感慨后，转而问高原："魏老师给你打电话没？"

高原点头："我们昨天刚通过话，说了回学校的事。"

田雨格忙问："你这么忙，能回去吗？"

"我已经打了请假报告。"高原说，"这次任务结束我就回去。"

田雨格大喜，情不自禁地抓住了高原的手："太好了！我们一起回。"

002 胡迈是高原和田雨格豫州六中的同学。高原和田雨格在遥远的导弹旅相遇时，胡迈已经在祖国西北边陲的边防部队待了十六年零八个月。

这天早上，胡迈和平时一样，不等太阳跃上东边的地平线，就又带领着巡边分队出发了。他们在戈壁滩上走了一个多小时，也才刚抵达山脚。他们正要登山，裹着沙砾的狂风却像脱缰的野马一样横扫而来。胡迈身后的一个上等兵没能站稳，打了个趔趄，差点摔出去。

胡迈眼疾手快，一把抓住了他，又大声朝后面喊着："脚下站稳，注意安全！"他的话被狂风吹散了，连他自己都听得不真切。

胡迈身后刚站稳的上等兵听了个大概，旋即转过身去，也向紧跟其后的战友大喊着："注意站稳，风大不安全。"依次类推，每个人都把自己听到的口令大喊着传给紧跟在身后的战友，待传完十几遍，传到断后的副班长耳朵里时，已经变成了"跟紧队伍，不要掉队"。

风越来越大，枯草和沙砾上了天，石头也沿着山坡噼里啪啦滚动。

胡迈从背包里抽出绳子，先在自己的腰上缠了一圈绑死，然后传给身后的战友。他这一次不用大声向后面交代，战友们都知道该怎么办。他们每个人接过绳子后，都迅速穿过扎在腰间的武装带，然后再把绳头交到后面一个战友的手里，后面的战友如法操作，依次后传。很快，每个人都把自己系在绳子上，远看去，十几个人就像串起来的糖葫芦。绳子最后传递到副班长手里，他和胡迈一样，把绳尾在腰间绑死。

十几个人迎风朝着山上爬去，远看就像是一条不断摇摆着身体的大蛇。偶尔有战士被乱石绊倒，腰间的绳子就像一只有力的手，又把他拽起来。也偶尔，有战士被风的阻力"定"住，后面的战友就弯下腰去，推着他走。

上等兵取防尘面罩时，素描本掉到地上，转眼就被风吹跑了。

上等兵入伍前是美术学院的大三学生，他算是携画笔从戎，立志要用画笔描绘壮美边防。所以从他开始跟着队伍巡边那天起，素描本就从不离身，只要有时间，他就画上几笔。他画边界的山，边界的石，边界的小花小草，还有边界的人。但是，也从他巡边那日起，就被告知一条必须遵守的规矩——带去什么就必须带回什么——不能在边界遗留任何物品。

上等兵见素描本被风越吹越远，心中急切，慌乱中解开武装带，欲随风去追，却被一只手紧紧抓住。他以为手被挂住，努力挣脱，却挣脱不掉。

他一转头，见是班长胡迈。这时候，胡迈已经解开了腰间的绳子。

他把绳头交给上等兵，大喊着命令他："你站着别动，我去追。"

上等兵看到，胡迈沿着风的方向奔跑着去追素描本。

他跑，素描本也跑，他终于追上，却没等到伸手抓，素描本又飞到了空中，他又去追，却被一块石头绊倒，滚了几圈，才被另一块石头挡住。

这个时候，其他战友也都注视着他们的班长。胡迈似乎不知道疼痛，很快又站起来，再次朝素描本的方向飞奔追去。山风时急时缓，就在缓下来的一刹那，胡迈稳稳地把素描本抓在了手里。

胡迈仔细掸掉本子上的尘土，交还给上等兵后，又从上等兵手里接过绳头，再一次死死地绑住自己。两个多小时后，他们终于登上界山之顶。

胡迈命令战友们原地休息的同时，自己却连轴转安装和测试无人机。测试完毕后，他又和另两名战友放飞无人机，在国界一侧的山头上巡飞一圈，测定数据指标后，确定无特殊状况，才终于歇口气坐下来休息。

胡迈侧身看到，上等兵正在画他们所在的这座界山。

上等兵不愧是美术学院科班出身，寥寥几笔，就生动勾勒出了山的轮廓；又寥寥几笔，刺状植物、嶙峋山石，甚至无时不在的风都入了画。

上等兵画完后转头问胡迈："班长，咱们这座山的海拔是多少？"

胡迈倒问他："你的身高是多少？"

上等兵疑惑，抿了抿嘴回答："一米七八。"

胡迈脱口而出："那么——这座界山的海拔就是5962.68米。"

紧挨胡迈坐着的陈老兵听见了他俩的对话，皱眉沉默了片刻，还是忍不住纠正胡迈："班长，不对吧，这座山的海拔应该是5960.9米？"

胡迈站起身来，眺望着山下的千里戈壁，对陈老兵也是对上等兵说："没错，这座山的自然海拔是5960.9米，但既然我们来了，山高我为峰，这个自然海拔就要加上我们中国军人的高度，理应是 5962.68 米。"

陈老兵若有所思地点头。上等兵也恍然大悟，又俯下身子，在素描作品上庄严且认真地写上——山高我为峰，作于 5962.68 米高峰。

风止了没多大一会儿，又开始"呜呜"地吹起来。

胡迈和战友们喝几口军用水壶里的水，又吃了几块军用干粮。

"同志们，出发。"

战友们随着班长的口令，也以最快的速度收拾停当，整装待发。

胡迈和他的战友们顾不得一览祖国的大好河山，待收完设备、绑紧绳子后，又朝着另一座界山艰难地行进。他们就这样迎着山风，在座座界山间足足走了一整天。他们返回哨所时，明亮的星星已经挂满了寥廓的夜空。

哨长来找胡迈，告诉他上交的请假报告已经批复。

胡迈先是高兴，继而却又忧虑起来。他一件件给哨长叮嘱他走后的诸多工作，明明已经叮嘱完了，却又想起一件，就要再说，却被哨长打断。

哨长柔和而又严厉地督促他说："你明早就走，好不容易休个假跟老师和同学相聚，工作上的事就放心交给我们。你人休假，心也该歇歇了。"

胡迈承认哨长说得对，却忍不住，仍又叮嘱了几件事。

胡迈在哨所待得太久了，早把边防当成了家，不是说放下就能放下。

那一夜，胡迈辗转难眠。

第二天一大早，他送走巡边的战友后，才乘车向着反方向出山而行。

003

胡迈离开他的边关哨所时，赵立志正站在人民大会堂的领奖台上。

赵立志——这个豫州六中的毕业生，令所有认识他的人都以他为自豪。高原、田雨格、胡迈、秋帆，这些陪赵立志品尝过酸甜苦辣的同学，见证过赵立志留在往昔岁月里的艰难和努力，也赞叹他狂沙吹尽后的熠熠生辉。此刻，那个几乎妇孺皆知的中央电视台主持人从电视画面走到了领奖台上，离赵立志那么近，有那么一瞬，让赵立志生出了如在梦里的虚幻之感。

赵立志用左手狠掐右手，是真切的疼，才确定眼前所见都是真的。

主持人面带崇敬之情宣布："获得'强军兴军模范人物'称号的是——陆军部队最年轻的团长——赵立志！让我们向年轻有为的赵团长致以诚挚敬意和热烈祝贺。感谢赵团长恪尽职守的无私付出，欢迎赵团长。"

一身戎装的赵立志精神抖擞地走上了领奖台。

主持人迎了上去："感谢您为国防和军队建设作出的杰出贡献。"

赵立志铿锵回应："这是我的本分，也是每名共和国军人的职责。"

主持人向赵立志深深鞠躬。

赵立志回以干练庄严的军礼。

这时，台下响起热烈掌声，许多台不同位置的照相机、摄像机也在赵立志面前交替闪烁。台下许多人站起身来，他们注视赵立志的目光热烈真诚。还有越来越热烈的掌声，就像是擂起了催征的战鼓，经久不息。

肃然立于领奖台中央的赵立志有些恍惚。十多年的军旅生涯就像一道明亮的闪电，瞬间击穿时空，引领他再次回到镌刻着光荣与梦想的往昔。

军校毕业那年，赵立志以全优的成绩被评为学校唯一的优秀毕业生。就在战友们羡慕他能够凭借优异的毕业成绩留校时，他却说，好男儿志在边关，便坚决递交申请书去艰苦的边疆部队。

几年后，他代表中国军人到欧洲参加超极限军事比武，因手指骨折本可以申请退出，但作为中国唯一进入决赛的参赛选手，他轻伤不下火线，拿到了第一，在世界大赛上留下了中国军人的纪录和传奇。

次年，他奉命赴非洲参加联合国维和任务。在一次例行巡逻中，他们的车队被武装暴乱分子盯上，炮弹四处炸响，子弹如蝗虫般迎面飞来，车灯被打碎，轮胎被打爆。生死攸关之际，他本可以撤退，但为救出同行的异国维和战友，他又几进几出，只身在危险之境击退叛乱分子的围攻……

他出生入死，在同龄人的岁月静好里背负着中国军人的沉重担当。

赵立志是人不是神，他有非凡经历，也有与之相随的伤痛——三处骨折，四处枪伤、刀伤——那些是他留在军旅的过往，也是他至高的荣耀、青春的奖章，更是军人本色。他配得上所有褒奖与荣誉。

"谢谢。"

主持人的热泪蓄满了双眼。

"好样的！"

台下的掌声似礼炮，一阵接着一阵炸响。

赵立志久久敬礼，似一尊刀斧雕琢的石像。

赵立志从人民大会堂回到宾馆，打开手机，无数条信息跳出来。他回复完信息后，又回拨了几个未接来电，然后，便静坐在房间里等待。

他等弟弟赵有志的电话，但终究没等到，甚至连一条信息都没有。

赵有志在赵立志考取大学的第二年，也以豫州六中最高分考取北京的一所大学，一直读到博士毕业。之后，他又考入国家航天中心。

赵立志来京前给赵有志打过电话。兄弟俩好几年没见面了，赵立志希望这次到北京能见上一面。赵有志非常欣喜赵立志将来北京，说一定要见上一面，还许诺到时候要带赵立志去颐和园和圆明园，还要爬长城、吃烤鸭。可是,当他得知赵立志并不能在京久待，领完奖就得回去后，又生出纠结。

赵有志说近期有个任务，在赵立志离京之前不确定能忙完。赵有志在任务和兄长之间陷入两难，他必须参加任务，但又想和哥哥见面。赵有志不确定到时候到底有没有时间，不得已，他只能让赵立志等他电话。

赵立志犹豫间还是拨了赵有志的电话，对方却是关机。

赵立志挂掉手机时，被电视屏幕上正直播的画面吸引。

他看见，我国自主研发的新型卫星正待命发射。

倒计时结束后，卫星成功升空。赵立志在发射现场的人群里第一眼就发现了赵有志。他看见赵有志穿着带有编号的蓝色工作服，一边注视着发射大厅里大屏幕上的卫星缓缓飞向太空，一边接听着各个追踪要素报过来的卫星即时信息。每当对方报告完毕，赵有志都轻缓而坚定地回复："好的，北京收到。"电视画面上，身"披"五星红旗的卫星向着太空翱翔而去，赵有志的"北京收到"声，铿锵坚定而又沉着豪迈。

赵立志的泪水模糊了双眼。

在从北京到豫州的高铁上，赵立志接到了赵有志的电话。

赵有志急切地询问哥哥在何处，哥哥顾不上回答，而是兴奋地说看到了电视上的赵有志，还说赵有志的普通话说得真好，悦耳动听而又底气十足。

赵有志遗憾哥哥的不辞而别，又惭愧没能和哥哥见上一面。

赵立志最理解赵有志，说惭愧的人应该是他。是啊，他太忙了，忙到记不起过年过节，忙到根本腾不出时间休假。他已经五年不曾回家，这次也是借着来北京领奖的机会打了休假报告，顺道回趟魂牵梦绕的豫州六中。赵立志问赵有志能否同回，赵有志说隔日仍有任务，又问赵立志什么时候再来北京。赵立志说会来的，却没有说具体时间，只约定"下次"。

赵有志急切地问："下次是什么时候？"

"下次嘛，"赵立志笑着说，"当然是我再耳闻'北京收到'时。"

赵有志懂了哥哥的意思，强调说："咱们一言为定。"

"一言为定。"赵立志也爽朗地回应。

火车风驰电掣般驶出北京，一路向南，朝着豫州而去。

004

豫州——六中学子共同的故乡。

此地北临黄河，是中原大地上一颗光彩夺目的明珠。离开豫州之前，这里的山山水水是六中学子的全世界。离开豫州后，虽然他们出了市、出了省，甚至出了国，但这块生养他们的土地仍是他们心心念念的故乡。

六中——高原、赵立志、胡迈、秋帆、田雨格以及更多同学共同的母校。二十一年前，朝气蓬勃的他们在六中相遇、相识、相交、相知。与此同时，他们也开始编织青春岁月里斑斓的梦想，开启了多姿多彩的人生。

那时候，他们多么年轻呀。年轻的他们想当然认为，世界就是他们那时看到的世界，人生也必定是他们憧憬的人生。他们觉得心之所念，皆可以轻而易举地变为现实。就像是在白纸上作画，一笔是一笔，一色是一色。

那时候，高原十五岁，就像生长在夏日枝头上的柿子一样青涩。

高原心中虽然还没有明确的目标，没有设定自己将来要成为什么样的人，但已经意志坚定地有了排除项——绝对不会成为爸爸高旭东那样的人。

高原那时候视为仇敌的高旭东又是什么样的人呢？

这个咱们暂且不表，回头再叙。

接下来，咱们先说说和高原朝夕相处的秋帆。秋帆是高原的表弟，至于为什么秋帆不回自己家而整日和高原在一起，也不是一句两句话说得清的，而又是另一段要从头说起的故事。咱们化繁为简先说说秋帆本人。

秋帆绝对是个好学生，日日刻苦学习，次次成绩优异，但他所做的一切都是为实现埋藏心中多年的出国梦，除此外，似乎全世界的悲欢离合与喜怒哀乐都和他无关。

可是，十几岁男孩子的世界哪可能一成不变，那个年纪设想的人生又怎么会一条直线戳到底？时间从来都是一条蜿蜒向前的不确定曲线，人只要踏足其上，终将经历各自生命里的雨雪风霜，也因此而必定有转弯、有起伏，有疾行、有停顿。既然有不期而遇，也自然少不了突如其来的诸多意外。

比如，因为高中招生政策的调整，高原和秋帆不得不从"原以为"的一中到"实际上"的六中。他们因为到了六中，机缘巧合地结识了原本没有交集的同龄人——赵立志、胡迈和田雨格，以及赵立志的弟弟赵有志。又因为六中顺势而为，是豫州市的所有高中里第一个组织高一新生军训的学校，让这些青年人的生涩人生多了一道抛光打磨的工序——也是从那个时候开始，他们不知不觉地在心底埋下了家国情怀与军人梦想，也建立起牢不可破的青春友谊。

他们因经历挫折而在自己人生的字典里重新定义了成长、爱和勇气。

有关他们的一切，已经徐徐拉开了序幕。

005

青春的时针不断回拨——直到 2001 年 7 月。

高原在中考结束后的那个晚上失眠了。他倒不是因盘算暑假去哪里玩而兴奋难眠，也与已经悄然而至的青春期无关。他翻来覆去总在想着同一件事，那就是要不要和爸爸高旭东决裂。"他玩消失，我还懒得理他呢。"高原这样想着。

熬到天亮时，高原在思来想去中坚定了自己的想法。"就是，他能那样，我就可以这样！"他睡意全无，长长地出了口气，周身顿觉轻松舒畅。

这是一个周六的早上。

柳芸——高原的妈妈——刚过七点就去上班了。

高原和同龄的表弟秋帆被八点的闹铃准时叫醒。他们倒没赖床不起，只是好不容易遇上个没人管的假期，所以刷牙洗脸潦草得很，吃饭更是囫囵吞枣，饭后的杯盘碗碟当然也顾不上洗涮。兄弟俩一撂下碗筷，就心照不宣，各据一处忙自己的事。暑假嘛，就是舒舒服服给自己放个假。

高原"占据"了客厅的茶几做实验。他昨天的混合试剂自燃实验失败了，这会儿又调整试剂比例再次尝试。高原总把"失败乃成功之母"挂在嘴边，也总是说正在做着的这次肯定能成功。大多数的结果虽然都让他灰头土脸败下阵来，但他必胜的信心却从来没有一丝改变。或许就像他说的"失败乃成功之母"，"失败"这个"母"有了，收获"成功"之"子"也自然是顺理成章的事。但是，得等到什么时候，却是个难解的世纪之谜，连高原自己都不知道。即使这样，也影响不了他的热情，难能可贵的是他的希望从来不曾因失败而磨灭。

秋帆则把自己关在屋里刷试卷。他这种"以考代学"的方式几乎成了每次考试成绩都高居榜首的独门绝技。别人学完课本再做题，他却反其道而行，先做题，不会了，再返回去从课本里找答案。这会儿，秋帆做的并不是初三卷子。他不但捷足先登超前做题，而且一个大跨步把"足"伸到了高二的知识点上。他此刻正在做高二第一学期的物理试卷，边上的课本并没有打开，他只聚精会神地在卷子上写写算算，显然，他这会儿还没碰到"拦路虎"。借用胡迈最常挂在嘴边的一句感叹就是：学霸处处有，个个不相同。

偌大的屋子，里外都静悄悄的，顶多偶尔传来高原剂量弄错的咂舌声和秋帆翻试卷的沙沙声。他们二人互不干扰。

006

高原家的安静终是被外来的干扰打破。

先是传来一连串自行车的铃声。像是在对某种事先约定好的暗号。兄弟俩毫无反应，像是压根没听到似的。

聚集在楼下面的人显然等不及，扯着嗓子大喊起来：

"高原，高原，走喽！"

"秋帆，秋帆，快点！"

"高原，秋帆，我们先走了！"

…………

高原的实验虽然到了紧要关头，但他被这突如其来的呼叫提醒，猛然想起和同学的约定。他抬头看了一眼厨房门楣上的挂钟，已经快九点了。

他不得不暂时封存起化学试剂，大喊秋帆，匆忙换上校服。

秋帆更是极不情愿在这会儿中断正在做的物理试卷，皱着眉头问高原："是不是今天？到时间了吗？"他在得到高原肯定的答复后，才略有遗憾地搁了笔，随后，也急匆匆地换上校服。他明显是做试卷意犹未尽，将出房门时，又拉过试卷紧盯着一道题目专注地看起来。

"快点，再晚就跟不上了。"

高原一边趿拉着运动鞋往门外走，一边火急火燎催秋帆。

秋帆这才不得不暂时放下万千不舍的试卷。他紧追高原下楼，却被高原提醒没戴眼镜。他往脸上摸了一把，果真没戴，又回去取了一趟。

秋帆再到楼下时，高原已在十几米外催："快点呀，再晚他们都该散了。"

秋帆又摸了一遍周身，确定该带的都带了之后，才急匆匆去追高原。

十点不到，夏日里的大太阳已经火辣辣地高悬天空。

小区主干道的两边投出柳树清晰的阴影，也投下两个初中毕业生的身影。哥俩前后交错，踩着彼此的影子快步朝小区门外跑去。

中考之前，学校里组织照毕业合影，他们几个要好的同学借机约定，这周六上午再单照几张合影，以作毕业留念。高一再开学，他们就将按照中考成绩被分到豫州市不同的高中。

"我说了不去的，你硬让去。"秋帆挂念着他的试卷，又一次皱着眉头嘟囔。

"你不去哪行？"高原说，"大家肯定会因此批评我。"

秋帆不再抱怨，慢慢被疾步赶路的高原拉开距离。

高原一回头，急了，催促秋帆："咱们得快点，别让他们等急了。"

秋帆这才气喘吁吁紧赶几步。

高原还嫌慢，扭过身拉住秋帆胳膊，跑起来。

高原清楚得很，秋帆之所以不想去，并不是排斥和同学照合影，而是不情愿丢下他未做完的试卷。高原也知道，秋帆只有做完了试卷，并且对照答案找不出错误时，才会心甘情愿参与到与学习无关的事情。

这会儿，显然不是拉着秋帆出来的最佳时机。

高原也没办法，总不能让同学一直等到秋帆的"最佳时机"。

这时候，他只能一遍遍开导秋帆："革命先烈李大钊都说了，学就学个踏实，玩就玩个痛快。既然这会儿已经跟试卷拜拜了，咱就不要再想学习的事，响应革命号召，玩个痛快。"他边苦口婆心，边对秋帆连推带拉。

秋帆不作声。他这会儿又能怎样呢，人都已经出来了。

他紧追上高原，在人流里和闪烁的红绿灯抢时间。

哥俩穿过了十字路口的南北向绿灯，却被挡在了下个东西向路口。挡住他们的不是红灯，而是一队军车。他们看到，一眼望不到头的车队正穿过人民公园门前的马路，一辆接着一辆缓缓地由东往西开去。车队最前面是一辆顶部有警报的迷彩色越野车，紧随其后的是一长串架着炮台的墨绿色轻型装甲车，再其后，是十多辆蒙着帆布的卡车。卡车的帆布帘子卷了起来。

高原看见，每一辆卡车的车厢里都分两排坐着年轻的解放军士兵。

他们盘着腿，上身笔直。有的右手持枪，立于右腿一侧，绿色的枪带绕在腕上；有的不持枪，两只手整齐划一地摊平在腿上。每辆卡车车厢里的士兵都是同样的坐姿；每辆车上的士兵都纹丝不动，浑似石头做的雕塑。

高原恍惚觉得，他看到的是同一辆车在他面前重复经过。

他的注意力随车而去，仿佛又回到了爸爸高旭东那远在深山里的导弹旅。存储在他记忆深处的军号声、口号声、军歌声就像惊蛰过后的万物，都慢慢地苏醒过来。但很快，高原又回到了现实中。他意识到这人民公园的门前不是深山密林，这眼前的队伍也不是爸爸所在的二炮部队。

秋帆看着军车远去，冷不丁问高原："你暑假到底去不去？"

"不去！"高原收回随军车远去的目光，急匆匆融进了过马路的人群。

007

二人刚进公园，就远远看见中心湖对面那棵枝繁叶茂的雪松，还有聚在雪松下急切望着大门入口处的同学们。同学们也看见了他俩，早已经急不可耐地朝他们摇手呐喊。

"这边，在这边。"

"快点啦，就只等你们俩了。"

高原大声回应："来了，来了，看见了。"

秋帆也高高扬起手："这就过来。"

高原率先朝雪松下的同学跑去，但没跑几步，就猛然停了下来。秋帆也随高原停下，目光落在绿化带角落里那个男生的身上。男生穿着和他们同样的初中校服，这会儿却情况不妙。他可怜巴巴地倚在墙角，无助地望着迎面站着的那个凶巴巴的长头发男生。长头发男生步步紧逼，似要把他给挤到墙缝里去。长头发男生叫胡迈，是六中的高一学生，这是高原后来才知道的。胡迈和他的两个同伴在男生面前占尽优势。胡迈的一个同伴尤其仗势欺人：他迫不及待地拉开胡迈，自己冲到男生面前，不断拍打着男生的脸、扯着男生的耳朵，还说着威胁的话。胡迈似想阻止他，却又无动于衷。男生无力反抗，不断后退，却已经退无可退。胡迈的同伴仍不罢休，又开始拧男生的脸。男生疼得直咧嘴，却不敢进行反抗，只怯怯地看着他们。

"干吗呢？"高原跳过冬青围起来的绿化带，"以多欺少呀？"

秋帆也绕到不远处绿化带的缺口，穿过去，紧跟在高原身后。

胡迈和他的两个同伴吃了一惊。他们扭过头来，看到路见不平的竟是两个穿校服的初中生。胡迈嬉笑说："嘿嘿，我以为是拔刀相助的梁山好汉，原来是刚下了课的小朋友呀。"又说："看热闹可以，往边上站点，别吓着你们。"胡迈的两个同伴听懂了他的轻蔑，都得了便宜似的大笑。

胡迈转过头去逼问那个男生："你说，以后还敢不敢了？"

男生惊恐地看着胡迈，又望向高原和秋帆。

"我劝你松手。"高原倒也语气平和。

胡迈扭过头来："你确定自己要多管闲事？"

"我可不是多管闲事。"高原说，"我们是同学。"

秋帆也帮腔："对，我们是同学，你看，校服都一样。"

胡迈一愣，旋即冷笑，看看自己的两个同伴，又看向高原，最后把目光落在秋帆身上，问："既然是同学，那你说说，他叫什么名字？"旋即又威胁被他逼到墙角的男生："我警告你，你不许说话，开口就是通风报信。"

高原抢先答："他的名字不能说，我要说了，不就中了你的圈套？往后你趁着我们不在，再欺负他，我们那时就帮不了他。"

胡迈歪着脑袋问："你的意思是说我不知道他的名字？"

高原点头，反倒问他："你承认了？"

秋帆也添油加醋："你原本是想欺负谁来着，是不是认错人了？"

"他叫王一凡。"胡迈的一个同伴倒是忍不住，大声说出男生的名字后，又扬扬得意地扭头质问男生，"你给他们说，我们认错人没？"

男生看着胡迈一伙，又把目光转向高原，紧张地点了点头，觉出不对，又赶紧摇头。胡迈皱眉看着他的同伴，没说话，被戏弄的郁闷全都写在了脸上。胡迈的同伴这时候仍在得意："听见没，错没错？他最有发言权。"

高原也笑："我的这个同学的确叫王一凡，恭喜你答对了。"

胡迈的同伴才恍然大悟，指着高原气咻咻地喊："好呀，你戏弄我？"

胡迈摇头，对同伴说："人家耍弄你半天了，你才知道？"

他的同伴顿时火冒三丈，朝着高原和秋帆冲过来。

秋帆看架势不对，急欲拉高原离开。

高原却抢先一步迎了上去，和胡迈的同伴扭打在一起。

秋帆看拉不走高原，也不想让高原吃亏，就死死抱住胡迈同伴的双腿，令他动弹不得。这时候，胡迈和他的另一个同伴也加入战阵，一个抱住秋帆，另一个搂着高原。五个人你搂我，我抓你，在绿化带上扭打成一团。这时，等着照相的同学看这边有情况，也都冲了过来。

胡迈一伙见这边人多势众，匆忙爬起后冲出人群，跑出绿化带，却也并没有离开太远。胡迈在自认为安全的距离站定，不服气地朝着高原大喊："人多不算本事，你敢报上姓名吗？回头再找你算账。"

秋帆知道高原秉性，急忙在高原耳边提醒："千万不能说，免得招麻烦。"可他的提醒压根不管用，高原还是字正腔圆地报上了自己的名字。

胡迈在颓丧中强打精神，指着高原："好，我记住了，咱们走着瞧。"

他们虽然心有不甘，却也只能跑掉。

"你呀——真实诚，实在不该报上名字。"秋帆忧虑地叹气。

"怕啥？"高原倒是无所谓，淡然地说，"欺负人的又不是咱们。"

秋帆担心："我看那帮家伙也不是好惹的，他再找事怎么办？"

高原凛然地说："怕啥，兵来将挡，水来土掩！"

008

一个星期后，高原和秋帆拿到了在人民公园拍的照片。

二人细看才发现，他们因打完架未及时对镜梳理就拍照，高原脸上的泥巴还未擦干净，秋帆上衣的一粒扣子也被扯掉。高原要把秋帆的上衣找出来，看扣子补上没有，秋帆却没兴趣。他心思全在迟迟没到的录取通知书上。

往年这个时候，毕业班的学生早已拿到了高中的入学通知书。有性子急的，不等开学，早已先到即将入学的高中校园里参观过一番。

他俩左等右等，却仍是等不到一星半点消息。

"会不会有啥意外？"秋帆每天都要追着高原如此问上好几遍。

"不管啥意外,你的一中肯定是板上钉钉。"高原每天都这么答复他。

"万一呢?"秋帆忧心忡忡。

那时,秋帆似乎已预感到了将至的变化。

高原却说秋帆:"你最不该急,这每年都是按分数排名划学校,你的排名在整个豫州市都是独孤求败,你不进一中谁进一中?"

秋帆也同样说高原:"别光说我,搞得跟你去不了一中似的。"

这哥俩的对话颇有点"凡尔赛"的意味,但可真不是互相吹捧。

他俩都在重点初中的火箭班,轮番交替地考第一名。当然,更看重名次的秋帆夺第一的次数要更多些。高原嘛,倒像全不在乎排名。

"不想了。"高原说,"面包总会有的,通知书也一定会到的。"

话毕,他又把自己的一大堆实验器材堆到了客厅的茶几上。高原的混合试剂自燃实验仍旧没有成功。他刚替换了两种试剂,坚信一定能让这堆混合物燃起来。秋帆这段时间正主攻高二的生物试卷。

傍晚,下班回家的柳芸带回一个爆炸性消息:豫州市的高中招生政策发生巨大变化,由延续多年的按照分数择校变为按照过线考生户籍地划片入学。

沉浸在尚未成功实验里的高原只是抬起头"哦"了一声,然后又低头重新配置他的混合试剂。这时候,秋帆也拉门出来,急切地追着柳芸问:"姨妈,你是说不按分数排名录取?那我俩铁定过了录取线,但按户籍的话还能不能上一中?"

柳芸摇头,又叹气说:"这好端端的政策,怎么说变就变呢?"

"那我们能到几中?"秋帆急切追问。

"六中。"柳芸无奈地说。

秋帆惊呼:"不会吧,最差的六中?"

高原也从他的实验里抬起头，却波澜不惊地说："六中嘛，也好。"

秋帆不解："六中以前是招录分数最低的学校，有啥好的？"

高原一边调配试剂，一边喃喃地说："最起码——离家近些。"

"离家近有什么用？"秋帆带着情绪冲高原喊，"你知道吗？以前听说只有成绩最差的才去上六中，那里惹是生非的学生很多，根本就不是学习的地方。我不管，我肯定不去六中。"

高原劝他："新政策就是那么定的，咋可能你说不去就不去？"

秋帆赌气不言，片刻后又问柳芸："姨妈，那我们家划到几中？"

柳芸摇头，却又像瞬间被点醒，问秋帆："你问的是哪个家？"

秋帆有两个家。一个家在老火车站附近，那里有一间他爷爷奶奶留下的单位公寓房；另一个家在市郊的高新区，是他妈妈前几年刚买的商品房。

秋帆说："两个都问。"

柳芸当即给她一个在教育局的同学打电话，很快问清：火车站附近的老房子属于一中片区，高新区倒是和高原家一样，也属于六中招生区域。

"虚惊一场。"高原祝贺秋帆，"看吧，你的一中还是跑不了。"

柳芸倒是想起来问秋帆："你的户口在老房子还是新房子？"

秋帆挠挠头："应该——"他平时一心钻在试卷上，哪腾得出精力管这些事，这会儿也只能是瞎猜，"应该——我觉得，应该是在新房子吧。"

柳芸说："我得赶紧跟你妈说把你的户口改迁到老房子去，眼看着就要核验户口发通知书，别给误了。"她又提醒秋帆："你也记着点。"

秋帆"嗯嗯"点头应着，沉默了片刻，突然又吞吞吐吐地问柳芸："姨妈，你——你能不能跟我妈说，把——把我哥户口也落到我们家老房子？"

秋帆这会儿说的"哥"，正是他平时直呼其名的高原。

柳芸笑了:"那怎么可能?"

"我倒愿意上六中。"高原还是那句话,"最起码离家近。"

秋帆沉默不语,片刻后,郁郁寡欢地回了自己房间。

柳芸进了厨房做饭,督促高原必须在开饭前清理干净茶几上的"战场"。高原答应着,目光和心思却全都落在刚调整完比例的试剂上。

009

胡光财是胡迈的爸爸。他突然接到六中通知,让他去学校开家长会。

这时,暑假已过半。胡光财首先想到的是,胡迈肯定又在学校惹了事;又想着,老师暑假都不休了喊他开会,说明这回的事小不了。他喊胡迈质问,胡迈虽然想着学校突然叫他爸爸去肯定是为他的事,但他并未主动坦白过错。他没说在人民公园欺负初中生的事,也隐瞒了和刘正一起时的惹是生非。胡光财只能一头雾水,做好了挨训的准备急匆匆去往六中。

胡光财一去才发现,竟是自己错怪了胡迈。

开家长会的是六中高一年级所有学生的家长。胡光财又误以为叫家长去是为了介绍新上任的校长。因为他一进会场就敏锐地发现,往日开会坐在主席台最中间的那个老校长不见了,取而代之的是一个四十岁左右的中年人。胡光财没猜错人,中年人一开始就自我介绍,说他是六中新任的校长,并自报家门叫张学智。只不过,胡光财猜错了事,他们众多家长此次被召集来不是为了介绍新校长,而重在知悉张学智校长讲到的几起事件。

两个青年勒索一个初一年级学生,每周一次,每次五元,持续了将近半年;五个青年到果园里糟蹋苹果,每个苹果上面只咬一口,满园子的苹果等不到成熟呢,就被糟蹋得差不多了;三个青年到城乡接合部的小卖部里应外合，偷了饮料和零食；两个青年以殴打智力残缺老人为乐，把老人打进了医院，也把自己打进了派出所；一个青年下药抓鱼，导致鱼塘水面漂了白花花一层死鱼……

张学智校长说这些的时候，胡光财并没觉得怎样。他想着，社会嘛，有光鲜的一面，自然也就有黑暗的一面，这也正是他逼着不求上进的胡迈无论如何也要把中学读完的原因。他得让自己的儿子在学校里学习知识，就算学不进去知识，最起码遵纪守法。咋说也得让儿子比他这个老子强。

胡光财的胡思乱想还没完结，就听张学智校长痛心疾首地说："刚才列举的那些青年不是别人，正是咱们六中学生，高一到高三的都有。"

胡光财就像被迎面泼了盆冷水，打了个冷遍全身的激灵。他暗想，这哪里是事件，简直是案件；又想着，学生咋能这样，长此以往不就完蛋了？

张学智校长跟胡光财想到一起去了。他说，他之所以赶在假期把家长们召集来，绝对不是想着回避问题，而是要解决问题。是谁的问题就解决谁的问题，如果是学校的问题，他也绝不会推诿扯皮。家长们议论纷纷，有的猜测张校长说的那些惹是生非的学生，究竟会是谁家的孩子；也有的互相询问着，应当如何处理那些个已经无法无天的年轻人。

这会儿，置身纷纷议论中的胡光财陷入苦闷。

他一是担心那些被点了名的坏学生里面会不会有他从来不省心的儿子胡迈；二是发愁在这样恶劣的环境里，胡迈终究也学不出个好来。他甚至想到了给胡迈转学，但一时半会儿没能想好，到底转到哪里去。

"家长们，静一静。"

张学智校长听任会场乱哄哄了一阵子，好像有意让大家把心里的疑惑和担忧都释放出来。这会儿，他又制止混乱，把会议扳回到正轨上来。

会场很快就静下来。

张学智校长接着说："家长们，我通报个好消息，就在几个月前的2001年4月，国家颁布了《中华人民共和国国防教育法》，以法律的形式，要求高级中学将课堂教学与军事训练相结合，对所有学生进行国防教育。"

听到此处，有家长情不自禁地说："这个好，以前全民都学习解放军，效果好得很，我看现在这帮学生娃娃也得学。"另一个家长说："这个我举双手赞成，解放军讲究令行禁止，学生按这个来，肯定不会变坏。"

张学智校长又一次制止了家长们的议论。

他起身郑重宣布："我们六中的军事训练从秋季学期正式开始。"

家长们又交头接耳。

"学生军训？咋个训？谁训？"

"这个用不着你操心，有学校呢。"

"现在的孩子还能不能吃得了这个苦？"

"你让他吃，他就吃得了；你不让吃，就吃不了。"

"就是，得用解放军的条令条例给这帮年轻人立立规矩。"

"大家静一静，"张学智校长继续讲，"国防教育引入课堂，对我们六中来说，意义重大，对于六中的学生，将重塑他们的理想和人生。他们将更加深刻地认识国家和民族于个人的意义，知悉国防对于国家的重要性，也因此明晰自己的责任和定位，明白自己人生的意义和前进的方向。"

不待张学智校长征询意见，家长们就已经用热烈掌声为六中的决定投了赞成票。家长们在会后陆续散了。

胡光财却没有走。他左思右想，觉得还是应该去找一趟胡迈的班主任马老师。他以前总躲马老师，大多数时候又躲不掉。胡光财每次去见马老师，不是因为胡迈逃学，就是因为胡迈又和哪个同学闹了矛盾、打了架，反正从来不是因为什么好事。十回里至少有九回，他都得赔着笑脸替胡迈给马老师点头认错，剩下的一回不是不用认错，而是他找了借口躲着没去。

这回呢，胡光财突然就想出这个法子，或许能从根子上改变不求上进的胡迈，可又吃不准到底行不行。他打定主意后，先去听听马老师的意见。

010

高原最终还是拒绝了妈妈为他规划好的暑假旅行。

他原本可以和秋帆去爸爸所在的导弹旅家属院住上一阵子。那里不但凉快惬意，还有能摘到各种野生果子的大山，游着各种野生鱼虾的小溪，盛开着各色花朵的草甸。高原以前倒是很愿意去玩，可自从上次他认为爸爸高旭东说话不算数后，就在心里和爸爸彻底决裂，也顺带着和那山水如画的胜境划清了界限。暑假很快就过去了，转眼就是八月的最后一天。

这日一大早，秋帆就催着高原一起去报名。

高原却忙得无暇他顾，声称找到了自燃实验屡次失败的原因。他一番操作后，让秋帆"静看好戏"，说实验马上就能成功。秋帆知道，高原说的"马上"跟现实中永远不是一回事，他对所谓的"好戏"也并无兴趣。秋帆趁高原搞实验的兴致正浓，索性回房间检查刚做完的试卷。

秋帆已经决定不去一中，而是和高原同去六中。

柳芸得知秋帆的户口还没迁到老房子时，以为是他忘记了，就催他妈妈赶紧办，没想到却被秋帆阻止。柳芸问秋帆原因，他竟然再没提起六中的不好，只说六中不错，而且离家也近。这和高原之前的说辞如出一辙。

"一中可是豫州最好的高中。"柳芸提醒秋帆。

秋帆频频点头："姨妈，这个我知道。"

"你改变主意了？"柳芸问，"不出国留学了？"

秋帆摇头。

柳芸猜不透这个住在他家、多愁善感的外甥的小心思，只知他有自己的想法，也不好再追根问底。得到秋帆妈妈同意后，也就随他选择。

高原的自燃实验迟迟出不了结果。

秋帆一旦把心思用到试卷上，也就忘了与学习无关的所有。

柳芸买菜进门，惊讶地发现高原竟然还在家里，便急切催促："你怎么还不走？我看有的学生都报完名回来了。"这时候，秋帆才闻声出来。

柳芸又催："到时候学校按报名顺序分班，把你俩都分到最差的班里。"

"马上就好。"高原急切地将混合试剂盒打开条缝，让空气缓缓流入。

"抓紧呀！"柳芸盯着墙上的挂钟，万分急切的心情溢于言表。

秋帆已到客厅，和高原一起静等混合试剂的变化。

高原将盒子缝隙开得更大一些，混合试剂仍旧没有丝毫变化。他继续一面起盖，一面紧盯着试剂。就在柳芸忍不住再一次催促时，装试剂的盒子里猛然冒出一团棉絮状的黑烟，打在高原的脸上后，又迅速散开在房间里。客厅瞬间沦陷在一片刺鼻的黑雾中。柳芸捂着鼻子，赶紧打开了窗户。

她急切地询问高原："你这个烟是什么？不会有毒吧？"

高原呛得直咳嗽，摆手说："没毒，就是味道大了点。"

柳芸不放心，又忧心忡忡地问秋帆，秋帆也说没毒，她这才把忐忑不安的心放下来。烟雾缓缓散去，柳芸这会儿才看清，高原成了黑脸猫。

高原口口声声让秋帆看的"好戏"又一次失败。

他垂头丧气地拉起秋帆欲出门去报到，却被柳芸喊住，催促着让他去洗脸。高原极不情愿地冲进卫生间，水龙头都不开，抓起毛巾应付差事似的胡乱在脸上擦了几把，算是给柳芸有了交代。毛巾黑了，他的脸却并没有变干净。

高原也顾不上照镜子，撇下毛巾后，就急匆匆出了门。

011

高原和秋帆出门看了时间后，才知道着急。他俩先是等公交车，迟迟不见来，又招手拦出租车。平时满大街都是出租车，可这会儿不知道都开到哪里去了，好不容易看到一辆，上面却亮着"有客"的标识。

秋帆又急又热，汗很快就湿透了上衣。高原无法，只得硬着头皮站到了路中央，试着看能不能强行拦下来一辆，却差点被一辆疾驰而来的出租车撞到，司机紧急刹车，绕过高原开走了。

还有一辆车虽停了下来，可高原兴冲冲拉开车门后，见里面全是人，就算司机愿意让挤，也无论如何都挤不下，只能给司机挥手让人家走。

宽阔的马路，穿梭的车流，可他们就是打不到出租车。就在他们不得已而筹划着"要不要跑步去报到"时，一辆出租车及时雨般地停在他们眼前。司机探出头来，大喊着朝他们问："去哪里？"高原答："第六中学。""上来吧。"司机爽快地说，"正好顺道。"他们就像久旱逢甘霖，更胜他乡遇故知，急忙上车。他俩上车后才注意到，前排的副驾驶位置还坐着一个人。

秋帆摇下窗户吹着风，问司机："到六中多少钱？"

司机看着后视镜里的秋帆："就收你们个起步价吧，五块。"

秋帆盯着副驾驶位置的那个人，问司机："他到哪里？"

"也到六中。"司机说，"我刚才不是说了吗，拉你们是顺道。"

"那你刚才说的五块，意思是我们一共五块是吧？"秋帆问。

司机一愣，随即笑了："嗯，那个——算是吧。"

秋帆继续问："那我们是不是各分摊自己的就行？"

"分摊？"司机诧异，半扭过头问，"咋个分摊法？"

秋帆随即说："三个人一共五块，五块除以三就是一个人一块六毛六，四舍五入每人一块七，我们俩合起来三块四。你算算，这个账对不对？"

司机豪爽地说："就冲你算账这么清，不对也得对，就按你说的来。"

秋帆随即递给司机数好的三块四。

伸手来接钱的却不是司机，而是坐在副驾驶位置的那个人。

012

司机夸秋帆："你账算得这么清，肯定能当数学课代表。"

高原大笑，对司机讲："你也太小看他了，他可是全市数学竞赛的第一名，不要说当个课代表，就算给低年级学生当数学老师都不在话下。"

司机啧啧称赞："真是了不起。"还忍不住回过头来又看了看秋帆，但很快就又疑惑了起来："那你是中考发挥失常？怎么也到这六中来了？"

高原接过话茬儿，给司机讲起豫州市以前的高中招生政策是怎样，现在又变成了怎样。他看司机侧着耳朵听得很仔细，就又说起秋帆的成绩要放在以前，上一中板上钉钉，就因为这个政策，才让六中捡了秋帆这个宝贝。

司机大喜，问高原："照你这么说，六中现在不是最差的高中？"

"当然不是。"高原笃定地说，"就算以前是，那也是老皇历。一所学校是好是差拿啥衡量？还不是成绩嘛！只要秋帆一来，稳坐全市同年级考试的第一把交椅，你说说，谁还敢说第一名所在的学校最差？"

"对着呢，你这话有理。"司机嘿嘿笑，又转头对副驾驶位置的那个人说，"听到了吧，六中不是最差的。"他又说："师傅领进门，修行在个人，不管好也好，坏也罢，我是尽力而为了，以后呀，就得全看你自己的了。"

坐在副驾驶位置的那个人点了点头，却没有说话。

高原好奇地问那个沉默的人："你也是六中的学生？"

不等那个人回应，司机倒抢着答复："对着呢，他和你们一样，也是六中的学生。"他的语气里透着自豪："这是我儿子，初中在农村的镇里上的，成绩好，跟后边那个同学一样，经常考第一，我想着英雄得有用武之地，就把他转到六中来了。以后呀，你们就是好同学，要互相帮助呀。"

"我叫赵立志。"那个人终于开了口，也把头扭了过来。

高原这才有机会看到自报家门的赵立志的正面。

他瘦削的脸上排布着棱角分明的五官，鼻梁高挺，眉毛浓黑，冲人咧嘴笑时，传递来暖暖的善意。但同时，他又总是一副欲言又止的样子。

"他还有个弟弟叫赵有志，"司机说，"也一起转学到市里上初三。"

高原伸出手去："你好赵立志，我叫高原。"

"他叫秋帆。"高原又介绍秋帆，可秋帆压根没有和赵立志握手的意思，高原强把他的手拽着和赵立志握在一起，"他是书呆子，也是学霸。"

"你，你好，秋——秋帆。"赵立志真诚地看着秋帆。

"你好，赵——立志。"秋帆挤出浅浅的笑。

"好同学，好朋友。"司机说，"你们同校三年，这个缘分深着哩。"

013

赵立志的司机爸爸真是能侃，整个车程不过十来分钟，他不但问清了高原家住何处、家里几口人、年龄多大、中考总成绩以及各科分数，而且还知道了高原的爸爸是二炮部队的军官、妈妈是一家企业的财务主管。就在他意犹未尽，欲要把话题转到秋帆身上的时候，车子已经抵达六中门前。

他显然不尽兴，却也只能作罢，转而又叮嘱赵立志："学校我给你转来了，以后是好是孬就看你自己的，尤其是要时刻记着我说过的话。"

这时候，高原和秋帆已经下了车，二人争分夺秒地朝学校冲去。

赵立志静坐车里听爸爸一条一条地教导。

爸爸终于讲完，赵立志抿着嘴点头："嗯，记着了。"

赵立志爸爸望着车窗外嬉戏打闹的学生，不厌其烦地又叮嘱："咱们家和别人家不一样，你在学校里要和其他同学比的是勤奋、是学习、是成绩，其他的咱都不比。"他又长长地叹口气："咱和城里人也比不了呀。"

"我明白。"赵立志仍是恭顺地点头。

"更不能打架。"赵立志爸爸提醒，"记着点上次打架的代价。"

赵立志沉闷地"嗯"了一声。

"去吧。"赵立志爸爸长叹一声，"我也该去跑活挣钱了。"

赵立志下了车。他站在陌生的城市里，站在新学校的门口，站在新同学中间，内心里泛起杂陈五味。他清醒而明确地知道，以前的一切都已过去，未来的道路在面前徐徐铺开。赵立志打起了精神，向着校门大踏步走去。

赵立志刚进校门，就迎面碰见已报完名的高原和秋帆。

高原兴奋地走过来和赵立志确认："你名字的后两个字是'起立'的'立'和'同志'的'志'吧？"赵立志说"是"。

高原格外高兴："太好了，我在报名处看到你名字了，咱们一个班。"

赵立志也惊喜："太好了，以后咱们就是同班同学。"他又问清高原报名地点后，按高原所指，带着材料急匆匆去报到处报名。

高原又偶遇一个初中同学，正叙旧，却被秋帆急切地拉到一边。

秋帆指着站在收发室门外向里面张望的一个中等身材男生，问高原："你看他是不是有点眼熟？"

高原看出了名堂，问秋帆："他是上次在人民公园跟咱们干架那个？"

秋帆点头："他还扯掉了我上衣扣子。"

"没错，就是他。"高原确定无疑。这时候，那男生转过身来，也正好看见了他俩。

男生显然也惊愕，看了他俩一眼后，迅速离开了。

男生急匆匆跑进了绿化带，欲插斜路去往高年级宿舍楼。

014

高原和秋帆看着那男生匆忙跑走的背影，心里全是疑惑。

高原问秋帆："他怎么会在这里？"

秋帆反问高原："你说说，他跑这么急，干吗去了？"

高原疑惑："怕我们找他报复，逃跑？"

秋帆提醒："他会不会是去找人？"

高原恍然大悟："你是说，他跑去找帮手对付咱俩？"

秋帆点头，反问高原："要不然呢？"

"不怕，有我呢。"高原倒是不怵。

"他们人多怎么办？"秋帆担心。

高原未应声，暂时还没有良策。

就在两人苦思对策之时，那个未跑远的"故人"却在草地上被几个女生团团围住。吵闹越来越激烈，围观的学生也随之越来越多。

高原和秋帆赶到的时候，看到一个女生手里拿着金属材质的机器人硬往那个男生手里塞，男生极力推挡，想绕过女生走掉，却压根绕不过去。他往左，女生也往左；他朝右，女生也朝右，他想转身走掉，却被女生一把拽住了衣服。

他皱着眉头愁容满面地解释："我都说过了，我不是故意的。"

女生不依不饶："我管不着你是不是故意的，你踢坏的，就得你赔。"

高原和秋帆总算从围观同学的你一言我一语里听明白，原来男生穿越绿化带的时候，只顾着匆忙朝前跑，压根儿没注意到女生正在给新同学展示的机器人，一脚踢出几米远，电池都给踢了出来。女生好不容易找齐电池装回去，可再摁下按钮后，机器人却一点动静都没有，直接罢工不干了。

"没骗你，我这会儿真是有急事。"男生急于离开，几乎哀求。

"我也没说你骗我呀。"女生仍在尝试摁动机器人，依然无果，她指给男生看，"你赶快抓紧时间修吧，修好了，我肯定会让你去办你的急事。"

男生求饶："可是，这个我真不会呀。"

"我不管你会不会。"女生不依不饶，"你弄坏的，就得你修好。"

同在的几个女生也附和这个女生，让男生赶紧想办法修好。男生为难地接过机器人，眉心处聚起的皱纹能夹死一只苍蝇。正在他不知道如何是好的时候，听到一个救命似的声音："我来试试。"他欣喜万分地扭头去看，却又猛然紧张起来，额头上的汗珠明花花起了一层。自告奋勇的正是高原。

"你们认识？"女生指指那个男生，瞪大了眼睛问高原。

高原轻描淡写地点头说："算是吧。"他又抬头问男生："你说呢？"

"认识——认——识。"男生擦了把头上的汗，对女生说，"当然认识，这是我同学。"他又像老熟人一样拍着高原的肩膀说："高原嘛，是吧？"

高原扭头看男生。

男生又低声询问："是高原吧？我记得你那天是这么说的。"他又说："我记性不好，但我去过西藏。你叫高原，我联想到青藏高原，就给记住了。"

高原乐了，回复他说："对，没错，我就是'青藏高原'的'高原'。"

男生也乐了，嘿嘿笑着说："没错就好，没错就好。"

男生稍犹豫，却还是把不得已接到手里的"瘫痪"机器人转交给高原。高原蹲在地上，先是拆了机器人的电池，紧接着又拧下了两条"腿"，看了看，又卸下了"腰"。女生急忙提醒他："慢点儿，可别一会儿装不上去。"

男生也紧张起来："是呀，千万别没修好，再把其他地方弄出毛病来。"

高原把卸成几块的机器人递给男生："不放心的话，那——你来？"

男生摆摆手："别——别——这个我可不会。"

高原乐了，继续拆卸。

男生不无担忧地附在他耳边轻声问："你到底会不会修？"他又求饶："你可千万别趁这个机会害我呀，这个女生可不好惹，别再为这弄得叫家长什么的。"高原在他正说话的工夫找到了故障点，很快就解决了问题。

男生急切："这是弄完了吗？"他又问："到底修好没有？"

高原起身，把机器人递还给女生："你再试试。"

"好了？"女生犹疑地接到手里。

"应该没问题。"高原催促女生，"摁开关，看一下能不能动。"

女生把机器人放到草地上摁完开关时，它果真就双"腿"交替、两"臂"摆动着向前走去。围观的同学既对这难得一见的机器人好奇，又为高原的手到病除惊讶，他们叫着好鼓起掌来。这时，高原看到赵立志也在围观人群中。

"报完名了？"高原问赵立志。

"刚报完。"赵立志高兴地说，"我们果真在一个班。"

人群散去，男生却没有走。他激动地握着高原的手说："高原呀高原，真是好同学呀，如果没有你，我今天还真就走不成了。"

秋帆问他："你刚才跑得那么急，我们还以为你找人报复我们呢？"

男生说："上次是我不对，这次更得谢谢你们。我是高一（2）班胡迈。"

高原乐了："太巧了，我们也是高一（2）班的。"他又指指旁边的赵立志："他叫赵立志，也和咱们一个班。"

一个女生的声音传来："这里还有一个高一（2）班的。"大家扭头看，原来是仍在草地上操弄机器人的那个女生。

高原大声问她："你怎么称呼？"

对方答："田雨格。"

高原又问："哪几个字？"

女生回应："莲叶何田田，雨打琵琶，格物致知。"

高原大叹："真是好名字。清新脱俗，诗情画意。"

胡迈嬉笑着问："叫这种名字的女生是不是都特厉害？"

众人会意，轰然笑开。

田雨格随着机器人走远了。

她没听见这边说她什么，也或者压根不在乎别人说她什么。

015

九月一日，高原和同学们早早来到学校。

他们齐心协力打扫完教室卫生，又按照学校安排入住了各自宿舍。

胡迈自告奋勇给大家介绍学校的职能场所分布和传奇老师的时候，大家才惊讶地得知，他原本是高一级的师兄，却又疑惑他为何心甘情愿自留一级与师弟们为伍。胡迈对此也颇为尴尬，挠着头，结结巴巴也解释不清爸爸是怎么想的。别的家长找学校是为了孩子不留级，他倒好，不但心甘情愿，而且主动请缨让他厌倦上学的儿子把高一再重上一遍。

　　高原逗他："你的老父亲用心良苦，如此安排，必有缘由。"

　　赵立志也说："既来之，则安之。"

　　胡迈噘着嘴，这会儿已经没的选，也只能"安之"。几人正闲谈，秋帆回宿舍，带回一个爆炸性消息——六中新生将参加军训。

　　"看吧，"高原盯着胡迈，"我说了，你爸让你留级必有缘由。"

　　"这就是你说的缘由？"胡迈瞪大了眼睛。

　　赵立志最兴奋，追着问高原："如果军训，咱们是不是就能到部队去？是不是还能见到货真价实的枪和炮？是不是就能真枪实弹打靶？"

　　高原不是神算子，只能尽其所知对军训说个大概，至于赵立志追问的其他问题，他着实回答不了。赵立志又急不可耐地把问题抛给胡迈："你知不知道？快说说。"赵立志那兴奋的样子，像是恨不能立即就去军训。

　　"你知道啥是军训不？"胡迈斜眼望着赵立志问，"咋还这么兴奋？"

　　"当然知道。"赵立志回答，"扛枪训练，当兵打仗。"

　　"军训苦得很，掉皮掉肉的时候你就兴奋不起来了。"胡迈摇头。

　　"我听说过部队的口号。"赵立志仍旧兴奋，"掉皮掉肉也不掉队。"

　　胡迈苦笑着摇头。他不懂赵立志的话，更不懂赵立志这个人。

　　"你别不信。"

　　"信，我信还不行吗？"

高原一扭头，看见了秋帆脸上挂着比胡迈更为厚实的冰霜。他猜想，军训与提高成绩无关，秋帆大概率是抵触的。他也确定，军训必定是秋帆的难关。爱也好，恨也罢，军训就这样猝不及防地闯进了六中新生的世界。

那个时候，学校军训在豫州市乃至全省，还处于摸索试点阶段，尚没有全面推开。六中的高一新生成为军事训练引入学校的第一批实践者。

始于军训，高原和六中新同学的生活由此翻开了崭新的一页。

016

次日中午，载着高一新生的大巴车从六中操场出发，出了市区许久后，又沿着盘山路行驶了一个多小时，才抵达郊区的陆军部队教导团。

高原、秋帆以及赵立志和胡迈被分到了同一间宿舍。教导团提供被褥，学生们的包里只装着换洗的衣服、鞋袜和洗漱用品等。

他们虽然在上车出发前已经接到通知，到教导团的第一件事是按要求归置个人物品，然后到训练场集合。可这会儿乌云密布，眼看就要下雨。几人预判着计划大概要变，归置个人物品的时候，也就不再那么急切。

胡迈抱怨最多，一下车就嚷嚷，说全身骨头都快被摇散架了。他进门把包往床底下一塞，直挺挺躺在床上睡起觉来。

高原提醒他："军人的床铺在非睡觉时间坐都不能坐，你竟然躺上了。"

胡迈眼都没睁说："咱们又不是真正的军人，我太累了，就睡一会儿。"

其他人各自忙着，有的擦桌子，有的重新整理床铺，也有的把随带的物品按规定归置。胡迈的鼾声不合时宜地夹杂在大家的忙碌声中，浑似一条不安分的鱼儿在平静的水面上下翻腾，随时都有被钓走的危险。

宿舍里突然静下来，空气也随之凝滞。

胡迈猛然惊醒，显然觉出周遭的异样。他在打了一个激灵后，直挺挺坐起。他见一个二十多岁的青年站在面前，青年后面，还站着和他们年龄相仿的另一个青年。胡迈先是意外，继而不忿，打量一番后，气呼呼地问："你谁呀？这样是要吓死人的。"

后面的青年厉声问他："你叫什么名字？你知不知道正课时间……"前面的青年不等后面的青年说完，摆了摆手，后面的青年就不再说。前面的青年语气平缓地说："同学们初来乍到，不知者不为错。"他继而转头问其他人对住宿条件满不满意，还有没有意见。

几人闹不清这说话的人是谁，也不知道他的突然到来是何目的。

胡迈这会儿倒是清醒过来，清了清嗓子，一本正经地提起了意见——风扇太小、桌子太破、水磨石地面不平整。后面的青年一个劲儿给他使眼色，他不但看见了，还追着问人家眼睛怎么了，那青年气得直咳嗽。胡迈不管，又专门指着前面的青年说："你进来竟然不敲门，刚才吓我一跳，这样可不行。"前面的青年被逗乐，耐心解释："我敲了，经过允许才进来的。"

高原也说："是敲了，我说了'进来'。"

胡迈不满意："那我咋不知道？我还以为坏人为非作歹入室抢劫呢。"

"我以后敲门的声音再大点。"前面的青年说。

"是得大点。"胡迈说，"最起码让宿舍里的每个人都能听见。"

"尤其是让你听见。"前面的青年笑着说。

"这样说没毛病。"胡迈满意地点了点头。

后面的青年看看表，对前面的青年说："连长，是不是该集合了？"

这一问犹如晴天霹雳，震得宿舍里的几人面面相觑。

胡迈站在那里更是瞬间石化了一般，一动不动。

"好。"前面的青年转过身说，"吹哨集合！"

两个青年都出了宿舍，很快就传来三声响亮的哨音，紧接着是刚才后面那个青年的大喊声："所有人，训练场集合——所有人，训练场集合。"

胡迈这会儿才缓过神来，问高原："刚才和我说话的那人是连长？"

秋帆说："可不是，你没听见后面那个兵喊他'连长'？"

胡迈疑惑："你怎么知道后面的是兵？"

秋帆说："看军衔呀，前面是上尉，后面是一期士官。"

胡迈直挠头，也直嘟囔："完了，这下完了，我闯祸了。"

赵立志同样大为惊讶，对秋帆说："你太厉害了，这个都知道。"

秋帆应之以笑。

胡迈坠到了惶恐里，问高原："我，我刚才没说错话吧？"

高原逗他："你刚才说的全是错话，胆大包天冒犯连长，就等着挨收拾吧，这要在旧社会，哼哼，连长直接就叫卫兵把你拉出去枪毙了。"

胡迈的眉头拧成一团，唉声叹气地跟着大家出了宿舍。

学生们以班为单位报数完毕后跑步进入训练场。

胡迈在队伍里紧追着高原一个劲儿问："我该怎么办？"

高原叹气又摇头，逗他说："枪毙肯定够不上——听天由命吧。"

017

雷声滚滚，眼看着就要下雨。

高原随队伍到训练场，见刚才那个上尉军官早已肃立等待。他的身后还整齐地站立着二三十个士兵。随着学生队伍陆续进入训练场，上尉军官看看天，命令士兵把正集结的学生队伍引到训练场一侧的训练大棚。

训练大棚立在训练场北端,有一百四五十米长、二三十米宽,里面分区域陈设的除了训练用的沙袋、单杠、双杠、沙坑外,在正中间的位置还有一座格斗擂台。学生们被擂台分开,在大棚下站成两个方阵。

这个时候,上尉身后的士兵都依次跑到了每个班的指挥位置。

指挥高一(2)班的正是刚才随上尉军官一起去过高原宿舍的那个一期士官。一期士官声音洪亮地指挥高一(2)班七十多人的队伍:"所有人都有!立正!向右看——齐!向前——看!"同学们虽然没学过口令,但都照着一期士官的样子做,做得不算整齐,如是三次,仍旧稀拉。一期士官教导大家说:"大家注意,向右看齐的动作要领,是在立正的基础上,头向右摆动六十度,脚用小碎步前后左右移动……"胡迈举手打断了一期士官:"啥是小碎步?"

一期士官顿了一下,看看胡迈,又看看队伍,说:"小碎步就是原地的小幅度步子,步距小,频率快,用以调整位置。"一期士官边说边演示,问胡迈明白没,胡迈点点头,又问其他人,其他人也都说明白了。

一期士官接着又继续讲解向右看齐的动作要领,边示范边说:"用小碎步前后左右移动,向右边一名同学看齐。"同学们按照他的样子又反复做了几遍,全班的动作这才稍微整齐些。一期士官整完高一(2)班队伍的时候,其他各班陆陆续续差不多已经报告完毕。这时,一期士官才给高一(2)班下达最后一道命令:"稍息——立正!"之后,他半转身立定,向上尉军官举手敬了个军礼,等上尉军官给他还了军礼后才报告:"连长同志,第六中学新兵二排集合完毕,应到七十二名,实到七十二名,请您指示。"

上尉军官命令他:"稍息。"

他说完"是"后,又给上尉军官敬个军礼,上尉军官还礼后,他才转过身来，给二班下达了"稍息"命令。之后，他跑步站到了队伍前排右侧。

这时，高一年级的十二个班全都整队完毕。

此刻，列队在训练场的已经不是十二个班，而变成了十二个新兵排。

八九百人站在队伍里，齐刷刷望向上尉军官。上尉军官岿然不动地望着队伍集结、看齐、报数、报告，直到不再有一个人动，不再有一个人说话，偌大的训练场安静得如同空无一人，俨然有了解放军部队的样子。

上尉军官给队伍敬了一个干练的军礼，然后面容平和却声若洪钟地说："六中的同学们，大家好，我叫葛青松，是此次军事训练的连长……"

胡迈一个劲儿给赵立志示意："听见没，他真是连长。"

赵立志肃然站立着，没敢接胡迈的话。

胡迈又点："他真是连长。"

"队伍里保持肃静！"一期士官压低声音朝胡迈喊。

胡迈吐了吐舌头，再不敢说话。

高原绷直身子，挺胸抬头，仔细倾听着葛青松说的每一句话。

018
一阵裹土携尘的大风过后，雨滴密密实实地落了下来。

高原在队伍里看到，雨滴落在草地上、落在尘土里，也随着摇摆的风倾斜地飘进训练大棚，打在同学们的衣服上。葛青松暂停讲话，他命令刚被他任命为新训排长的那些士兵，把队伍往训练大棚的中央压一压。

排长们迅速出现在各自的指挥位置，在一番此起彼伏而又井然有序的号令声后，再"稍息"时，队伍就被压缩到了训练大棚的中央，吹得着风，却淋不着雨。同学们站在棚子里，葛青松却岿然不动地站在雨地里。

葛青松毫不在乎雨越下越大，正步往前走了几步，离队伍更近。

他介绍完自己后，又开始讲六中为什么要军训，他们打算怎么训，并且和大家约法三章，讲了在军训期间什么样的错误被允许，什么样的问题不能有，如果违反规定将受到什么样的惩罚，等等。同学们能想到的事情他大概都讲到了，同学们没想到的，他也提了出来，少不得又引起个别同学的发散性思维。比如胡迈，他扭过头去，急切地问高原："军训结束竟然还有考核？考不过怎么办？不会再让我留一级吧？这个我可受不了。"不等高原回答，胡迈就看见一期士官刀子般凌厉的目光。他赶紧屏息转过身去。

葛青松又讲了站军姿的动作要领，边讲解边示范，把齐步走、正步走和跑步走也演示了一遍。葛青松告诉大家，在和平年代，军姿和三大步伐最能展示军人形象，同时，做好这些看似简单的动作也并非易事。紧接着，他讲了如何才能站如松、行如风，也讲了遵守队列纪律的重要性，要像董存瑞炸碉堡一样，在规定的时间做规定的事；也要像邱少云一样，烈火烧身犹不动。他还讲到，他的战友站军姿时被蜜蜂蜇肿了脸仍坚守岗位……

雨越下越大，葛青松的军帽上、脸上全是雨水，迷彩服也湿透了。

他演示动作的时候，在地上踩溅起一片又一片水花，但他并不受影响。似乎他本就应站在雨地里，而那一套动作也是专门为雨天而设计。

"哪位同学是军人子弟？"葛青松在演示完毕后，突然冲着队伍问。

高原心中猛然一紧。

队列里没人回应，葛青松又提高嗓门问了一遍。

高原用余光看到，挨着站的秋帆扭头望了他一眼，后面的赵立志也急迫地戳他。他曾在赵立志爸爸的出租车上说过，自己的爸爸是二炮部队的军官。可是面对葛青松连长的再次询问，高原并未举手，也没有答"到"。他有些心慌意乱，甚至惶恐，生怕突然被点了名叫出队伍。

"谁的爸爸妈妈是军人？"葛青松朝队伍走近了几步。看得出来，他的下一个动作是建立在哪个同学的爸爸妈妈是军人的基础之上，这会儿没人应他，他就没办法接着往下继续。他并不甘心队伍里无人应答，退而求其次又问："亲戚长辈是军人的也行，姨父、姑父、表哥、表姐都可以。"队伍里仍没人举手和答"到"，大家只听得到哗哗的雨声。

"报告！"突然，尖厉的女声响起，吓了高原一跳。

高原看到，走出队伍的竟是整天和机器人形影不离的田雨格。

019

葛青松喜出望外，朝着队伍里的田雨格大声问："你叫什么名字？"

"报告连长，我叫田雨格。"

"你家里什么人是军人？"

"我——我爸爸。"

"军人的女儿，好样的，巾帼不让须眉。"

紧接着，葛青松问田雨格会不会他刚才演示的"行进与停止"，田雨格点头说会，葛青松高兴极了，让她出列，做一遍刚才的演示动作。田雨格出列之前，葛青松让她披上军用雨衣，她却不要，一头扑进了雨幕里。

高原看傻了眼。

胡迈也嘟囔："这个田雨格还真是个猛女呀。"

田雨格在葛青松一侧站定后，先是敬了个礼，然后用尖厉而又略上扬的女声对葛青松说："连长同志，田雨格演示前准备完毕，请您指示。"

田雨格真是令人大吃一惊。她明明和大家一样是刚入学的高一学生，但这会儿隔了雨幕，恍惚让人觉得，她本就应是这陆军教导团的一个女兵。

"好，听我口令……"

葛青松这会儿倒模糊成了光芒四射的田雨格的背景。

按照葛青松的口令，田雨格先后把齐步走、正步走和跑步走各演示了一遍。她齐步走时，甩胳膊和行进浑然天成而又带着恰到好处的节奏变换；正步走时，不但做到了葛青松要求的脚尖绷直，而且有肉眼可见的短暂滞空停顿；跑步走立定时，大家看见，她和葛青松连长演示的动作几乎分毫不差，有节奏的步子踏停之后，才随着最后一步靠脚的声音迅即落下双臂。

高原最清楚，田雨格这套水到渠成的动作可不是想做好就能做好的，也不可能是只看一回葛青松连长的演示就能得心应手的，而必定是经历了一遍又一遍的训练，直到把每个动作都揉进了肌肉和血液，进而变成了身体的自觉。演示完毕，葛青松还没来得及讲评，队伍里就响起热烈掌声。

"大家说，田雨格的动作做得好不好？"葛青松问。

"好！"同学们异口同声地回答。

"再来一遍要不要？"葛青松又问。

"要！"

"再来一遍！"

…………

同学们情绪高涨，扯开了嗓门在队伍里此起彼伏地大喊着。

高原这会儿愈发强烈地惭愧起来，他在脑子里也一遍遍酒糟发酵似的胡思乱想，一会儿觉得自己辜负了军人子弟的身份，一会儿又觉得自己俨然就是"巾帼不让须眉"里那个败下阵来的"须眉"，越想越觉得惭愧。

葛青松直等到同学们的大喊声停下。他说雨太大，大家再想看田雨格展示得等下一次，紧接着对田雨格的表现进行了不吝华美辞藻的表扬。他说，虽有些微不足，但已经令他刮目相看，再稍加训练，必定出类拔萃。随后，葛青松依照他的逻辑继续说，一个女孩子都可以把动作做得如此行云流水、一气呵成，就说明没什么难的，不难，每个人也都必定做得到。葛青松进而得出结论：一个月的新训结束后，每个人都理应掌握所有的动作，通过所有的考核，要不然，就是自己偷懒，或者缺失了集体荣誉感。

同学们心知要做到并非易事，却又觉得葛青松说得条条在理。

"大家有没有信心？"葛青松趁热打铁发问。

"有！有！有！"八九百人的自信，聚集起来就像炸弹，瞬间爆裂开。

集训动员后，葛青松命令各排整队带回。

胡迈在队伍里瑟瑟发抖地嘟囔："赶快带回宿舍吧，冷死了。"

这会儿，他抱着双臂把衣服一紧再紧，却仍觉得抵不住风雨之冷。

葛青松依然站在雨里，岿然不动如雕塑，接受着冲刷和洗礼。每支队伍带走时，同学们都齐刷刷地望向葛青松连长，对他致以庄严的注目礼。

020 一期士官刚把队伍带到宿舍楼前的廊檐下，胡迈就迫不及待地冲出去欲回宿舍，另几个同学有样学样，也脱离队伍自行离开。一期士官厉声喊胡迈归队，胡迈被吓了一大跳，愣在原地。其他人也被镇住，走不得，也不好立即再回到队伍里。胡迈嬉皮笑脸地说他太冷了，回去加件衣服。

一期士官告诉他，在队伍解散之前，有任何事情都得打报告，得到批准后才能离队。"那我现在打报告？"胡迈嬉皮笑脸地大喊，"报告！"

一期士官冷眼看他："讲。"

"我——"胡迈仍笑，商量似的说，"我回去加件衣服。"

"不批。"一期士官命令胡迈，"迅速归队。"

胡迈脸上的笑容顿然凝住，就像蒙了一层冰霜："可是——"

不等他说完，一期士官就抢先说了："你冷是吧，那其他人就不冷吗？你知道加件衣服就不冷了，其他人不知道吗？你的无组织、无纪律现在正在耽搁所有人的时间，大家挨冷的时间，正因为你的行为而变得更长……"一期士官还没说完，胡迈就耷拉着头回到了队伍里。其他几人见此，也跟在胡迈身后回到自己的位置。

一期士官重新下达口令，整理队伍，然后在之前葛青松"约法三章"的基础上，又单独给二排提了几点具体要求。这个时候，大家才知晓他叫张震，当兵四年，之前是教导团警卫营的班长，这次是葛青松连长点将才借调他来当这次高中生军训的排长。他对照着军训要求和作息时间，又强调了一遍他觉得大家理当做好却又容易做不好的事项，比如六点半起床，七点出操，出操前必须整好内务，晚九点半洗漱，十点熄灯，熄灯后必须全员上床睡觉……胡迈犹豫了一下，还是高高举起了手，他皱眉问："那——熄灯上床后还能不能上厕所？"在得到肯定回答后，他长舒了口气。

同学们被他这个事关重大的问题逗得轰然笑开。

队伍刚散，葛青松连长就让人送来一只保温饭盒。刚才冷若冰霜的张震排长竟然有了笑容。他打开饭盒递给田雨格的时候，大家才知道，里面装着的是热气腾腾的姜汤。

田雨格大大咧咧地问："这是什么？给我刚才演示动作的奖品？"

张震排长催她："快喝吧，预防感冒的。"田雨格应声打了个喷嚏，她这才意识到真着了凉，不等张震排长再催，就仰头喝下姜汤。

胡迈一进屋就拿被子把自己裹了个严严实实。

赵立志先是找秋帆核实："我记得上次在出租车上，高原说过他爸爸是军人，到底是不是真的？"

秋帆点头："当然是真的，如假包换。"

赵立志不解："那他今天为什么不出列？"

秋帆朝高原努努嘴，对赵立志说："这个你问不着我，得去问他。"

赵立志犹豫一下，又当面向高原核实。

"没错，我爸爸就是军人。"高原直言不讳。

"那你为啥不敢出列？还不如个女生。"赵立志心直口快。

高原没有反驳，也不作解释。他的思绪翻山越岭又到了大山里的二炮部队。他依稀又看见了高大的围墙、红色的五星标志和高喊口号的军人。

021 高原已经记不清那是几年级时的暑假。

他只记得和妈妈一大早就从家里出发，倒了好几趟车，先坐汽车，再坐火车，最后又坐上了汽车。他睡着了，又醒了，醒来吃了妈妈带在保温桶里的饭菜后，又迷迷糊糊睡了过去，再醒来时，就已经到了爸爸的部队。爸爸却有任务，不能来接他们，代替爸爸接他们的是一个陌生的军人。他至今还记得妈妈当时的失望之情，但很快，妈妈脸上的愁容就烟消云散。

爸爸在他们到来之前申请到一间探亲的房子。高原和妈妈到了之后一起打扫卫生，添置生活用品，就像是搬了一次家，更像是新建了一个家。

他们是去爸爸的单位探亲，是去看爸爸，可是等他们把那个简陋的家布置好后，爸爸还是没有回来。爸爸执行的那些任务都是保密的，他和妈妈不能问，就算忍不住问了，也没有答案。没人告诉他们爸爸去了哪里，他们自然也就不知道爸爸什么时候回来。他和妈妈只能等待。

他们出发去军营探亲之前，妈妈积攒着假期，他等着放暑假，以为完成了那个等待，就能顺理成章见到大半年都未谋面的爸爸。可是呢，他们在山里的导弹旅家属院仍旧是等待，只不过等待的地点变换了而已。家里的等待，每一天都充满希望，而这里的等待，每一天都消耗着假期，愁闷而又沮丧，希望就如同在大风中划着的火柴，随时都可能熄灭。

最初的几天，高原还总是不甘心地问妈妈："爸爸到底什么时候回来？"妈妈总有答案给他，要么是"执行完任务就回来"，要么是"快了"。虽然没有具体时间，可是每一个回答都是满怀希望的，让他以为某一个刚刚睡着的夜晚，或者某一个还没起床的清晨，爸爸冷不丁会摇醒梦中的他。

高原日日盼望着那样的相见，也日日等待着自己的梦被摇醒。可是他总等不到，每每追问妈妈，妈妈似乎也没有答案。她要么沉默不语，要么只有沉重的叹息。日子久了，高原便不敢再问妈妈。他一日日掐着手指头算着假期，也期待着从绝望的等待中生长出希望的花朵来。

爸爸的战友带过几次话，都说爸爸快回来了。但不知为什么，在他们即将打道回府的时候，那个叔叔给了肯定的答复说："暑假回不来了。"

高原自始至终不知道爸爸去了哪里，又去干什么，只模糊地知道他在执行任务，而他的任务又都是不能言谈的秘密。高原想安慰妈妈，却是妈妈来劝他。虽然妈妈在他面前的沉默多于叙说，但小小的他读懂了妈妈所有的爱与包容。他们在爸爸部队的家属院过了一个没有见到爸爸的冷清暑假。

妈妈在返回的汽车上说："寒假的时候爸爸肯定在。"

"我再也不来了。"高原怒气冲冲地表明态度。

高原为了去山里见爸爸，不得不舍弃和秋帆一起回到外婆家的机会，并且因此不能去电玩城，不能踢足球，不能去科技馆……他觉得自己之所以愿意去山里是为了不让妈妈为难。可是他的所有舍弃到头来却一点儿都不值当。

"不能怪爸爸。"妈妈劝他。

"那怪我？"他愤怒地朝妈妈喊。

妈妈什么都没说，长久地、轻轻地抚摸着他的头。他也不再说话，静静地看着车窗外倏忽退去的山峦和河流，那一刻，所有委屈都化作泪水。

很多年后，他才知道那次爸爸是去试射新型号导弹，因为屡屡出现故障，爸爸只能和战友们一次次寻找故障点，接着又再次试射。那些年里，每款新型号导弹的技术都是在这样的摸索中逐渐成熟，进而装备到部队。

那一次，爸爸在导弹试验场足足坚守了八个多月。

那个时候，高原不懂那么多，自然要怨爸爸。

022

时至今日，高原仍清楚地记得，第一次见到导弹模型的场景。

那是他和爸爸不得相见后的又一个假期。那个时候，小小的高原早已经忘了之前说过的不再去导弹旅的气话，又和妈妈一起去看爸爸。那天，他经常投喂食物的一只流浪猫突然不见了踪影。高原特意把浇了肉汤的白米饭倒在一只不锈钢盒子里，左等右等，却不见猫来，他"喵喵喵"地朝四面八方呼喊，却仍不见猫来。他不甘心，决定仔细搜索。

高原以前在菜地的冬青树下见过猫跑来跑去，也在垃圾池的角落里遇到猫闭了眼睛睡觉。可这回，他却在那两个地方没有发现猫的一丁点儿踪迹。不得已，他学着猫叫从菜地到垃圾池，搜索了每一处犄角旮旯。

"喵喵喵……"高原一路寻找一路叫着，不放过任何猫的藏身之地。直到他攀着一棵大树的枝干，爬上家属院和军事区之间的围墙。"喵喵喵……喵——"高原的叫声突然就止住了。他惊喜地看到了那颗"导弹"。

那颗"导弹"是迷彩色的，下面粗，上面细，弹体上密密麻麻布满了按钮和螺丝。高原猛然望去，觉得那"导弹"就像长在训练场的一棵树，仔细看，却又和树截然不同。那一刻，高原以为看到了传说中真正的导弹。

那时候，爸爸依然执行任务未归。即便如此，也阻挡不住高原急切想了解那颗"导弹"的热情。当然，高原每一次探亲都耳濡目染着爸爸对他的保密教育，知道导弹旅是个极为特殊的保密单位。就算是住在不涉密的家属院里，也得做到不能看的不看，不能说的不说，不能问的不问——这些都是不能触碰的红线。可是他已经看到了"导弹"立在那儿，不问个清楚，心里着实痒痒。对此，高原当然不会轻易放弃。

他和对门同样来探亲的小哥哥处成了朋友。小哥哥的爸爸和他爸爸一样，也是导弹旅的军人，不一样的是小哥哥的爸爸没有外出执行任务。每当对门叔叔晚上下班回来，高原就会打着和小哥哥下五子棋或者问作业的幌子，找机会向叔叔"刺探情报"。那几天，他了解到家属院和军事区之间有个小铁门，每到下午四点的体能训练时间，那个铁门就能打开，官兵们也能自由出入。那时候，他可以借着跑步进入军事区，并且近距离一睹"导弹"真容。高原还从叔叔那里了解到，"导弹"里面是空的，不但能钻进去，而且能从底部爬到顶端。"真的假的？这不就跟特洛伊木马一样？"这让高原大为惊讶，也颇为惊喜，恨不得立马就钻到"导弹"的肚子里去。

高原终于等到下午四点铁门打开，却发现有个士兵叔叔把门。他硬着头皮说去操场跑步，叔叔却让他找家长带。他说爸爸执行任务还没有回来，叔叔并不因此通融，对他说，那就等爸爸回来再来。还好，他已经得到了爸爸回来的确切时间。不过，高原那时并不知那颗"导弹"只是个模型。

023

爸爸终于回来了。高原急不可耐地让爸爸带他去一墙之隔的训练场。他原本没想说自己的真实意图，但架不住爸爸的追问，他不得不如实交代。

爸爸倒是答应了，却有交换条件——高原得先通过之前答应他的"行进与停止"考核，也就是三大步伐——"行进与停止"是书上的正规叫法。这个事情说起来就让高原头疼。一切还得从以前说起，他当时看着导弹旅的官兵走队列威风，就缠着爸爸教。爸爸领教过他干其他事情时的三天打鱼两天晒网，就激他，说队列动作可不是好学的。高原的倔强决定了他不服输，打包票这次肯定坚持到底，于是父子俩一言为定，而且写了合同，摁了手印。内容嘛，无非是做爸爸的竭尽全力教，做儿子的克服困难学，直到高原通过"行进与停止"考核。起先是爸爸教，但他在导弹旅是搞科研的，要说涉及导弹的射程、精度等专业知识，他肯定很专业，但队列动作并不擅长，为了显示对高原愿意学习队列动作的重视，他专门在警卫营给高原请了个士兵教官。术业的确有专攻，士兵教官先是给高原展示了一番，那水平和参加天安门阅兵的官兵有一拼。高原尤其兴奋，不断鼓掌，等士兵教官演示完，他的小手都快拍肿了。高原兴奋难耐地东问一句西扯一句的同时，当下五体投地地拜了师父。

高原以为，那几个看似简单的动作训练就跟给电脑插了优盘导数据一样，只要鼠标一点，这个盘的内容就到了那个盘，你的也就成了我的。待他正式进入训练，才深切体会到"台上一分钟，台下十年功"的艰难。

士兵教官先从站军姿教他。他不服气地问士兵教官："不行不行，说好的，我要练的是'行进与停止'，你为啥却让我练站军姿？"

士兵教官耐心地对他说："站如钟才能行如风，有了站样才有走样，站都站不好，自然也就走不好，所以得先练站军姿。"

他倒是认可了士兵教官所说的道理，并且拍着胸脯说："站军姿就站军姿，这个简单，不过咱说好了，站好军姿就练队列。"

教官也爽快答应："没问题，过了这一关就到下一关。"

可事实上，他把站军姿想简单了，士兵教官也以为他有基础，教官误会了，他也想错了，结果呢，练了整整三天，打过包票的高原直接把信心满满的教官练得没了脾气——不管是顶在头上的帽子，还是夹在手指间的扑克牌，或是夹在两腿间的香皂盒，统统坚持不到几分钟，全都噼里啪啦掉下来。

"行不行？"

"真不行了。"

"坚持。"

"坚持不住了。"

"还有五分钟。"

"五秒钟都不行。"

…………

那段时间的训练场上，尽是高原的讨饶之声。成效还一点没出来，他倒是抬不起胳膊、迈不开腿，稍微一动就直喊疼。"行进与停止"的训练还没开始，他就打起了退堂鼓，至于和爸爸的合同，只能是提前终止。

这一次，为了日思夜想的"导弹"，高原一咬牙、一跺脚，算是豁出去了："好吧，我接受考核，但是我只要通过了，你就必须带我去看'导弹'。"父子俩又一言为定，并且再次立合同、摁手印。

高原的毅力还真是随着年龄增长，也或者是被见"导弹"的欲望支撑着，这次和上次相比真是有了天翻地覆的变化。白天，他谨遵士兵教官的口令，一招一式学着动作。到了晚上，他竟然还关了房门独自偷着加练。

有一次，他靠着墙根站军姿，因为太累迷迷糊糊没站稳，一个踉跄撞在了桌子上。妈妈闻声过来，看他脑门上起了个大包，心疼得不行，强令他去睡觉。他却不听妈妈的，仍旧双脚并齐站回到墙根。妈妈拉他，他不从，妈妈硬拉，他竟然哭起来，对妈妈说："这假期眼看着一天天过去，再不抓紧就练不好'行进与停止'，也就不能去训练场看'导弹'。"

妈妈懂了高原的心思，只能任他逼迫自己。

紧赶着假期结束的前一天，高原不负自己的努力，终于通过了士兵教官的考核。他高兴极了，满怀憧憬等着下午四点钟去训练场看"导弹"，却直到小铁门关上也没等到爸爸。他回家后才知道，爸爸接到紧急命令，又执行任务去了。高原把和爸爸签订的合同撕得粉碎。妈妈劝他说，军人以服从命令为天职，爸爸是军人，得以工作为重，来去由不得自己。他更委屈，哽咽着问："难道……难道……这……就是说话不……不算数的理由？"

他把对爸爸的埋怨深埋进了心底。

024

高原把飘忽远去的思绪又拉回到现实。

赵立志仍旧不依不饶："你明明是军人子弟，葛连长在前面问呢，你咋就能无动于衷？"

胡迈这会儿把自己暖了过来，也从床上坐起，倒是反问起赵立志："人家是不是军人子弟是人家的事，人家在大庭广众下出不出列也是人家的事，你操的哪门子心？听这口气，倒像是他辜负了你一样。"

赵立志不服气，争辩说："话不能像你这么说，我们要有集体荣誉感，就像葛连长说的那样，见第一要争，见红旗要扛。"

胡迈反驳："那你咋不主动出列？"

赵立志急了："我又不是军人子弟，我要是，不用说，肯定第一个出列，还能让女生抢了先？"

高原终于出了声，嘟囔着说："雨太大，葛连长的话没听太清。"显然，他这是给自己生拉硬扯了一块遮羞布。

赵立志看穿了高原的此地无银三百两，继续揪着不放："大家都听清了，就你没听清，我看你是听清了，只不过不敢出列。"他又对胡迈说："看见没，这可不光是关键时候掉链子的问题，更是没有集体荣誉感。"

秋帆忍不住，憋着笑说："他那个耳朵——确实有点儿毛病。"

赵立志和胡迈惊讶又好奇，齐刷刷扭头看向高原。

高原红了脸，却仍违心地点点头。

"他那个耳朵呀，"秋帆坏笑说，"选择性失聪。"

胡迈问："你说的这个选择性失聪是个啥情况？"

高原明白秋帆戏弄他，索性自嘲："这个选择性失聪呀，就是想听到的时候能听见，不想听到的时候就听不见，我这是老毛病了。"

赵立志终于抓住了高原的小辫子："看吧，我就知道你是装没听见。"

秋帆添油加醋地对赵立志说："没错，他是典型的没有集体荣誉感。"

赵立志这会儿最为关心的是，身为军人子弟的高原，到底会不会"行进与停止"。高原理直气壮地说"会"的时候，他压根不信，逼着高原在宿舍里走了几个来回。高原站如松、行如风，倒是令他折服，可偏偏越是如此，他就越是闹不明白：高原既然有这本事，又为何在葛连长召唤时缩着脖子不出去？高原倒也大言不惭，说他怕自己如果出了列，万一走得比葛连长还好，那岂不是让信心满满的葛连长在几百个学生面前下不来台。

赵立志当然对高原的说法嗤之以鼻。

胡迈也说："但凡敢给高原一根酸奶吸管，他就能把牛皮吹上天。"

高原挠头嘿嘿笑，也并不反驳。

晚饭后，雨过天晴。高原到训练场闲走，偶遇了田雨格。他笑问田雨格是不是刚才展示不尽兴，这会儿要接着来。田雨格并不接他的戏谑之语，倒是问他，明明在部队学过"行进与停止"，为何不出列？高原很是惊讶，疑惑田雨格怎么知道他会"行进与停止"。他继而想，或许是宿舍里的某位给说出去的。不想，田雨格倒像是猜透并否定了他的想法，继续说，她最先是等着高原喊"报告"，没等着，才自告奋勇出列。这更让高原疑惑，如此说来，田雨格的信息并非来自他们宿舍，而是早就知道他会"行进与停止"。高原猜不出原委，忍不住问："你怎么知道我学过队列动作？"

田雨格笑问："我们可是老熟人，难道你真忘了？"

高原如坠云雾中，却无论如何都想不起来在哪里见过她。他欲再问，田雨格却"咯咯"笑着转身离开。

高原看着田雨格远去的背影，努力打捞记忆，却毫无结果。

025

第二天早上六点半，起床哨准时吹响。

胡迈本想赖在床上不起，怎奈张震排长到每个宿舍检查督促。他不得不挣扎着起床，却在叠被子时又趴着睡了过去。赵立志喊他，他也全不在意，头也不抬地说："离七点钟的出操还早着呢，我得先睡一会儿。"话刚说完，他就呼呼睡去。这个时候，其他人紧锣密鼓地起床、洗漱、打扫卫生、叠被子，紧紧张张地忙到七点钟哨声再响时，差不多都已收拾妥当。胡迈却大梦初醒，站在宿舍里环视一周，才想起身在何处，所为何来。张震排长在外面催促集合，胡迈把被子卷作一团，匆匆朝队伍跑去。胡迈着急忙慌地欲入队列，却被张震排长叫住。他像疾行中被捏了前闸的自行车，刹在原地。

张震排长问他，现在是几点几分。他摇头说不知道。张震排长抬腕看表，并郑重地说："现在是七点五分。"胡迈"哦"了一声，重复说："现在是七点五分。"张震排长对胡迈讲："之前再三强调过，集合时间三分钟，七点吹哨，七点三分之前每个人都必须到位，否则将视为迟到，个人和所在宿舍都要被扣分。"胡迈耷拉着脑袋，嘬着嘴，显然不服气。

张震排长又说，念他初犯，暂不扣分，这次算是给他和所有人提个醒，下不为例。胡迈为逃过一劫长出了口气。出操时，张震排长除了让二排学生绕训练场跑了个三千米，还组织了站军姿的训练。胡迈站立不稳，双腿、双臂也因偷懒没用力绷直，均被张震排长发现，点名批评了好几次。

胡迈对张震排长的批评并不认可。他觉得：首先，站军姿费时费力还累人，又不实用，着实没必要练；其次，其他人肯定也和他有同样的问题，只不过张震排长对他有意见，只盯着他，他这也算是替众人挨批受过。胡迈心里虽极度不爽，但他并没有抗争，所有的郁闷都只是挂在了脸上。

二排的同学好不容易挨到从训练场带回，以为可以松口气，可高原他们一回到宿舍，就惊讶地看到，葛青松连长正在宿舍里等着他们呢。

当葛青松连长指着胡迈的被子时，大家倒像是忘记了葛青松连长的存在，只惊见呼呼出着愤怒之气的张震排长，脸色从白变红，又从红变青。葛青松连长先是问大家知不知道军训期间叠被子的标准，赵立志举手说是豆腐块。葛青松连长点头表示认可他的说法，又问张震排长胡迈的被子是什么。张震排长咬着铁青的腮帮子不情愿、不乐意，更不高兴，却还是说了——他说胡迈的被子叠得像豆腐渣。葛青松连长倒没有揪着这个"豆腐渣被子"大张旗鼓地批评胡迈，只是提醒张震排长，这是第一个早晨，也是第一次检查，今天出现这情况，他认为不能怪学生，百分之百是排长的责任。他又说，如果下次检查还出现同样的问题，他就要找排长解释原因。

葛青松连长转身离去，张震排长静立无言，宿舍众人忐忑紧张。

大家都等着张震排长爆发。"豆腐渣被子"让他丢了人，丢人却又不是因为自己的过失，而是被胡迈连累，换了谁也不可能善罢甘休，理所当然要找补回来。可谁都没想到，还没等张震排长发飙，倒是胡迈先抱怨起来。

他先是质疑这样叠被子有无意义，并说军用被子的核心功能是用来睡觉的，而不是用来练叠被子功夫的，就跟在馒头上绣个花一样，最终还是要被吃掉，有没有花都一样。他又抗议，上到连长下到排长，只知道给别人定规矩下任务，自己光检查别人，有本事就同样标准，要求别人做到的自己首先做到。他这会儿倒像是个职业的演讲家，口若悬河，滔滔不绝。

这个时候，张震排长就在他身后站着。高原使眼色，胡迈压根不看。赵立志拉他，他也不理。他明知道张震排长的存在，却像汽车轰起了油门似的，一时半会儿硬是停不下来。他越说越激动，干脆撸起袖子转过身去，直接面对面挑战张震排长："有本事，咱们比比看谁被子叠得好。"

顿时，宿舍里静得只能听见胡迈的出气声。没人知道胡迈哪里来的那爆棚般的自信心。他后来自嘲说,像他这样的热血青年都是这样。

"你热血?是热血冲昏了头吧?"

秋帆每次闻听有人提及此事时,都如此一针见血地讽刺胡迈。

那天,张震排长当下应战。他三下五除二就叠好了标准的豆腐块被子。胡迈费了九牛二虎之力也叠好了,虽比之前有进步,但依然得归入"豆腐渣"之列。两相比较,高下立判。倔强的胡迈只能甘拜下风,自叹不如。

026

士别三日当刮目相看。只不过一夜之间,大家天天见得着的胡迈竟也有了脱胎换骨的变化。没人说得清他为何而变,只知道他不再抵触教导团的规章制度和繁重训练。无论是体能训练的三千米跑,还是队列训练的站军姿、齐步、正步和跑步,又或者是内务要求的叠被子,反正只要是军事训练涉及的每一个课目,他都不但按要求一板一眼地做动作、抠细节,而且就算是休息时间,他也不歇着,总独自去往训练场,把一个动作反反复复练。

这可不是胡迈叠被子输了之后的奋起直追,而是图谋着一劳永逸。

葛青松连长上次当着所有人的面说了,不管哪个同学在军事训练的哪个课目比拼中胜了他,这个课目就可以免训。不是一日免训,而是军训期间都免训。葛青松连长恰恰是在检查完胡迈的被子后说的这个话。葛青松连长那日还当着所有同学的面打包票说,他不但每天二十四小时在办公室等待大家挑战,而且所有在场的同学都可以做证,他说到做到,决不食言。

胡迈听到这个消息的时候甚为兴奋。

他猜想,葛青松连长能这样说,大概和他挑战张震排长叠被子有关。他也想着,葛青松连长大概觉得无论谁挑战自己,就跟他挑战张震排长叠被子一样——必输无疑。胡迈又想着，管他呢，既然葛青松连长能放出这样的话来，他心里大概是觉得这八九百个学生没一个人入他法眼。可是万一呢，胡迈觉得但凡自己认真，倒是可以一试。他甚至觉得这个善解人意的决策简直是为他量身打造，同时也惬意地畅想着，当同学们在大太阳底下挥汗如雨地训练时，他则因为某个课目战胜了葛青松连长而要么在树荫下歇着，要么在宿舍里睡大觉。高原倒是捏了把汗，他听出葛青松连长的话是因胡迈而起，却不觉得是唾手可得的机会，倒不光是担心胡迈，甚至是全宿舍都因之前的事得罪了葛青松连长。尤其当他得知胡迈的想法后，说他螳臂当车，说他鸡蛋碰石头。胡迈却毫不理会，铁了心要去挑战葛青松连长。

赵立志也提醒胡迈："连长、排长都是为咱好，你可别再逞能了。"

胡迈瞪大眼睛，不服气地说："要说为咱好，那你们得感谢我。你想想，若不是我激了排长的将，连长怎么能说这话。连长只要说了这话，咱们就都有机会赢了他而获得免训权。"他倒建议赵立志："你以前学过武术，体能顶呱呱，再加紧练练，就算队列不是你的长项，但三千米赢连长应该没问题，只要赢了连长，直到军训结束都不用再跑了。怎么样，你有没有胆量赢一回连长？"

赵立志皱眉看着胡迈，就像他说的全是疯话。

胡迈讨了个无趣，再不规劝，又到训练场自个儿练去了。

接下来几日，大无畏的胡迈三番两次找葛青松连长挑战。

他每每斗志昂扬去，却又垂头丧气回。

他每练完一个动作，都以为自己的标准就是最高标准，足以笑傲群雄、无与伦比，可是一和葛青松连长过招，不仅高下立见，更是专业和业余的区别。当然了，如果业余也分几个等级的话，胡迈的那个段位顶多算个入门级。胡迈输个一回两回还不服气，想着继续努力回头再战，可是三次四次之后，他就彻底泄了气，实实在在服气了葛青松连长，也认可自己技不如人，再无心叫阵。与此同时，被打回原形的他又开始三天打鱼两天晒网。

葛青松连长倒夸胡迈每次都有进步，这赞美着实让胡迈觉出惭愧。

027

胡迈自己压不倒葛青松连长，便把希望寄托到室友身上。

他先是找到高原。他知道高原记忆力惊人。张震排长每天晚上组织大家学习的国防教育内容，高原转天仍能熟练到张嘴就来，并且和新闻联播的主持人播报新闻一样流利。胡迈动员高原说，就凭你这神奇的大脑，但凡只要把国防教育的内容背记个八九不离十，就肯定能轻松赢下连长。

高原问胡迈凭啥对自己这么有信心，又对连长那么没信心。

胡迈倒分析得有条有理，说连长只注重抓管理和训练，把国防教育的任务都交给了排长。他又说，连长既然不管，就肯定不关注，所以也极可能不知道内容，这样的话，高原以己之长攻连长之短，胜利就是"so easy"（如此容易）。高原问他，既然如此，为何不亲自挑战？他被噎住，好半天才说专业的事交给专业的人，高原擅长背记，所以高原去最合适，并引导高原畅想，一旦赢了连长，以后可就再也不用参加晚上的国防教育了。没想到，他这么一说倒让高原坚定了拒绝之心。高原说他最喜欢、最期盼的就是每天晚上的国防教育，如果赢了连长换来这种结局，他宁愿不挑战。

胡迈哑口无言，发了一会儿愣，又转头动员秋帆。

秋帆倒是先问他："你凭啥说连长不知道国防教育内容？"

胡迈又是刚才的说辞："你想呀，连长让排长组织咱们……"

秋帆不等胡迈说完就打断，郑重地告诉他说，每天晚上的国防教育可不是像他想的那样随便搞的，而是事先都要经过连长组织的教育试讲，各排长的试讲只有通过了，才能回排里讲，并提醒胡迈："你去问问，是不是有的排进度快，有的排进度慢，咱们之所以天天晚上都组织，绝不是大家晚上有时间才搞，而是张震排长技高一筹，每天的试讲都顺利通过。"

高原问："所以呢？"

秋帆答："所以连长对国防教育的内容不但知道，而且烂熟于心。"

高原找胡迈算账："你不搞清楚就让我去，存心害我呀。"

胡迈直呼想不到，也庆幸，多亏自己没有斗胆再贸然去挑战。

他又问秋帆："那你——去不去？"

秋帆倒是问他："你说呢？"

胡迈无奈摇头，同时长叹一声，心里存着不甘。

赵立志好奇地问胡迈，自己憋着劲儿挑战连长是为了获得免训权，几番下来没能如愿，那也是技不如人，怪不得别人，为何不就此偃旗息鼓，却又鼓动别人去挑战。赵立志还问："如果，我是说万一里的万一呀，就算别人在哪个课目上侥幸赢了连长，连长允诺的免训权还能转送给你不成？"

胡迈直言相告，自己心里有数，在哪个课目上都赢不了连长，也已断了获得免训权的念想。他现在最关心的是，到底有没有人能赢得了连长？如果万一有人真能赢得了连长，连长允诺的免训权到底能不能算数。

大家总算听明白了——胡迈这是憋着劲儿想考葛青松连长呢。

028

高原和秋帆都没想到，赵立志竟然答应用自己最擅长的三千米跑挑战葛青松连长。要知道，自到教导团以来，赵立志最佩服的就是葛青松连长，言必称连长，恨不能拜葛青松连长为师，也最敬畏教导团的规章制度，从无越矩之举。谁又能想得到，他这个温顺的乖乖学生，现在却要向连长发起挑战。

胡迈显然不太相信，问赵立志："你不怕得罪自己的偶像？"

赵立志若有所思地说："偶像要是这样就能得罪，也就不是偶像了。"

那天上午，全连的学生在操场上刚刚整队完毕，葛青松连长还没来得及布置上午的训练任务，赵立志就打报告走出队列："报告连长，二排赵立志有事报告。"他这突如其来的举动把二排的同学吓了一跳，更把站在队伍前列的张震排长给镇住了。排长面色铁青地望着赵立志，不知道这个平时严严实实把自己隐藏起来的乖学生，这会儿在大庭广众之下到底要唱哪一出。葛青松连长倒并不意外，扭头看向赵立志，大声问："赵立志同学，你有什么要说？"

赵立志直言要挑战葛青松连长的三千米跑。

高原和秋帆彼此看向对方，虽无言，却内心凌乱。他们觉得赵立志简直是发神经，就算他之前说过要挑战葛青松连长，也不应该这个时候这个场合以这种方式来挑战。胡迈倒是异常欢喜，朝赵立志大喊完"加油"后，又自个儿低头兴奋地自言自语，好像赵立志的挑战是代表他。

对于赵立志而言，张震排长朝他喊了什么，葛青松连长又怎么回应，这些都已不重要。因为这个时候，八九百学生的掌声和叫好声湮没了一切。赵立志心中鼓胀胀的，眼中没有了连长、排长，也没有了对挑战的畏惧。

放眼望去，训练场上只剩下孤勇挑战的赵立志。

此刻，葛青松连长也从容应战。

八九百人的队伍已经围着跑道散开。排长们都聚到葛青松连长跟前，劝他不要比，原因都说得一样，赢了是应当应分，输了实在难以收场。葛青松连长同意他们的意见，但这会儿，谁也动摇不了他迎接挑战的决心。

二排除了张震排长，都围在赵立志周围。胡迈最兴奋，一个劲儿给赵立志竖大拇指，说他没想到赵立志这么牛。胡迈之所以这么夸赵立志，可不只是戴高帽。他虽说以前也屡次挑战葛青松连长，但都是私下里找，不管谁输谁赢，都是你知我知，并不会造成多大影响。赵立志倒是玩了个大的，当着这么多人的面，只要赢了葛青松连长，不但是同学们心中的英雄，连长也必须兑现免训承诺。胡迈做梦都想这么干，却无奈技不如人。

胡迈没想到赵立志竟然是这么牛的赵立志。

赵立志临上跑道的时候松了松鞋带。

胡迈提醒："这个时候松鞋带就是泄气，必须绑紧点，越紧越好，只有人鞋合一，才能天下无敌。"他似乎担心赵立志不明白他的意思，急切地蹲下身子，帮赵立志勒鞋带，他一拽再拽，直到拽不动时才给赵立志系上。

赵立志皱着眉头说太紧。他却说紧点好，一紧赢天下。

教导团的训练场是标准的四百米跑道，跑完三千米是七圈半。随着一声哨响，赵立志先葛青松连长一个身位冲上了跑道。赵立志不愧练过武，体壮腿长，频率也快，一上跑道，就尽显优势，一鼓作气地保持领先。可是第五圈没跑完，他就被葛青松连长追上，并慢慢甩开。最后他拼尽全力，又追了几十米，但还是在冲刺时败给了葛青松连长。胡迈对此结果最是懊恼，又是叹气又是摇头，好像输掉比赛的人是他。

比赛结束时，训练场上的掌声又响成一片，有的是向葛青松连长祝贺，也有的是给赵立志鼓劲儿。胡迈独自跟在赵立志身后垂头丧气。

029

这天晚上，熄灯哨已经响过，却迟迟不见胡迈回宿舍。

高原以为胡迈去训练场加练忘记了时间，秋帆则猜测，他会不会又练了什么绝招去挑战连长。只有赵立志心神不宁，似乎对胡迈更为担心。

这会儿，胡迈正骑在教导团的围墙上。哨兵发现了墙上有人，打着手电筒步步逼近，大声喝问是谁。骑在墙上的胡迈不敢应。哨兵不得已，用对讲机报告给葛青松连长。葛青松连长带几个战士赶到时，胡迈受到惊吓加之疲惫过度，骑在墙上全身发抖。

葛青松连长把胡迈从墙上接下来，问他原因。他竟跟葛青松连长幽默了一把，嬉皮笑脸地说："连长，如果我说趴在这儿是为了向您挑战捉迷藏，您信吗？"葛青松连长倒也不恼，笑着向胡迈明确，说他之前所说的接受挑战都是训练课目，课目里没有捉迷藏一项，所以不管他说啥，也不管自己信不信，都不能作数。

"哦，嗯，我明白了。"胡迈显然糊弄不过去。

铁青着脸的张震排长领回了胡迈。

张震排长连夜和胡迈谈心：问他知不知道出门得请假，他说知道，问他为什么不请，他说就算请了也肯定不批；问他擅自外出干什么，他说不能说，问为什么不能说，他说这是他的秘密；问他知不知道违反纪律等同于阶段考核不及格，得扣分，因个人事扣个人分，因宿舍事扣宿舍分。

胡迈急了，一口咬定是因个人事，至于什么事，却又缄口不言。

张震排长不得已，叫醒了全宿舍。

大家这才知道胡迈闯了祸。就在张震排长问不出原因不得不单扣胡迈个人分的时候，赵立志报告排长。张震排长让他说。他倒问起胡迈："是为鞋的事？"胡迈似乎不情愿，却又不得不点了头。赵立志皱起眉头，说胡迈不该管他的事。赵立志话里虽有怪怨，语气里却又分明夹杂着感激。

两人一问一答，也道出了胡迈私自外出的原委。

原来胡迈所做一切都是为了赵立志。军训时，衣服是统一发放，训练用的运动鞋却是自备。赵立志家贫，运动鞋是去年买的，今年穿着就有些挤脚。往常训练时，他尽可能放松鞋带，以让鞋装得下脚。那日比赛，胡迈凭自己的经验，将鞋带一紧再紧，导致赵立志磨破脚输掉了比赛。

比赛结束后，胡迈看到赵立志脚后跟的破皮，心疼又自责。他察看赵立志鞋码时被发觉，问赵立志喜欢穿什么牌子，赵立志并没告诉他。

胡迈却自作主张，并且冒险翻墙出去替赵立志买鞋。

赵立志自责地说："胡迈是为了我犯错，要扣就扣我的分。"

胡迈却拍着胸脯说一人做事一人当，让赵立志不要掺和。

张震排长不言，似乎也在想这件事该怎么处理。

高原沉默许久，提议说："这个应该扣我们宿舍的集体分，赵立志挑战连长是为我们宿舍争荣誉。再说，买回合脚的鞋有利于训练，出了成绩也是我们宿舍集体的。"

秋帆也赞同："对，这是宿舍的事，应当扣宿舍的分。"

张震排长一直铁青着的脸有了血色，当着四人的面又强调了一遍纪律，明确了什么该做什么不该做，什么做了即可，什么必须做好。

大家一面听着，一面连连点头。

张震排长最后也并没有再批评胡迈，只是告诫他做事情要注意方式方法，好事要真正做好，千万不能弄巧成拙。胡迈这回倒是难得洗耳恭听。

张震排长要出门，却被高原叫住："排长，那您是同意了？"张震排长问同意啥，高原提醒他不扣胡迈个人分而扣宿舍分。张震排长点头答应，随即又转过身来盯着胡迈。胡迈紧张起来，既因为自己拖了宿舍后腿，也因为不确定排长又要怎样。

"还站这儿干吗？"张震排长问胡迈。

胡迈看着张震排长，一头雾水："那——我们这就熄灯睡觉？"

"睡什么觉。"张震排长问，"你买的鞋呢？"

胡迈这才想起被他藏在墙根下的 42 码运动鞋，便一溜烟跑去取了回来。

030

张震排长走后，四人自是难眠。

尤其是胡迈，翻来覆去，就像是在床上烙饼子，怎么也睡不着。他并不因为私自翻墙外出买鞋后悔。他干这事的理由硬邦邦，赵立志的鞋不合脚，必须换新鞋，而赵立志自己又不换，当然得由他越俎代庖。胡迈不得劲的地方是因为他而扣了宿舍的分，这样一来，宿舍里的每个人怕是都要与军训总结时的先进无缘了。他倒是无所谓，自幼儿园到现在，他从没得过奖状，也没有对先进产生过非分之想。但其他三人不一样，他们尽其所能地付出，没有理由因为他的鲁莽，而被打入另册。"对不起，兄弟们。"胡迈思来想去，终于开了口，"连累大家了。"他似乎还想说什么，却又没了词。

"这件事不能怪你，要说对不起的，最应该是我。"赵立志从床上坐起来，"这事从头到尾都是因为我，最应该扣我的分。"他说这话时似乎夹杂着哽咽，"我要是早早把鞋换掉就好了，也不会连累全宿舍被扣分。"

"这不能怪你。"胡迈要和赵立志相争的好像不是责任而是荣誉。

"都因为我。"大家能听到赵立志在黑夜里的抽泣。

"你们别争了。"沉默许久的高原打断了二人，他问赵立志，"老赵，你还记得你爸说过的话吗？"赵立志被问住了，高原与他爸爸只有那次出租车上的相遇。那一路上他爸爸都在说话，高原指的哪一句他并不能确定。高原接着说："那天在出租车上，你还记得吗？你爸爸说过的，咱们都在六中，以后都是好同学、好兄弟，这个好兄弟可不是说说的，如果在战场上，那是要互相挡子弹的。你说说，宿舍扣分跟挡子弹相比哪个大？"

赵立志还想坚持自己的意见，含混地说："可是，这次——"

高原打断他："可是什么，难道上了战场你不愿意替我们挡子弹？"

赵立志表态："愿意。"

高原说："那就对了，两相比较，宿舍扣个分又有什么了不起，再说了，这个分不光能扣，也能加，咱们争取加回来不就行了！"

胡迈一骨碌坐起来，急切地冲着高原问："扣掉的分还能再加回来？"

高原数落胡迈："一看你就没有学军训须知。"他又给大家逐一解读："须知上写得清清楚楚，扣分的项目有违反纪律、考核不及格、无故不操课，加分的则是好人好事、每周评优、考核优秀、会操排名前三……"

胡迈来了劲："好人好事也能加分，太好了，明天我就去学雷锋。"

秋帆打击他："你奔着加分去，太功利，容易被看成图谋不轨。"

"那——那——"胡迈急于将功补过，却又想不出好方法。

"你也别说这说那了。"高原建议，"对于咱们宿舍来说，最切实可行的目标就是争取会操排名前三。"他有理有据地分析，"这个不但加分多，而且每天都练，只要训练场上多用心、多流汗，不信咱们搞不到前三。"

"这个好，我同意。"胡迈又像是为了确保扣掉的分能万无一失加回来，斗志昂扬地建议说，"咱不能光在训练时间练，从明天起，我带头早起，咱们赶起床哨响之前加练一阵子，一定要拿到前三。"

秋帆讨饶说："平时多练行不行，非得早起呀？"

赵立志答他："必须得早起，不光要早起，还得晚睡，咱们每天提前洗漱，在洗漱哨和熄灯哨之间也能加练上半个小时。"

031

几人憋足了劲，想要多训练拿前三，但真要落到行动上，却并不像预想的那样容易。第一个提议早起的是胡迈，第一天就起不来床的还是胡迈。

赵立志一醒来就喊胡迈。

胡迈虽然应了，却懒洋洋地说再眯一分钟。再叫，说马上。可是等其他三人收拾妥当要出门了，他却打起了退堂鼓，半梦半醒地说："咱们还真去呀？这也太受罪了……困……想睡……要不然咱们加练就放在晚上，一样的，一样的……"他昨晚还信誓旦旦，这会儿却在含混的重复声中又睡了过去。

赵立志正犹豫要不要再叫，扎好腰带的高原不多废话，一把就将胡迈拉了起来，提醒他说："老胡，你要再这么睡，扣掉的分肯定加不回来。"

胡迈就像被冰水浇到头上，猛一下子就醒了过来。他着急忙慌地穿好衣服，见几人盯着他看，倒催起来："走，快去训练场，抓紧练起来。"

大家被逗乐，高原说胡迈的由睡转醒是受了伟大使命的召唤，秋帆却说他的猛然惊醒是"不待扬鞭自奋蹄"。只有胡迈自己最清楚，原本就不能因自己的过失让别人代为受过，既已无法挽回，就有责任及时找补回来。

这个时候还不到六点，四个年轻人就像含露的花草，清新而又昂扬。他们怀揣着目标，高擎着信念，可当他们到训练场的时候，却傻了眼。

训练场上到处都是加练的同学。

有的练站军姿，有的练"停止间转法"，也有的练"行进与停止"。有的是独自练，也有的以宿舍为单位集体练。他们都悄悄地，好像是怕打扰别人的睡梦，也或者怕暴露自己的努力。高原注意到，在靠近训练大棚的角落里，正有一群同学围着田雨格，看她示范三大步伐的动作要领。

她做一遍，又看着同学们做一遍，一个个为同学纠正不规范的动作。

这一刻，不只是高原，其他三人也意识到，他们以为轻而易举就能实现的"前三"目标，似乎陡然变得艰难起来。他们因为扣分才临时决议为加分而加练，而其他宿舍的同学并没有被扣分，他们的目标显然更为纯粹。

"练吧，别看了。"高原提醒大家。

"这——怎么这么多人？这都什么意思？"胡迈显然不理解训练场上的这些同学为何而来，他自己还停留在因为扣分而想办法加分的逻辑里。

"不管别人，咱练咱的。"赵立志给大家鼓劲儿。

"就是，谁怕谁呀。"胡迈也说。

"他强任他强，清风拂山岗。"秋帆昂首吟诵。

"啥——你说的这是啥意思？"胡迈问。

秋帆戏谑说："意思是说，不管他多厉害，跟咱们比都是毛毛雨。"

胡迈乐了："这话好，符合咱们的气质。"

几人彼此说俏皮话虽不输，但练起来，问题却不少。

高原早年在导弹旅练过，算是有童子功，动作扎实自不必说，也自然是几个人里的总教头。赵立志易紧张，不喊口号还好，一听到"一二一"就动作变形，尤其齐步走的时候，动不动就同手同脚，一而再，再而三，心里知道错了，手脚上却难调整过来。胡迈平时看着挺直溜，可一站到队伍里，不知道哪里出了问题，脖子歪，身子也歪，纠正都不管用，很快就会因纠正过度而歪向另一边，再纠正，就又再歪回去，如此反复纠正，效果甚微。秋帆倒没有大毛病，但总感觉他的状态不对，绷不紧，挺不直，用张震排长曾经总结过的话就是："提起一吊子，放下一摊子。"

大家为此而苦恼，眼看着"前三"的目标越来越不切实际。

032

他们几人自从制定了"加分"的加练计划后，大家的态度都很好，让早起就早起，让晚睡就晚睡，四个人拧成了一股绳，都想着练好了动作冲前三，把宿舍的总分再加回来。但能看得见的现实是，大家累也受了，汗也流了，可效果并不明显，没一个人觉得他们具有冲击前三的实力。

高原倒不急，给大家打气说："现在遇到的问题都是发展中的问题，解决了，就能进步。"

胡迈叹气："那要是解决不了呢？"

"那也不可能退步。"高原信心坚定，打包票说，"进步就在这两天。"

"你说得倒容易。"秋帆质疑。

"不信等着瞧。"高原信心满满，"我肯定说到做到。"

"对。"胡迈赞同高原，"咱最起码要有信心。"

"我说的可不只是信心。"高原强调，"更是立竿见影的效果。"这个时候，唯有赵立志默不作声。

赵立志自从认识高原后，没见过他讲瞎话，所以相信他的包票不是信口胡说。他却又疑惑，不知高原到底想到了什么灵丹妙药一样的好方法，能让久不见起色的队列训练在短时间内有立竿见影的效果。他倒好奇得很。

第二天一大早，答案就揭晓了。

高原结合三个人的特殊情况，为他们量身打造了三套训练计划。

第一套，赵立志畏惧口号，他偏让赵立志做每一个动作都喊口号，尤其齐步走的时候，让他出右手和左脚喊"一"，出左手和右脚则喊"二"，一步一喊，如是反复，最终让每一只手和每一只脚都习惯口号，也融进肌肉记忆，真正锤炼体内每一个细胞都闻令而动。第二套，对于胡迈的"歪"，他把胡迈的训练场地安排到教导团机关大楼进口处的仪容镜前面，让胡迈对着镜子站军姿，看自己歪在哪里，自己体会，自己纠正，镜子里的胡迈日日里看着自己，慢慢地竟真就直溜起来。第三套，高原纠正秋帆的松松垮垮也有法子，他从秋帆的站军姿开始，给秋帆安排顶香皂盒，手夹扑克牌，两腿膝盖处夹书，以半小时为限，都不掉则通过，掉一次加练半小时，他喊开始的时候，似乎能感到秋帆身上的每根汗毛都立了起来。

他们也都承认办法是好办法，但具体到每个人身上，都喊受不了。

赵立志说感觉手和脚都不是自己的了。胡迈直言，自己总盯着镜子看自己，都有了抵触和厌烦。秋帆也抱怨，真不情愿一动不动站成木头桩子。

高原倒不强迫，只问："扣掉的分还要不要加回来？"

那几人像是被提醒了吃这苦的由头，同声答："要！"

"能坚持不？"

"能！"

几人也不用谁再督促，不管早上还是晚上，只要一到计划好的加练时间，就都自觉地走上各自的"战场"。时间一日日流逝，他们也在不知不觉中，潜移默化地发生着改变。直到有一天，赵立志不再同手同脚，胡迈变得"端正"且"直溜"，秋帆呢，还真把自己修炼成站如松的军人样子。

会操的日子一日日迫近。

"加油！加油！"他们每天早起都这样互相打气。到了晚上，则说着次日的计划，并提醒彼此，第二天早上如果有人睡得太死记得拽醒。

他们心中一日日蓄积着能量，急切盼望着即将到来的会操。

033

他们每天都能在操场上看到葛青松连长。不只是在平时，也在他们加练的早上和晚上。他们为了加分训练的同时，也惊讶地发现葛青松连长雷打不动地锤炼着自己。他们见葛青松连长有时长跑，有时拉单双杠，有时障碍跑，有时做俯卧撑，也有时似乎并没干什么，只是仰头望着天空。

他们开始以为葛青松连长也将面临上级的考核，所以不得不每日里严格地操练自己，但他们很快就从张震排长那里打探到，葛青松连长并不参加考核。

"他可是连长，咋说也是咱们八九百人里面最大的官。"胡迈最不能理解葛青松连长。他说如果他是葛青松连长，才不会那么难为自己，当连长，就要有个当连长的样子——平时背个手走走转转，哪个排长或者学员表现好表扬几句，表现不好的话，心情不好批评几句，心情好教导几句。胡迈怒其不争地哀叹葛青松连长不会当官，说他把绝好的资源给浪费了。

赵立志觉得葛青松连长天天这么练，大概是防备着哪个学生冷不丁挑战他，尤其是胡迈这样的，不光自己挑战，还鼓动别人也挑战。身为一连之长的葛青松，总不能轻易就败下阵来，所以不敢大意，得时时都练着。

到底是不是这么回事，没人给出评判。

秋帆分析，葛青松连长大概是以身作则给大家树榜样，身教胜于言教，他整天这么练自己，上到排长下到学生都看在眼里，只能照着做，就算想偷懒，自己都说服不了自己。

大家觉得秋帆说得最有理，可是很快，他们就发现秋帆的道理也站不住脚。

因为周日早上，赵立志看见在空无一人的操场上，葛青松连长仍跑了个十千米。

他决然不像是给谁做样子，而是坚持着自己的坚持。他们愈加关注连长，也愈发觉得连长的与众不同。

胡迈说他没见过葛青松连长衣衫不整，大家也都没见过。不管是早上刚起床，还是晚上洗漱完，男生大多数都是背心配大裤衩子，还有的光着上身，可葛青松连长从来都是短袖军装扎在裤子里，军容严整，精神抖擞，从前到后、从上到下都是一丝不苟。赵立志说没听到过葛青松连长骂人，大家也没听到过。他从来都言辞和善、温文尔雅，从没有说过不妥当的话，他说话时也从没有蹦出来过不合适的词。

秋帆说没见过葛青松连长有搞不定的事情，大家也都认同。学生有学生的问题，排长有排长的难处，但不管大事小事，报到葛青松连长那里，似乎都能很快解决，而且解决得妥妥当当。葛青松连长做这些困难之事时，倒也不全是凭着手中的权力，很多时候，他倚仗的是独属于他的个人魅力。比如一排有个女生，不知为何，就是抗拒训练，任凭谁说都不管用。葛青松连长也就只跟她谈了一回，也不知道咋说的，反正那个女生就笑逐颜开地回到了训练的队伍里。他们越是总结，越是觉得葛青松连长身上有一种说不清的魅力，甚至是魔力。胡迈很快又带来关于葛青松连长的新消息。

胡迈说葛青松连长是从北京大学毕业的。

大家惊讶，他们觉得从那里毕业的学生，要么在政府里当大官，要么在企业里挣大钱，最不济也是留在大城市干着大事业，怎么会到这山沟沟里的部队当个连长。胡迈又说，葛青松连长最早是在北京的总部机关，是他自己主动请缨来到这山区的教导团。大家更是不解，人家都是从小地方往大城市去，他倒反着来了。胡迈还说葛青松连长的爸爸是部队的大官，赵立志问有多大，胡迈却又说不清，只比画着，很大很大。大家疑惑得很，都把希望寄托在胡迈身上，巴望着他能带回关于葛青松连长更多的信息。

胡迈果然不负众望。他从几个排长那里获知，葛青松连长原本是北京的上级机关里前途无量的参谋，却为了避开同在机关当领导的父亲，主动请缨来到了小山沟。别人都以为他只是来镀镀金、走走过场，没想到他一来就是三年，并且从未动过再回京的念头。葛青松连长出乎了所有人的意料。

"真是不简单。"高原赞叹。

"连长的含金量这么高。"胡迈说，"看来我们赚了。"

赵立志纠正："会操拿到第一才算赚。"

"必须第一。"

"加油！"

四个人拢成一圈，手摞在手上，齐声大喊："加油！加油！加油！"

034

高原看不透葛青松连长，就像他理解不了爸爸高旭东一样。

高原的爸爸高旭东生于城市长于城市，虽然特殊时期耽搁了一阵子学业，但他在自己的爸爸高泰勋的督促下，很快就把心思用在了读书上。

恢复高考的第一年，他就以高分考入复旦大学，读完本科又考上硕士研究生。那时候的研究生可是稀罕物，物以稀为贵，爸爸自然也就成为那个时代的佼佼者。爸爸毕业的时候正遇上席卷全国的出国潮，他的很多同学都留学、移民。

　　高原听爷爷说过，那时候，爸爸去美国读博士的学校和导师都已联系好了，但不知为何，他终究没去。

　　高原就算能理解爸爸不出国读博，可理解不了城市里有那么多工作可做，有学历、有能力的爸爸却偏偏去了山里的二炮部队。而且他在山沟沟里一待就是十几年，就像是把家安在了那里。高原打小就对爸爸印象模糊。

　　他看见别的小朋友都有爸爸妈妈陪着，而他身边只有妈妈，他似乎也习惯了爸爸不在身边。当其他小朋友笑他没有爸爸时，他当真以为自己就没有爸爸，为此伤心过好一阵子。他后来上了幼儿园，对爸爸的认知等同于假期。春节、五一、国庆，每当将到这样的节假日时，妈妈都会提前很久和爸爸通电话，确认爸爸能回来后，就兴高采烈地开始准备，又是打扫卫生，又是买肉买菜。那时候，妈妈总会情不自禁地哼起歌来，家里的每个角落都充盈着幸福和欢快。可是，等爸爸回来了，高原却惯常和他是陌生的，不敢和爸爸靠近，不敢和爸爸说话，也不敢说出装在他心里许久的小小要求，见到爸爸就像见到猛然闯到家里来的陌生人。妈妈总是鼓励他："说呀，你不是有很多话要跟爸爸说吗？爸爸回来了，你快去告诉爸爸。你不是还有小礼物要送给爸爸吗？快去呀，取来给爸爸。"可是呢，他依然不习惯和爸爸说话，也不愿意把准备给爸爸的礼物拿给爸爸。

　　爸爸亲昵地拉着他的手，深情地呼唤他："来，到爸爸这里来，想让爸爸做什么你就说，爸爸一定答应你。"那个时候，高原满心里装着的都是抗拒，甚至忽略了爸爸在和他说什么。过上几日，长久的相处消解了隔膜，高原对爸爸的陌生感才渐渐淡去，也才慢慢靠近爸爸，也试图说出那一肚子的心里话。可这个时候，妈妈已经开始为即将到来的分别愁容满面，幸福和欢乐又打成死结。爸爸的假期结束，很快又离开家返回了山里。

高原和爸爸欲亲近而不得，那时候倒是盼望着下一个假期，可大多数时候，爸爸的下一个假期总因各种各样的理由不能回来，要么是值班，要么是执行任务，要么他也不知道因为什么，爸爸只在电话里给妈妈说走不开，然后便长久杳无音信。大概从上了小学之后，高原渐渐习惯了没有爸爸的生活。他习惯了妈妈辅导作业，妈妈喊他睡觉，妈妈叫他起床，也习惯了开家长会的时候妈妈参加，或者妈妈太忙，不得不打电话向老师请假。

老师知道他的爸爸是常年不归的军人，所以理解并容忍家长在班级活动中的屡屡缺席。高原似乎也在心里容忍了爸爸在他成长阶段的缺席。

随着时间推移，高原和爸爸愈加疏远。开始是空间里的难得一见，后来变为心理上的抗拒疏离。爸爸休假归来，他就找借口到同学家里去，直到很晚才回来。爸爸找他说话，他就去做作业，那作业多得好像永远也没有做完的时候。爸爸兴致勃勃地规划了到外地风景区旅游，他却总有借口不去。那个时候，他已经是个大孩子，没有人能够轻易地改变他的想法。

初中之后，高原懂了道理，对人对事的理解也不再局限于本能的情绪。有那么一阵子，他和爸爸又亲近起来，会关心爸爸什么时候休假，会给爸爸打电话，也会给爸爸提出一个男孩子的要求。爸爸对高原的变化尤为惊喜，父子俩甚至会讨论高原的情窦初开和对以后的打算。那个时候的高原对爸爸知无不言，完全把爸爸当成了自己最好的朋友。可是那次，爸爸因临时接到执行任务的命令而放弃了休假，导致高原早早罗列在假期里的所有计划都泡汤。高原可不管什么命令和任务，他只记恨爸爸说话不算数。

自那以后，高原在心里又竖起了一道与爸爸间的隔离墙。

035

终于，被训得筋疲力尽的学生们盼来了久违的下雨天。

下雨就没法训练，学生们得到的命令虽是"整理内务"，可对于现在的他们来说，那已算不上什么难办的事。刚起床的时候，大多数人都已经整理停当。这会儿，伴随着窗外哗啦啦的雨声，有人看书，有人打盹，还有人站在门口，眺望着大雨冲洗花草树木。他们享受着这难得的惬意时光。

在这个下雨的日子，高原所在的 6022 宿舍显得分外安静。

高原捧着一本袖珍版的《小发明家》看得入迷；秋帆则隔窗望着外面的雨幕，似有难以言说的重重心事；赵立志刚做完四组五十个一组的俯卧撑，这会儿，又大汗淋漓地开始计数仰卧起坐；胡迈呢，在高原的督促下，把被子散开重叠，这事对他来说总是个老大难。其间，他虽然一再给高原保证，正课时间绝不睡床，但这会儿，他借着捏被角的由头，在床上躺得平平展展，并且很快就进入状态，随之，传来了轻微的鼾声。

宿舍的安静被鼾声打破，大家都望向胡迈。

赵立志也一个鲤鱼打挺站了起来，高原和秋帆以为他要叫醒胡迈，他却并没有，而是兴致勃勃地问："你们倒是说说，这会儿葛连长在干啥？"

秋帆也把放飞到窗外的思绪收回到宿舍。

高原知道赵立志的关注点，也清楚秋帆的心事。

在这一刻，他也不由自主地好奇起来，心里装的全是葛青松连长。是呀——从不停歇的葛青松连长、一丝不苟的葛青松连长、充满魔力的葛青松连长，他在这大雨不止的上午，在这不能训练的间隙，又会在干什么呢？

"走，到训练场看看去。"胡迈这时竟然醒了，他就像与大家心有灵犀，几乎在收住鼾声的同时，提出了这个戳中大家心理预期的极好建议。

"走，去训练场。"

他们相跟着冲进了大雨中。

"看，在擂台上。"他们隔着很远的雨幕，就看见了葛青松连长。

葛青松连长这会儿正站在训练大棚中央的格斗擂台上，和另一个人进行着激烈的搏击格斗。他们移走腾挪，互相击打。有时，葛青松连长的拳头落在了另一个人的身上；有时，另一个人的小腿踢在葛青松连长的腰部；也有时，他们缠扭着双双摔倒，但很快，又都挣脱开彼此迅速站了起来。

雨越下越大，远处偶尔传来隆隆雷声。

几人看远处的葛青松连长，就像看镜中的人物，也像看一部久远且模糊的武侠电影——葛青松连长就是那电影里得了绝学秘籍的唯一男主角。

他们感到兴奋，似乎验证了对葛青松连长的某些猜测和预期，获得了他们期待的关于葛青松连长的更多秘密。同时，他们也有些失落，就像目睹着强者愈强，而自以为是的他们却越来越远地被抛在了身后，更显出苍白无力来。那日，葛青松连长在雨幕中的形象，深深扎根于他们的心中。

葛青松连长如导航仪，潜移默化地指引着他们前进的道路。

036

雨尚未完全停住，营院里就响起嘹亮的口号声。

胡迈隔窗看到一个个宿舍都整队带向训练场后，急不可耐地催促大家："快走，再晚好场地就被占完了。"说着，他第一个勒上武装带冲出宿舍。其他几人紧跟身后他还嫌慢，不断地转过身来喊着："快点，快点。"

他们果然慢了。

训练场的四百米跑道上都是学生，他们彼此保持着几乎相等的间距。这会儿，正是一大片热火朝天的练兵场面。有的练"停止间转法"，有的练三大步伐，也有的练站军姿。高原带队走了一圈，也没找出能够插进去的空地。他们又到训练大棚下寻找，依然没有空地。不得已，只能暂时带队到角落里的草地上。胡迈一路走一路自责："这个都怪我，应该尽早来侦察的。"

他们经过女生队列时，又见到了田雨格。

这时，田雨格正带着女生队练习正步走。她精神抖擞地站在排头，既是基准兵，又是指挥员，随着她高亢嘹亮的口令，动作整齐划一。

高原惊讶地发现,田雨格的女兵班竟然创造了独一无二的训练方法。其他队列都是一个动作来回重复，在重复中发现问题然后改正，而她们则是把连贯的动作一一拆解开，先分解，再合成。比如，她们正在进行的正步走，田雨格喊"一"，她们一脚踢出，定住；田雨格喊"二"，她们则换脚，再定住。其间，田雨格会扭头看其他人，根据各自问题，一会儿喊"第二名，脚尖绷直"，一会儿又喊"第四名，胳膊抬起来，不能打弯"。

胡迈一眼看出诀窍，直夸田雨格办法多，提议他们也照此操练。

田雨格柔中带刚的口令声吸引住高原。

高原尘封的记忆之锁就像被输入了一个忘记许久的密码。

一刹那间，他又回到了遥远的往事里。

那是一个清风朗日的节假日上午，高原和妈妈到山里探望爸爸。前一天晚上，他等了爸爸好久，原本爸爸答应和他一起，给刚装配完的导弹模型上最后一遍清漆，可他直等到过了夜里十二点，还是没有等到爸爸回来。妈妈对他说，爸爸应该有重要的事情，大概不回来了。他不甘心，虽然在妈妈的监督下上床睡下，但衣服没脱，房间门也没有关，只要爸爸一回来他就看得见。爸爸答应他一年多的导弹模型好不容易完工了，他太期待上完最后一遍清漆晾干后的时刻。

那时，他觉得拥有那个导弹模型就如同拥有了整个世界。

次日早晨，高原被一阵刺耳的警报声惊醒。

妈妈带他冲到楼下。

他看到了很多人围着救护车，好像是有人生病或者受伤了，很快，救护车又闪着警报开走了。这个时候，他见一个和他年龄相仿的女孩从远处跑来，她哭喊着，不顾一切地冲过了人群，拼命地向着救护车开走的方向追去。

她声嘶力竭地大哭大喊，大人们试图拉住她，却被她挣脱。

女孩不管不顾地奔跑着去追那辆已经不见了踪影的救护车。

…………

"干吗呢，走了。"胡迈戏谑高原，"是不是想加入女生方阵？"

高原恍然回到现实。

田雨格指挥队列的声音依旧嘹亮："一二一……"

037

往事日久，差点淹没在高原的记忆之海。

此刻，他想起来了，并且无比清晰。他清楚地记得，女孩踉踉跄跄地摔倒在地。她大哭、大喊，不接受任何人的搀扶，也不接受任何人的劝慰。高原看到，女孩自己爬起来，仍旧哭着、喊着、挣扎着去追救护车。高原问妈妈："她为什么哭？"妈妈说："因为——大概——她是太伤心了。"

高原没有继续追问女孩为什么伤心，因为这个时候，他惊讶地看见，妈妈也愁容满面，现出忧伤来，他不确定妈妈是不是也有着和女孩一样的伤心。妈妈难有和爸爸相聚的欢愉，他可不想破坏妈妈难得的好心情。

妈妈和大人们终于拦住了女孩。

他们你一言我一语地劝慰女孩。

"没事的，爸爸妈妈只不过出去一趟，很快就会回来。"

"走，我带你去和阿姨家的狗狗玩。"

"弟弟正在家看动画片呢，我们一起去看。"

…………

女孩听不进去任何一句话，她的嗓子都哭哑了。

大人们又不断地塞给女孩各种零食和玩具。

他们给她巧克力棒、薯片、绒布娃娃，甚至一个年轻的阿姨抱来了自己尚在襁褓中的婴儿，呼唤女孩说："甜甜，你不是最喜欢跟弟弟玩吗？弟弟现在找你玩呢，别哭了，快跟弟弟玩一会儿。"女孩似乎没听到年轻阿姨的呼唤，没有答话，也没转头去看襁褓中的婴儿，而是仍张望着救护车消失的方向，一抽一抽地哭着。她哭出了眼泪、哭出了鼻涕，哭得不断咳嗽，甚至上气不接下气。在场的大人们都万分焦急，却又毫无办法。

高原看到妈妈也哭了。

好多大人都跟着女孩一起流泪。

爸爸那天尤其忙碌，又一次急匆匆赶回来的时候，责备妈妈为什么不尽力安慰女孩，并说再那样下去会出问题的。妈妈自责而又为难，她和其他大人想尽了办法，可毫无作用。女孩哭得好几次都差点背过气去。

爸爸站在那儿干着急没办法，也只有叹气。

高原见爸爸进了家门，过了一会儿，爸爸又出去了。

高原看到，爸爸手里捧着还没来得及涂最后一遍清漆的导弹模型。他猜测，爸爸是要带模型到办公室去完成最后一道工序，却又有一种不祥的预感。爸爸出来后并没有和他说话，而是径直走到了女孩那里。

高原担心的事情还是发生了，爸爸把模型捧到了女孩面前。

那模型似乎对女孩有着特殊的魔力，她看到模型的一瞬，就不再哭了。她接过了导弹模型，注意力全落在那些细密精致的零件上。这时候，在场的所有大人也长长地松了口气。突然，高原的哭号却又一次打破了刚刚到来的平静。

"我的导弹。"小高原声嘶力竭地哭喊着，"我要我的导弹。"

妈妈回过头来试图劝慰他。

爸爸却抢先一步，强行抱起赖在地上的他回了家。

那一刻高原伤心、委屈、愤怒，甚至生出了和爸爸彻底决裂的念头。可是回家之后，他得知女孩的爸爸受了重伤，妈妈也陪着去医院，女孩没人照顾时，那一刻，他又原谅了爸爸。他情愿用导弹模型换女孩的不再伤心。

傍晚，女孩爸爸去世的消息传来。

高原感同身受，大哭了一场。

自那之后，他再也没有见过那个小名叫甜甜的女孩。

038

随着葛青松连长吹出的一声长哨，又到了训练的休息间隙。

之前合成队列训练的时候，赵立志又出现了一次同手同脚，他说要长记性，哨声一响，就自觉惩罚自己站十分钟军姿。秋帆早就说要上厕所，一直憋着，哨音未落的时候就已经冲向了厕所。胡迈本来没事，但看别人喝水，也觉得渴，又没带水壶，就名正言顺地回宿舍补水。不用说，他趁这机会肯定要躺会儿床，时间长短无所谓，他要的就是那种独自破坏规章制度后的获得感。胡迈归队的时候也肯定会迟到，当然，他绝对不会无缘无故迟到，而是有充足的理由。他每次都以为是他的理由说服了大家，其实呢，他自己本身已是他所作所为的最好理由。高原独自席地而坐。

他感觉身后有脚步声，回头看，竟是田雨格。

高原有些意外，也有些惊喜，更多的则是惶恐。

他的脑海里又浮现出那个在导弹旅家属院见过的女孩。

高原不确定自己的记忆是不是出现偏差，在他的感觉中，那个女孩遥远的哭泣声总是循着田雨格的口令声而去。他暂时还无法确切地将田雨格和甜甜匹配，也没法证明彼此是同一人，却挡不住那种自发而强烈的预感。

"怎么，不认识我了？"田雨格笑盈盈地看着他，"我们可是老熟人。"

高原惊讶地站起身来，盯着田雨格问："你是甜甜？"

他又把记忆的摄像头伸进了往昔的岁月里，那个女孩和此刻站在眼前的田雨格似乎又不大一样，只有声音，是他敢于大胆揣测的唯一密码。

"谢谢你还记得我。"田雨格席地而坐。

"可是？"高原也跟着坐下。

"可是——女大十八变。"田雨格笑着说，"是不是已经完全认不出我了？"她语气里包含的信息，似乎自始至终都知道高原的身份。

高原承认他没有认出来。他循着不甚完整的记忆又把那天的所见回忆了一遍，那是他俩唯一共有的记忆。他们所忆大体相同——早晨，救护车，哭泣，安慰，等等。唯一不同的是，高原认定那天早上是他第一次见到还被称作"甜甜"的田雨格，但田雨格纠正，说他们之前就经常在一起玩，她妈妈还让她喊高原"哥哥"，她心甘情愿地喊了，但不知为什么，高原并没有答应，她为此还闹了意见。那时候，她知道高原爸爸正在拼装导弹模型，高原大概怕她有所企图，因此，是为了保护模型而抵触和抗拒她。

对于这个片段，无论田雨格怎么提醒，高原都没有印象。

他确定田雨格说的都是事实，因为田雨格问到了柳芸阿姨的近况。柳芸阿姨正是高原的妈妈，田雨格认识他妈妈，肯定是他们同在山里探亲的时候。那么，顺理成章的，他和她也应该有过交集。

高原为自己的印象全无而深深自责。他怀疑，自己那时候大概把全部心思都投掷于导弹模型，以至于忽略了周围的人和事。他记得，他那时每天都催着爸爸拼装和油漆模型。除此之外的其他事，他大多已经淡忘。

他们又说到了后来。

高原告诉田雨格，那之后，他很少去山里。他没说为什么，也没说最近一次与爸爸的冷战。高原想知道更多关于田雨格的信息，田雨格却只说她们家从城东搬到了城西，她暑假时在省城报了机器人兴趣班，还去过一趟北京的科技馆。她只字未提因公牺牲的爸爸，就像曾经摧残过她的巨大悲伤从来都不存在。田雨格也没具体提及后来的生活，如同从来都是如此。

秋帆回来了。

赵立志罚站的十分钟也结束了。

他们十分意外田雨格的到来，都急于想和她说些什么。他们问田雨格过来是不是传经送宝。田雨格说她是来取经的，她还说，高原在很多年前就得过队列比赛第一名，是深藏不露的高手。秋帆和赵立志当然不信，高原却猛然想起来，的确是有过那么一回，警卫营的士兵哥哥把他们一群小孩集合起来训练并打分，他走得最好，为此还得了一枚子弹壳做的奖品。

他惊讶于田雨格竟知悉这段他都几乎遗忘的经历。

哨声又响，葛青松连长命令同学们继续训练。

"会操有没有信心拿第一？"田雨格问高原。

"当然有。"赵立志抢着说，"必须第一，当仁不让。"

田雨格笑着说："口气倒大得很。"她又扭头向高原："你们可别输给我们女生。"她转身往自己的队伍走去，走出几步，又回头，朝着高原喊："这次你们要是输给我们，你可别像上次一样，坐在地上哭着不起来。"

秋帆和赵立志面面相觑，不知田雨格所云。

胡迈这次回来得倒不算太迟，老远见田雨格就打招呼："田雨格同学好。"目送田雨格归了女生队伍后，胡迈又拧着眉头问高原："啥意思，你们以前就认识？还有，你啥时候坐在地上哭了？为啥事？她咋知道的？"

胡迈就是个机枪手，一扣扳机，问题就像子弹一样突突突射出来。

"全体都有——以赵立志为排头。"高原不接胡迈的话茬儿，开始下命令整队。"到！"赵立志闻令立正，站得笔直，抬头挺胸，目视前方。

"向右看——齐！向前——看！"

随着高原的声声口令，队列里三人自动成排，依次看齐。

他们又投入队列训练中，再没有多余的精力关心其他。

039

高原的思绪又一次不由自主地驰往大山深处的导弹旅。

他依稀记得，自己骑在家属院和军事区之间的围墙上，第一次看见爸爸和他的战友们训练队列时的惊喜。高原从来没见过那么多军人聚集在一起，更好奇为什么随着一声口令，他们总能整齐划一地做出一个个动作，就像身体里都预装了一个按钮，而每个人的同一个身体部位都受这个按钮指挥，说腿动就腿动，说手动就手动，即使集体呼出的口号，也不像是很多不同的人呼出来的，而像是来自同一个人，只是音量增大了几十倍、上百倍。

他看完军人们的训练，也就有样学样地自己比画起来。

高原的爸爸那时真是年轻呀，就像有无穷的精力，也有干不完的工作。在高原的记忆里，爸爸总是加班，也总是执行任务。他弄不清导弹旅为什么有那么多的工作，更不明白爸爸何以那样忙。但是，即便爸爸忙到连饭都顾不上吃，见他对军事训练产生了兴趣，竟专门抽出时间来教他。

高原那时候对训练的态度，好奇大于喜欢。自己以玩耍之心比画比画还行，一旦升格到正经八百的训练，就有了畏难情绪，也起了抗拒之心。

那时候，爸爸并不懂小小高原的小小心思，以为高原的"不听命令"，是因为他教得不好，就"请辞"了高原的军事教练，继而从警卫营请来一个专门给机关干部示范动作的士兵。结果可想而知，一通教导下来，刚起了好奇心的高原彻底地抵触起训练来，到最后，他连看都不愿意看了。

爸爸原本期待高原子承父业，见他如此，不得不罢手。后来，高原为看到模拟导弹和得到导弹模型，便答应爸爸再次参加训练。

那一回，高原倒是极用心的，在长达一个多月的时间里，他把对导弹模型的巨大热情都转化为训练中的刻苦和认真。指导高原训练的士兵哥哥开玩笑地说，以高原的水平，完全可以跳过新兵训练阶段，而直接进入老连队。

高原带着骄傲的成绩去找爸爸兑现承诺，爸爸却不辞而别去执行任务。爸爸倒没食言，只不过，再次着手为他制作导弹模型已经是第二年的假期。

到最后，高原也没能得到日思夜想的导弹模型。

按说，高原对训练的热情之火起于导弹模型，久盼不得后，那把火理所应当也该熄灭了。但不久后，高原在电视上看到了天安门前国庆阅兵的盛大场景。他之前的好奇转化成了震撼，之前有条件的参与变成了后来无条件的喜爱。爸爸并不知道，高原把每个动作默默地重复练了千遍万遍。

"要有力量，踢腿带风，摆臂有节奏，力量出来了动作才好看。"爸爸急于求成，总想用一句话就把高原点拨透，并常常为不能遂愿而急迫。

"好的，很好，不要着急，腿抬到位，不动，定位。"

士兵班长倒是慢工出细活。

时间连缀起来的记忆被过往的风雨打散，能回想起的只剩下脱离逻辑轨道的点点滴滴。高原又想起爸爸示范给他的动作，士兵班长的口令，导弹旅家属院和军事区之间的高大围墙，围墙这边总是呼而不得的花猫，围墙那边高高矗立的模拟导弹，以及那个小女孩留在夏日清晨的无尽悲伤。

一切都过去了，又好像，所有过往都深深地刻进了他心里。

040

刚吃完早饭，张震排长就吹哨通知：下午组织国防教育。

胡迈听后最重视。他先拽着高原打探这次国防教育会讲什么内容，高原当然没有未卜先知的本事，自然也就无可奉告。他这边问而无果，那边又追着秋帆，让秋帆把上节国防教育课的内容再带着他重温一遍。

秋帆无可推辞，只能翻出自己上节课记的笔记，一边一字一句地说，一边等着胡迈一段一段地记：我们国家的面积有多大？与多少个国家接壤？分别都是哪些国家？这些国家面积最大的是哪个？面积最小的又是哪个？等等。

"还有哪个岛？"胡迈突然发问。

"什么倒不倒的？"秋帆疑惑。

"就是日本花了几百亿日元造的那个人工岛？"

真是难为了胡迈，竟然灵光一闪想起了这个知识点。

秋帆恍然大悟，就又照着笔记给他讲了一遍——

日本的冲之鸟礁最初面积很小，东西长 4.5 千米，南北宽 1.7 千米，涨潮前有五块岩石露出水面，涨潮时则仅剩下两块，面积分别大约为 1.6 平方米和 6.4 平方米。《联合国海洋法公约》规定，不能维持人类居住或其本身的经济生活的岩礁，不应有专属经济区或大陆架。日本为了表示冲之鸟礁具备公约中提到的应有功能，不惜耗资几百亿日元围礁造岛，并以此为依据，主张 47 万平方千米的专属经济区和约 25.5 万平方千米的外大陆架……

"这不是讹诈吗？"

胡迈上次听课时未平的气愤又被点燃。

"他们没能得逞。"秋帆强调。

"那就好。"胡迈松了口气。

"记住没？"秋帆问。

"哦。"胡迈挠头，"嗯，能不能再——再讲一遍？"

秋帆无奈，不得不又讲了一遍。

胡迈之所以重视未学和已学，若说他勤奋，大概也不算错。但更重要的原因是，他可不想在课堂上因为答不上来而出糗，更不情愿一再出丑。

葛青松连长在课堂上的提问充满了不确定性。

没人知道他在什么时候问，问谁，问什么。比如第一次上课，他刚讲到第二次世界大战，就接连问什么是第二次世界大战，第二次世界大战开始的时间，结束的时间，抗日战争开始的时间，结束的时间……

大家首先听到的是问题，那时候还不知道是他点谁谁答还是谁会谁答。对于会的学生来说，大概没什么紧张的，高高举起手来，或者被葛青松连长随机点到。可是对于不会的同学，每个问题都是极大的煎熬。

胡迈对那些问题一概不知，手心里自然捏着一把汗。

还好，亲爱的同学们和他期望的一样给力，大家踊跃举手，解决掉了葛青松连长提出的一个个问题，也卸掉了压在胡迈同学头顶上的座座大山。胡迈长长地松了口气，正庆幸躲过一劫时，葛青松连长的授课已经从第二次世界大战的国际战场转向了如火如荼的国内战场。胡迈一放松，就走了神，脑子早已云游向四极八荒。

"胡迈。"葛青松连长终是点到了他。

胡迈毫无防备，猛然打了个激灵，就像中了冷枪。

"到。"他木然起立，神情紧张，如临生死。

"你说说，中国的抗日英雄都有谁？"葛青松连长盯着胡迈问，又看向其他学生，就像明知道胡迈答不上，欲寻找一个知晓答案的替补。

胡迈起先沉默，继而狠劲儿地咬着自己的嘴唇，却又咬不出答案。

"不用全说。"葛青松连长引导胡迈，"说出一位就行。"

胡迈脑子里空空如也，一个也说不出来。

胡迈瞥见秋帆对着他张口示意。

他看口型，大体猜出是一个"张"字。

"张——张——"胡迈"张"了半天，终究还是没能说出来。

葛青松连长又点到了高原。

高原说出了杨靖宇、赵一曼等十几位抗日英雄的名字，有的同学们耳熟能详，有的却并不熟悉。高原不但皆知其名，而且熟知他们的抗日事迹，尤其提到抗日英雄"李延禄"的名字时，连葛青松连长都觉得陌生。

葛青松连长来了兴致，让高原具体讲讲李延禄。

于是，高原给大家讲起李延禄以及他领导的"墙缝伏击战"。

1932年3月13日清晨，李延禄团长安排爱国猎户佯装成叛徒，将意图消灭我军的7000多个日伪军带入早已设好的"墙缝"伏击圈。"墙缝"伏击圈是夹在牡丹江和一个无名山坡间一条五里长的小路，路边耸立着一人多高的石壁，时断时续，隔一段就有个裂口，故此称作"墙缝"。小的墙缝只能露个人脸，大的缝隙则有数米宽。待敌人进入后，李延禄和战友们以石壁为天然屏障，交叉火力射击，以伤亡7人的代价消灭日伪军千余人。

"这个太牛了！"

胡迈忍不住大呼。

同学们的目光被他吸引来时，他又默默地低下了头。

下课后，胡迈抱怨秋帆提醒他不彻底。

"啥意思？"秋帆盯着胡迈问。

"光说这个'张'字谁知道，你得说全呀。"胡迈强调。

"好好好，怪我。"秋帆苦笑着承担了胡迈答不出问题的责任。

再上课时，胡迈坐得笔直，注意力也高度集中，生怕漏掉葛青松连长讲到的任何知识点，也做着防备，生怕不知何时又被葛青松连长突然点名。

胡迈想多了，这回，他再难得到答题的机会。

葛青松连长刚讲到战争胜负的决定因素，田雨格就率先发言。她从两次世界大战到英阿马岛战争，指出战争胜负之要在于"器"，武器精良则所向披靡，武器落后难免挨打。高原也高高举手，被允许发言后，却有不同意见。他以解放战争和抗美援朝战争为例，指出，中国共产党领导的军队不管是前期与国民党军队相比，还是后期与以美国为首的所谓"联合国军"相比，武器装备都落后于对手，但我们最终都取得了战争胜利。

高原由此得出结论——得道者多助，失道者寡助。

…………

两人唇枪舌剑，互不相让。

胡迈听得入了神，一会儿把头转向高原，一会儿又转向田雨格。他虽听得云里雾里，但能判断得出二人的厉害，这样的辩论不光得有广博才学，还得随机应变。他也更加直观地认识到，自己身边竟有如此知识渊博之人。

葛青松连长任凭高田争辩，即使到下课，也并不评判胜负。

同学们激动得只顾鼓掌，似乎也忘了辩论须以输赢结尾。

火星撞地球般的热烈辩论停止时，高原和田雨格相视一笑。

高手过招不过如此，起时疾风骤雨，止时风轻云淡。

041

几日后的一个晚上，众人洗漱后已经卧床，只等着熄灯。

晚归的胡迈给已经躺在床上准备睡觉的赵立志带话，说张震排长找。赵立志不知啥事，只得穿戴整齐去见张震排长。没想到张震排长也是带话，而且带的是葛青松连长的话，说葛青松连长找赵立志，而且见面的地方是训练场。赵立志丈二和尚摸不着头脑，问张震排长，葛连长找他可能会是啥事。张震排长直摇头，说他只是带话，具体干什么他也不知道。只不过，在赵立志转身要走时，他提醒赵立志："去的时候记得穿上运动鞋。"

赵立志皱着眉头问张震排长："穿运动鞋干啥？"

张震排长笑着耸耸肩，给了赵立志一个"无可奉告"。

赵立志心存疑惑，皱着眉头回到了宿舍。他思索片刻，还是换上了胡迈上次冒险买给他的"李宁"鞋。

赵立志穿的运动鞋从来都是杂牌子，一是图便宜，二是他本来就费鞋。开学时带来的那双显小的运动鞋，他原本打算这学期穿烂了再找爸爸要钱重买。没想到军训强度加大后，人还没怎么着呢，鞋子倒最先表达不满，磨脚更严重了不说，鞋底也局部开胶，眼看着随时都有可能分崩离析。

赵立志日日里训练，也日日里为难得很：重新买一双新的吧，钱不够；不买吧，鞋子眼看就不能再穿，他总不能到时候打赤脚。他每天都为此忧心忡忡，尤其挑战葛青松连长那次，着实让他惊出了一身冷汗。还好，只是磨破了脚，要是鞋子在八九百个同学面前开胶脱底，那可真就丢死人了。

胡迈冒险出去买鞋让赵立志颇为意外，更让他感动。

赵立志起初拒绝，但胡迈说了，鞋是按着他的脚码买的，他要是不收下，就只能扔掉。他实在没法拒绝，看吊牌价格是二百一十八，就找胡迈确认。胡迈却说，吊牌价和实际的价格完全不是一回事，还说他买鞋的地方是折扣店，打四折，刚说完，又改口说三折。赵立志心知不可能像胡迈说的那样便宜，可他所有的钱加起来，都不够全款给胡迈，就硬塞给胡迈按四折算下来的八十八块。胡迈虽收了钱，却坚持是三折，又退回来二十二。

赵立志舍不得穿新鞋，尤其是训练的时候，仍穿旧鞋。

这会儿，他大方一回，穿上了新鞋。

葛青松连长找赵立志果真是要求重新比一次三千米赛跑。赵立志虽然在张震排长提醒他穿运动鞋的时候就预想到了，但等葛青松连长真提出来时，他还是有些意外。没什么能瞒住葛青松连长的，他不但知道上次赵立志是受了鞋子磨脚的影响，还知道赵立志在大庭广众之下压根儿就没想过要赢他。这倒让赵立志吃惊，他并没有认可葛青松连长所说，只是沉默。

赵立志在不得不走上跑道之前，向葛青松连长提出，若他赢了，葛青松连长得答应他一个要求。葛青松连长饶有兴趣地问赵立志，所提的要求是不是他能做到的。赵立志点头说"您能"。葛青松连长又问，是他作为葛青松能，还是作为新训连的连长能。赵立志惭愧起来，他什么都还没说呢，倒像是有了用一技之长要挟葛青松连长的巨大嫌疑。他告诉葛青松连长，他所提的要求肯定只与葛青松个人有关，跟连长这个职务一丝一毫都不沾边，就算葛青松不是连长，也照样做得到。闻此，葛青松连长爽快答应。

比赛前，他们彼此似乎都已知道结果，只不过想用比赛再确认一次。

十多分钟后，结果揭晓：赵立志赢了。

葛青松连长爽快得很。他当场宣布赵立志的三千米长跑可以免训。也就是说，到军训结束为止，赵立志不用再参加三千米训练，别人跑三千米时，他尽可以想干啥干啥。这样的待遇一直是胡迈的人生理想，可这会儿，却被赵立志抢先一步实现了。赵立志并没有为此而欢喜，脸上倒尽显着难色。

他欲言又止，最终还是说了："连长，您说过答应我一个要求。"

葛青松连长点头。他示意赵立志尽可以提出来。

赵立志的要求竟然是要回他的三千米参训权，也就是放弃免训权。

这让葛青松连长颇为惊讶，连忙问他为什么。

赵立志说他自小习武，体能本就是长项，赢了葛青松连长胜之不武。他还说，长跑已是他的爱好，别人觉得累，他却在长跑中获得身心释放的欢愉和肯定自我的价值。他坦言，如果赢了葛青松连长却不让他参加每日的三千米训练，那对于他不是奖励，而是惩罚。葛青松连长没法反驳赵立志，也没法拒绝赵立志，只能答应。不过，他倒允许赵立志再提个要求作为对免训权的置换。赵立志也不客气，提出让葛青松连长亲自出马，指导他们宿舍的训练，以确保他们队列会操得前三，把扣掉的分再加回来。

葛青松连长却没有答应。他说指导赵立志宿舍训练算不得难事，本来也是他的分内之责，但以会操出成绩为目的的训练他却不能指导，因为他是所有学生的新训连长，指导赵立志宿舍而不指导别的宿舍，不论从理论上还是实际上，都有失公平。赵立志既然如此提了，他必须得如此拒绝。

"公是公，私是私。"葛青松连长说，"一码归一码。"

赵立志理解葛青松连长所说，便没再坚持，但又不失时机地询问葛青松连长能否单教他。葛青松连长说这次没有单兵比武，便爽快地答应了赵立志。

赵立志高兴，当下就想跪下拜师。

葛青松连长一把拉他起来："这是部队，不是武侠小说里的江湖。"

赵立志尴尬地笑笑，又敬了个军礼："是，师父！"

葛青松连长纠正："错，是连长。"

赵立志连忙改口："是，连长。"

两个人都忍不住大笑。

夜色浓郁，在路灯照耀下，操场上的两个人就像舞台上的主角。

042
几天后的一个上午，休息的哨音刚落，胡迈就凑到赵立志跟前。

他追问那天晚上葛青松连长叫赵立志干啥，又猜测他们是不是又赛了一回。赵立志不想在公共场合说这事，但胡迈不依不饶，见赵立志不答就问得更加急切。赵立志起身往厕所去，胡迈也紧跟着一起去。

"快说嘛，连长是不是找你单挑？"胡迈追着问。

赵立志点头。

胡迈急切，瞪大眼睛盯着赵立志："你赢了？"

赵立志仍点头。

"太牛了！"胡迈羡慕，"那你是不是就可以——免训了？"

赵立志摇头。

胡迈疑惑："咋回事，连长不是说过只要赢了他就能获得免训权吗？难道连长说话不算数？"然后他又拍胸脯："我替你去讨说法。"

赵立志一把拉住欲走的胡迈："不是你想的那样。"

胡迈更疑惑："那是哪样？"

"回头给你解释。"赵立志面露难色。

胡迈见此，虽心有不甘，却也只能罢休。

再训练时，高原要求逐人展示单兵动作，并且不练长项，专攻短板。

"赵立志。"

"到。"

"出列。"

"是。"

高原喊口令，赵立志做动作，从齐步走、正步走到跑步走，从分解动作的"一""二""一"到连贯动作的"一二一，一二一"。赵立志不但再没有"同手同脚"的问题，而且左右分明一气呵成，行如起风，静如落钉。

随着赵立志做完动作入列归队，胡迈忍不住叫好。

胡迈伸出大拇指夸张地说："人家是士别三日当刮目相看，咱是天天见，你天天让我刮目相看。"

赵立志入队列后悄声告诉胡迈："这是挑战赢了连长，连长指导有方。"

胡迈不信："你们过招才几天，就算连长通宵达旦地教你，也不可能这么快见效。"

赵立志得意："谁让我悟性高呢，一点拨就全通了。"

胡迈扭头看赵立志，虽点头似懂，眼神里却是"全然不信"。

高原喊秋帆出列，秋帆却走了神。

高原喊了两声，才把秋帆的"到"喊出来。

秋帆这段时间经常忧心忡忡，就像心里藏了无数事情，急着去做，但身在此处，却又不得不搁置心事而投入日复一日的训练中。心所向并非身所往，他的纠结之苦让他几乎不能忍受。秋帆究竟在想什么？

他从来不说，别人也就无从引导和劝解。

高原大概能看出来，却也从来不说透。

他在默默地等待秋帆适应现在所处的环境和所经历的军事训练，就像他们曾经一起走过的无数条路，不需要分清对或错，甚至不用去细看，大跨步走过去，也就自然成了经历的一部分、成长的一部分、生命的一部分。

重重心事并未绊住秋帆训练的脚步。

他听到口令后，体内就像有气体发酵，进而将他支撑起来。他挺胸抬头、收腹夹臂，随着高原的口令逐一做着动作。他再也不是张震排长说的"提起一吊子，放下一摊子"，而是令到手到、动作敏捷，几乎算得上是一个无可挑剔的标兵学员。没错，只要他愿意，一切事情都可以做得很好。

胡迈瞪大了眼睛。他在心中给秋帆画了一个大大的问号。

如果说赵立志的变化来自葛青松连长的"点拨"，那么，秋帆为何在短时间内也像换了个人？更为重要的是，在这个四人集体里，如果人人都有缺点，胡迈也就可以无视自己的不足。于私，他从来不在乎别人指摘他的缺陷，于公，他却背不起影响宿舍成绩的责任。而且，之前的扣分都因他而起，这次以获得前三名为宿舍加分的目标要是再因他而打了水漂，即使别人不说，他也万万担不起这个重责。想到此处，胡迈额上不由得冒出汗珠来。

"胡迈。"

"到。"

"出列。"

"是。"

胡迈之前最大的短板是站军姿。他心里装了会操获奖得分的重任后，这一阵子也没少加练，但懒散惯了，坚持起来就比别人多了更大的难度。

他心里虽总攒着劲儿，但身体并不乐意配合。

他原本站十分钟，刚过一半，就觉得身体某处痒痒，并且无限放大，这个时候，他总能很快与自己坚定的信心和解：发痒怎么可以不挠？挠完接着站就是。或者铁了心要站二十分钟，十分钟不到就有上厕所的急切需求，并且自己说服自己：憋着怎么可以？必定会大大损害身体。于是，信誓旦旦的胡迈同学就理直气壮地去了。所以，他表面上虽然极为努力，但"三天打鱼，两天晒网"的训法严重影响成效，也瓦解着大家获奖的信心。

高原这次发扬民主，并不强制胡迈站十分钟还是二十分钟，而是让胡迈自己说个时间。这会儿，胡迈肩头压着沉甸甸的责任，心里装着无以复加的惭愧，一咬牙、一跺脚，就大义凛然地说："来次狠的，半小时。"

高原以为听错了，重复问了一遍："你是说三十分钟？"

胡迈点头，英勇无畏地说三十分钟起步，到时候看状态确定是否再延长。胡迈还真是令大家刮目相看，掐表计时开始后，他不但军姿严整，还不断地主动让高原检查他的腿有没有绷直，胳膊有没有夹紧。高原应邀检查，结果呢，自然是无懈可击。胡迈站完了三十分钟，又主动加了十分钟。

其他三人看着他大汗淋漓、衣服湿透，也看着他紧咬腮帮子、浑身颤抖。秋帆见他似乎支撑不住，劝他说："适可而止，要不暂停下？""不用。"胡迈硬生生站过了四十分钟，直到最后体力不支，瘫倒在赵立志的怀里。

"这是什么？"抱着胡迈的赵立志大叫。

高原和秋帆闻声都围了过去。

"天哪！"秋帆惊叫着看向胡迈，"不会吧，你成精了，是蜘蛛网。"

他们实在想不明白，那个比芝麻粒大不了多少的蜘蛛是何时爬到胡迈耳朵后面的。胡迈纹丝不动，站了四十分钟，那小小的蜘蛛比胡迈更有耐心，它在胡迈的耳根和头发之间，一丝一缕地拉起了拇指大小的一片蛛网。

高原摇着头问胡迈："你就没有一点感觉？"

胡迈总算缓了过来："就是觉得有点痒。"

秋帆大呼："你——这都能忍得住？"

胡迈重新蓄积起精神，如勇士一般回答："这有啥——咬牙忍呗！"

043

蜘蛛网的故事在教导团四处流传。胡迈一下子就成了"名人"。

他不但得了个"蜘蛛王子"的称号，而且感受到了与之匹配的明星待遇——不断有其他班同学隔了老远指着胡迈给另一个同学说："看，那个就是'蜘蛛王子'。"也有时，几个陌生同学相跟着一起到他们宿舍门口，却并不走进，只不过远远地望一眼传说中的胡迈，就又心满意足地回去了。

胡迈开始觉得别扭，但很快就适应了这种明星般的"待遇"。

他也因此在言行举止上有了显而易见的变化。

他在宿舍的时候，远离了马扎和床，只要得了空闲，就加练站军姿。这时，门外、窗外的同学看见了，就会说："看看，'蜘蛛王子'果然不一般。"

他在训练场的时候，遇到休息，也很少瞎转和闲谈，更不会动不动就找理由回宿舍"躺平"，而是保持着他惯有的军姿。这时候，其他排的排长们就会远远地指着他，教导自己的学员说："看见没，你们只要都有人家那种劲头，还能练不好？"他们又羡慕地感慨："带的兵要是都这样就好了。"

训练的日子再难熬，也悠悠地向前走着，一转眼就到了队列会操的时间。高原本想和田雨格宿舍一争高下，没想到最后的规则是男生跟男生比，女生跟女生比。高原闻此，显出失落来。他远远看向站在对面女生队列里的田雨格。田雨格也向他无奈地苦笑。他俩心里都清楚得很，只有彼此才是一较高下的对手，也唯有同场竞技，他们的得失成败才更有意义。

那日上午，训练场上。葛青松连长宣布会操开始。

高原不敢再胡思乱想，暗暗给自己打着气，也挺拔起精神。

会操按当场抽签的顺序进行，男生队和女生队各自抽签，然后从一号开始，男、女生队交叉入场考核。考核得分内容包括指挥员动作、口令、精神风貌，队列人员连贯动作、分解动作、呼号声、精神风貌等。想要拿到高分，不但队列人员要个个精神饱满、动作规范，指挥员也不敢有半点差池。多得一分半分难上加难，因为一个细节的失误被扣分却是轻而易举。

会操结束后等汇总得分的间隙，葛青松连长总结了前段时间的训练情况。他点名胡迈出列，又再次声情并茂地讲了一遍"蜘蛛网"的故事，号召同学们学习胡迈"纹丝不动、挺拔如松"的精神。接着，他又让十几个排长把刚才考核的队列动作重复了一遍，算是给学生们打个样、立个标准。

就在排长们已经站定即将开始时，葛青松连长大声问："有没有哪个学生敢和排长们同场竞技？"张震排长叫高原，高原却把赵立志推到前面。

赵立志也不退让，大喊一声"报告"，就大大方方跑步到队尾入了列。

随着葛青松连长的口令，队列行止规整，尤其是赵立志，没人看得出他和排长们有啥差别。葛青松连长对他夸奖一番后，队列人员才各自归位。

这个时候，会操的分数也已汇总出来。

田雨格宿舍是女生队第一。

高原宿舍是男生队第一。

葛青松连长宣读完成绩，突然发现男生的冠军宿舍里少个人，这才想起来，刚才表扬完胡迈，忘了让他归队。胡迈在这漫长的一个多小时里，一直岿然不动地在边上站着，更加验证了葛青松连长夸赞胡迈的"纹丝不动、挺拔如松"之词不虚。如此，葛青松连长免不了又肯定和表扬了胡迈一番。

这会儿，胡迈最关注的是，这个第一名给宿舍加的分能不能把上次扣的分补上？会操结束得到肯定的答案后，胡迈终于把压抑的郁闷彻底地释放出来。他大喊，又大笑，却又不知何时，眼里早已噙满欢乐的泪水。

044

"秋帆呢？"

熄灯哨后，刚从胜利喜悦中平复下来的6022宿舍少了个人。他们尽可能推测着秋帆的去处——厕所？水房？被张震排长叫了去？只要宿舍里的人把可能的地点一说出，立马就被另一个人否定。正在他们绞尽脑汁猜测时，一阵脚步声由远及近。他们想着是张震排长查房，再不敢说话——熄灯后在宿舍讲话要被扣分——宿舍人员不经请假就不见了踪影扣分更多。他们紧张起来，这刚用汗流浃背赚回来的分数眼看着又要保不住了。

胡迈灵机一动，把秋帆的被子拉开，佯装被子里有人，或许能躲过一劫。可他还没来得及去做，脚步声就已到了门口。他们听到那渐近的脚步声止住，门被推开，有人进入宿舍。门又牵着他们高度紧张的神经关上了。

几人几乎同步坐起——进来的不是张震排长——而是秋帆。

"谢天谢地。"胡迈大松一口气，"你总算回来了。"

"你——你——"

赵立志一句话没问出口，宿舍门再被推开，这一次真的是张震排长。

赵立志没说出口的话又憋了回去，高原和胡迈也赶紧卧床，并且固定着躺下的姿势，动都不敢再动一下。张震排长显然看到了刚才的一切，却并没有像往常那样批评大家，而是视而不见，只悄悄又把秋帆叫了出去。

几人心中憋着好奇，但摸不准张震排长会不会再随时进来，便不敢再说话，只能悄然睡去。第二天早上，起床哨响起时，他们见秋帆已在宿舍。

秋帆未参加上午的训练，经张震排长同意留下写东西。

胡迈羡慕秋帆不用在大太阳底下走队列，也好奇秋帆留下来到底写什么。训练间隙，胡迈和赵立志打赌，猜测秋帆写的东西要么是宿舍几人刻苦训练的先进事迹，要么是高原训练有方的故事，抑或是赵立志体能技高一筹的诀窍，当然，也有可能是他这个"蜘蛛王子"站军姿的故事。

胡迈打心底里觉得这些都值得秋帆一写，反正只要有一个说对，就算他猜中。赵立志听胡迈这么一说，觉得有理，自知必输无疑，但还是答应输了就替胡迈值日一天。胡迈急迫想揭晓答案，一上午就难免总惦记秋帆。

回到宿舍后，胡迈迫不及待地抢过秋帆写在信纸上的内容。秋帆猝不及防，没想让自己的事情尽人皆知，但这会儿，已经来不及阻止胡迈，只能任凭胡迈志在必得地对着高原和赵立志大声宣读："你们都听好了——请假报告——申请人——秋帆。"胡迈卡住了，高原和赵立志也疑惑。

胡迈凑到秋帆眼前问："我没看错吧，你这是啥意思？"

秋帆见隐藏不住，便如实相告。

他说这几日都犯头疼，白日训练疼得打不起精神，晚上睡觉疼得入不了眠，强行支撑了几日，觉得实在不能再坚持，昨晚便找了葛青松连长请假。葛青松连长了解情况后，让他写个申请，并将情况告知了张震排长。

秋帆说的时候看了一眼高原，但像触电一样，又急忙把目光收回。

赵立志和胡迈问他请假多长时间，还回来不。秋帆摇头，说他请假到军训结束，只能等回到六中的时候再相见。二人很是遗憾，先是说还打算跟秋帆一起为6022宿舍在后面的比赛中摘金夺银，见既已如此，只好嘱咐秋帆抓紧治好头疼，留得青山在，不怕没柴烧。

高原把秋帆写的申请又看了一遍。

他问秋帆："这会儿——我是说现在——你的头还疼不疼？"

秋帆点头，又用手捏，指着耳根的部位说："疼，尤其是这块儿，一动更疼。"他说也找教导团的军医看了，但找不出病根，就只能先回市里。

高原盯着秋帆："和之前的疼法一样？"

秋帆一怔，点头说："嗯——那个——差不多。"

高原叫秋帆："我们能不能出去走走？"

秋帆问："现在？"

高原点头。

胡迈也说："对，去外面走走，呼吸点新鲜空气说不定能缓解头疼。"

兄弟二人默默地从宿舍走到训练场，又从训练场走回宿舍。一路上，大部分时间是高原说，秋帆听。显然，高原想尽自己最大的努力改变秋帆的决定，挽留住秋帆，但当他们再回到宿舍时，一切都已不可更改。

秋帆铁了心要离开教导团。

045 高原一直觉得，他比了解自己更了解秋帆。

高原清楚地记得，秋帆第一次说头疼是在初三下学期。

那时候，高原和秋帆同桌。班主任通知第二天外出参观见学，秋帆正在做中考模拟试卷。他猛然抬起头来问高原："是明天去参观吗？"高原点头。秋帆皱着眉头，焦虑地说，不行呀，我计划好了这两天把各科的中考模拟卷都做一遍，要不然就来不及了。高原劝他劳逸结合，距离中考还早着呢，做卷子也不差这一天。再说，大多数同学这时都还在做单元测试，他已经做到了综合卷，已经远远走到了前面。但秋帆并不这么想，他自言自语地说，计划绝不能变，明天必须做完试卷。班主任就像预知到"个别人"的心思，通知完参观见学的日程安排后，又专门强调，在中考冲刺的关键时期，同学们都想多做些试题，多做几张试卷，没谁有闲情逸致出去参观。

同学们都会心地笑了，点头认可班主任的判断。

班主任一锤定音："这是集体活动，不管愿不愿意都得参加。"

教室里虽叹息声一片，但没哪个同学再说不去。

秋帆例外，一下课就追着班主任出了教室。

高原看着志得意满归来的秋帆问："干吗去了？"

秋帆捂着耳朵低声说："请假。"

"不是不能请假吗？"

"我特殊情况。"

"刚才也说了不能有特殊情况呀？"

"我生病。"秋帆说，"头疼。"

"你啥时候开始头疼的？刚才做试卷的时候不是还好好的吗？"

"刚刚——就在班主任说参观见学的时候。"

第二天，全班唯独秋帆没有参观见学。

高原出发的时候，秋帆已起床。高原打招呼告别时，秋帆已经正襟危坐在书桌前做试卷；高原回来时，他几乎没动，仍旧是在做试卷。高原问他去医院没，头疼看得怎么样。他轻描淡写地说没去医院，头也不疼了。高原好奇，他不去医院头怎么就不疼了。秋帆自己竟也跟着好奇，点点头，摇摇头，又捏捏头，惊喜地说："是呀，还真奇怪，这会儿真就不疼了。"

那之后，秋帆又头疼过两次。

一次是迎接上级教委到学校检查，一次是学校召开中考誓师动员大会。秋帆请假说他头疼的时候，那样子，看起来真是疼得没法忍受。但令高原百思不得其解的是，秋帆请假后从来都不去医院诊治，而是留在家里做试卷。等活动结束了，他的头疼竟也随之立竿见影地痊愈。

那个时候，高原已经隐隐窥探到了秋帆头疼的秘密。

046

秋帆之所以如此，还得从很多年前讲起。

秋帆在小学三年级的时候，住进了高原家。在那之前的一年，高原的小姨和秋帆充满希望地等待着来自小姨父的消息。小姨父和小姨原本在同一家单位上班，小姨父很勤奋，工作多年后又考取硕士研究生。小姨父在北京读完硕士，又去加拿大读博士，博士还没毕业，他就决定留在加拿大。

小姨得到这个消息时欣喜异常，从那一天起，她就开始重新规划她和秋帆的未来。她开始研究加拿大地图、加拿大的风土人情等，与加拿大这个遥远国家相关的一切。她给秋帆报英语口语班的时候专门挑选了一个据说有加拿大口音的外国老师，并且还专门给自己也起了一个叫"Lisa"的加拿大名字。小姨准备好了一切，甚至联系中介谈好了卖自家房子的价钱。

她只要等到小姨父电话，就能立即带秋帆和卖房子的钱飞往加拿大。

小姨父那边的程序似乎走得并不顺利。小姨父开始说办理迟缓是因为他自己，后来又说小姨和秋帆的某项条件不符合要求。小姨对那些东西一窍不通，都是小姨父说哪里出了问题，又告诉她得通过怎样一个复杂的程序才能解决这些问题，她一切都照办。办完之后，她只能耐着性子等着。

从春天到夏天，从夏天又到秋天，当所有认识小姨的人都以为小姨已经生活在异国他乡的时候，却又一次在豫州市的某个地方见到了小姨。小姨在相熟之人的惊讶询问中，免不了一次次解释她为什么暂时没去又什么时候去。小姨的解释越来越显得苍白无力，秋帆的口语班也结束了。

这个时候，小姨已经没有心思检验秋帆学来的口语是不是有加拿大味道。她着急地一次次催问小姨父，她和秋帆到底什么时候能去加拿大。小姨父的电话却越来越难打通，就算偶尔侥幸打通了，结果也仍是让小姨等。

直到有一天，小姨父主动打来电话。

小姨表现出来的激动简直难以掩饰，停下手中正在做的家务，擦干净手，甚至还专门坐下来。随后，小姨的欢乐猝不及防地凝固住了，继而，她珍藏于心的希望像花朵遭遇冰霜又被风吹，乍暖还寒里的美丽碎烂成了一地粉末。

小姨父提出离婚。小姨去不成加拿大了。

小姨蓄积了很久的希望瞬间掉落在地，灰飞烟灭。

她先是沉默，继而哭泣，最后变成了无休止的埋怨。

年幼的秋帆也跟着妈妈沉默，哭泣。

直到有一天，高原回家给他妈妈说，他给秋帆弟弟打招呼时弟弟不理他。高原说，秋帆似乎不认识他了。大人们这才意识到问题的严重性。

不久后，秋帆就住进了高原家。秋帆对这样的安排并没有反对。他什么都知道，却从来什么也不说。他不问爸爸为什么不让他去加拿大，也不问妈妈他什么时候可以回家住。他和高原同校同班、同进同出，很多人误以为他们本就是一母同胞的亲兄弟。一直以来，他们相处得也的确如亲兄弟。

047

秋帆的变化显而易见，他几乎忽视了全世界，只关注自己的成绩。

高原之前只知秋帆成绩好，等到天天形影不离时，他才明白秋帆对学习完全是一副拼命的劲头。秋帆白天在课堂上听课一丝不苟，晚上回到家里仍旧抱着书本不肯放。那样子，就像恨不得把自己的眼睛镶嵌到书本里。

高原学不来秋帆的那股子拼劲儿，更学不来秋帆别无所好，差不多把所有时间都用在了学习上。相比之下，高原的"好学"之名实在不堪一击。

高原以为，秋帆在学习上一直以来都是如此拼命。

他后来才知道，秋帆以前也踢球，也闲逛，也有偷懒耍赖不想做作业的时候。他弄不清秋帆为什么就变了，有意切割掉了与学习无关的一切。

秋帆成绩本来就好，在爸妈婚姻生变那阵子，年级排名曾落下去一阵，但很快又追了上来。秋帆第一次考年级第一的时候，似乎那个第一本该就是他的。如果接下来哪次他失了第一，那可是不得了的事，他会伤心、生气，继而用更多时间去拼命学习，直到把失去的第一再给争抢回来。

开始的时候，柳芸为秋帆的拼命欣慰，经常教导高原多向弟弟学习，但时日一长，柳芸也觉出了秋帆的问题，倒反过来劝导秋帆多向高原学习。

秋帆问柳芸向高原学什么。柳芸一时语塞，总不能让秋帆学习高原放学不归、把球踢到人家车玻璃上吧。她只能让秋帆像高原那样高兴一点。

秋帆点头答应，却只是拼命地在考试排名上寻找快乐。

初二上学期，秋帆的名次掉到年级第二。

偏巧不巧，得第一的是高原。

他们的关系在成绩揭晓的那一瞬就发生了微妙的变化。

秋帆虽然并没有明说，高原却感觉到了。

在教室里，秋帆经过他旁边时不再像以前那样拍一下他的肩膀，放学走时也不再刻意放慢装书包的速度等他。尤其是秋帆不再喊他"高原"，而客客气气地叫"哥"。是啊，他们不再亲密无间，只不过是亲戚。

过了很长一段时间，高原才知道怎样跟这种状态下的秋帆相处。

高原不怪秋帆，越来越理解秋帆。

那段时间，秋帆不知在哪里得了谁的指点，总结出了刷试卷的学习方法。从此之后，他就乐此不疲地刷试卷，学过的刷，没学过的也刷，有不理解的，就刷完再慢慢理解。再考试，秋帆总以绝对优势把高原甩在身后。

那之后，他俩的关系缓慢还原到从前。

秋帆又开始喊他"高原"。

秋帆曾无意中说起过，自己的理想是大学毕业后，出国读研究生。可是后来，不知从哪里得到消息，说如果成绩足够优异，高中毕业后就可以直接考取外国的大学。不用细说，高原也知道，秋帆所说的外国是哪个国家，也知道他拼尽全力难为自己去努力的那个最终目标是什么。

高原那时更加确定，学习是秋帆的所有。

高原也知道，在秋帆眼里，与成绩无关的一切都毫无意义。

048

上交请假报告的当天，秋帆就离开了教导团。

那天下午，秋帆与高原长谈时交了底，他本来刚到教导团就想走的，但一日日经受着国防教育和训练的洗礼，觉得自己似乎应该改变一次，留下来和大家一起度过这艰难的时刻。尤其是在胡迈私自外出导致宿舍被扣分后，他更觉得自己有责任与大家共渡难关，把被扣掉的分数再找补回来。

他做到了，以为这只是开始，接下来能继续和大家一起走完军训时光。可是，他心中的那个深埋的理想种子，就像火山一样突然爆发了，日日提醒着他，时时催促着他。秋帆有不一样的人生目标，也必定得在学习上付出超乎寻常的努力。如果一直在教导团待下去，他怕荒废了学业，跑偏了设定的目标，他为此心慌甚至恐惧。他终究作出了艰难的抉择，以"头疼"之名离开教导团，离开共患难的同学，去行走另一段更艰难的道路。

"再见。"

"保重。"

"学校见。"

"豫州见。"

胡迈送秋帆走的时候竟然红了眼睛，眼泪巴巴地看着秋帆，问以后还能不能见面。高原看不下去，说等军训结束，过完国庆都得回学校，想不见都难。胡迈就像不知道本应就这样似的，又转而笑起来，不断重复地说着："那就好，那就好。"

赵立志却盯着秋帆问："这回因头疼不参加军事训练，过几天会不会又因其他事转去其他学校，真就再也见不着了？"

胡迈第一个反驳赵立志，说转学哪有那么容易，再说，这都已经开学了，还转哪门子学。高原没说话，他清楚赵立志的意思，也明白，秋帆大概也有此想。

秋帆是豫州市中考第一名，虽然他开学时放弃了去更好的一中，而是追着高原来到了六中，但按照往年的惯例和各高中招生的优待条件，只要他愿意转学，就可以轻而易举转到六中以外任何一所高中。没有哪个校长会拒绝成绩如此优异的学生。秋帆有这样的打算吗？高原不得而知。他丝毫没有预知到秋帆的头疼，然而，他却在秋帆的眼中窥见过答案。

秋帆没有回答赵立志的话，沉默着朝接他的车走去。

高原叫住秋帆："你会不会那样？"

秋帆站住，扭过头，看高原，也看赵立志和胡迈，问："哪样？"

高原说："转学。"

"不会。"秋帆摇头，挤出笑，"咱们国庆节后见！"

"节后见。"胡迈依依不舍地朝秋帆挥手，"不见不散！"

高原和赵立志也朝秋帆大喊："不见不散！"

他们送秋帆上车，帮秋帆放好行李，站成一排看着车子慢慢走远。

这时候，高原喊了声"敬礼"，他们便齐刷刷举起右手，向秋帆致以教导团最高的礼仪，他们虽然到教导团的时间不长，但一起经历过欢乐、悲伤、失去、得到、批评、表扬，到此刻，俨然已成为情深意笃生死相依的战友。

秋帆走后，三人情绪低落，加之刚刚会操结束，训练便提不起精神。

高原的口令少了力量，赵立志和胡迈的动作也打了折扣。

偏偏这时，他们所在的二排受到了会操中落败的一排挑战。

二排最先迎接的挑战是"拉歌"。

葛青松连长刚宣布休息二十分钟，一排就拉开了架势来挑战。一排长站在空阔的训练场上，只做了一个高举手的动作，各个宿舍就像预演过似的，齐刷刷在他面前集合，对正看齐后又齐刷刷原地坐下。一排长立于以宿舍为单位散坐的二排和整齐的一排之间，大声说："二排战友顶呱呱，训练好，水平高，今天给咱唱歌要不要？"一排学生齐声答："要。"

见二排未有动作，一排长振奋精神，又扯开嗓门喊："冬瓜皮西瓜皮，二排不唱耍赖皮。"一排的学生们哈哈大笑，连那笑声都是齐刷刷闻令止住，然后一排所有人又齐声朝二排喊："要你唱你就唱，扭扭捏捏不像样。"一排长扯开嗓门问："像什么？"众人齐答："大姑娘。"又是一阵大笑。

二排不能再忍，在张震排长的指挥下齐唱起《咱当兵的人》。

二排刚开始唱，一排长迅即起身，高扬着双手打着节拍，也起头指挥一排唱《咱当兵的人》："咱当兵的人，有啥不一样，只因为我们都穿着朴实的军装……咱当兵的人，就是不一样，头枕着边关的明月，身披着雨雪风霜；咱当兵的人，就是不一样，为了国家的安宁，我们紧握手中枪……"一排的声音压住了二排，二排扯开嗓子反超过来，一排几乎吼起来……一声压过一声，一浪高过一浪，到最后，彼此的嘶吼声搅在一起，已分不清哪个声音是谁的。

合唱分不出一二，一排长又以独唱来挑战。

一排派出一个白净高挑的男生，一排长骄傲地介绍说这男生出生于音乐世家，从小受音乐熏陶，二排如果听哪首歌唱得好可以来学。

张震排长显然受不了这气，却也只能先听男生唱一曲。

男生的港台歌曲刚唱完，不等张震排长点将，胡迈就自告奋勇应战。

高原以为胡迈要和男生飙流行歌曲，没想到他唱的竟然是《团结就是力量》。随后，胡迈和男生你一曲我一曲。男生唱得婉转，架不住胡迈的声音大；男生唱的都是流行歌曲，轻柔唯美，架不住胡迈的一曲曲红歌激荡豪迈。一排长见歌压不住对手，就紧急叫停，又拉开"比武"阵势。

一排长派了个长头发的男生，男生用一只手撑地炫酷出场，瞬间就迎来热烈掌声。随后，他跳了一段炫目的街舞，就连二排都跟着叫好鼓掌。

张震排长正为难找谁应战，却见高原从队列里拽出赵立志。

赵立志扭扭捏捏，显然没做好准备。但他已经被高原推到众人面前，也由不得自己。他稍作准备后，打了一套欲倒不倒的醉拳，同样迎来欢呼和掌声。一排长欲点将再"战"，葛青松连长却吹响了继续训练的哨声。

一排有备而来，却没能压倒二排，他们从上到下都不服气。一排长带队伍离开时，邀张震排长下次再战。张震排长自然不怯，点头应下战约。

二排能够成功阻击一排的挑战，6022宿舍功劳最大。

高原疑惑，他早就知道曾习武少林的赵立志"有两下子"，但没听说过胡迈还是个"歌唱家"。胡迈坦言，都是当年逃学时在唱歌机上练的。

049

"比武"过后不久，赵立志莫名地摊上了一桩"官司"。

那天下午的两小时队列训练后，原本是跑三千米，但临时改为清理训练场的杂草和石块。赵立志舍不得劳动时穿新鞋，就跑回宿舍换了之前的旧鞋回来。

胡迈为此又说他，费那麻烦干啥，鞋就是用来穿的，少换一回也坏不了。赵立志反问胡迈，一回两回坏不了，十回百回呢？胡迈说不过赵立志，只好闷头拔草。赵立志推着独轮车倒碎石时，被夹在其中的废铁丝刺穿了鞋面，险些戳着脚。回到宿舍后，高原关心他，询问脚有没有伤到。他却指着刺穿的鞋面又教导胡迈，看吧，你还说不换呢，要听了你的，那双新鞋也就没法穿了。胡迈只能一边摇头苦笑，一边显出无比真诚地恭维赵立志的英明，说他说的都对，做的也都对，中途回来换鞋更是对上加对。

胡迈的恭维话刚说完，就有人推门进来说张震排长找赵立志。

赵立志打探张震排长找他何事。

那同学摇头说并不知情。

胡迈一惊，笑问赵立志："难道要给你的鞋评个因公受伤？"

高原笑批胡迈："你这脑洞比虫洞都大。"

赵立志去时，张震排长沉着脸。

赵立志打招呼说"排长好"，他也像没听见似的，不答应。

赵立志有些尴尬，站在那儿，手都不知往哪里放。

这时，张震排长发话让他坐。他刚坐下，张震排长就猛然抬头问他："队列训练结束后，你是不是单独回过一趟宿舍？"赵立志皱眉点头。

张震排长站起来盯着问："那么，你回来干什么？"

赵立志感觉坐着的自己在站着的张震排长面前一瞬间就矮了下去，说话也变得紧张，结巴着说回来换鞋。张震排长皱着眉头，不理解赵立志为何换鞋。赵立志虽然觉得这事解释起来为难，但还是一五一十地说了。

张震排长仍盯着问："你回来——就只是换鞋？"

赵立志看到张震排长的眼神里除了疑惑，分明还有失望和愤怒。

他迎着张震排长的目光木然地点点头。

张震排长犹豫了一瞬，还是问他："一排 6033 宿舍丢了一台复读机，你有没有看到？"赵立志一惊，霍然从椅子上站起身，拼命摇头否认。

"好了，你不要想多，我只想问你个准话。"张震排长眼神中的失望、愤怒以及疑惑似乎转瞬间都蒸发掉了，拍着赵立志的肩膀说，"你说的我都信，无论别人说啥，既然与你无关，你都别在意。"

赵立志后来才知，就在他们刚刚从训练场回来后，一排 6033 宿舍的一个同学想听歌解乏，却找不到自己的复读机，就将情况报给一排长。一排长迅速锁定并且确定，只有赵立志中途回过宿舍，就此推断丢复读机与赵立志有关，并告知了张震排长。随后，便有了张震排长对赵立志的询问。

晚饭时，复读机丢失之事已在教导团传得沸沸扬扬。

这事之所以被绑在赵立志身上，除了他中途回来过之外，丢失复读机的同学还证实，此前赵立志借复读机听过，并且当面说过也想有一台。

胡迈被传言搅得恼火，要找丢复读机的同学理论，却被高原拦住。

高原说，人家又没来找咱要复读机，咱凭啥找人家，再说，这传言大家都在传，难道你把每个人都找一遍？赵立志不再唉声叹气，说张震排长交代他，既然与他无关，不管别人说什么，都不用理会。高原也不赞成赵立志的默不作声。他说这个事情四处流传不怕，怕的是就这样过去，而没有一个结果，最后，赵立志偷复读机的罪名怕是一辈子也洗不清。

闻此，胡迈更气，赵立志则陷入不知所措的沉默中。

高原倒乐观，他说6033宿舍丢了复读机应该是真的，赵立志没偷也是真的，那么只要证明他们丢了的复读机在其他地方，赵立志的偷盗之名自然也就得以洗刷。胡迈急切，问高原："你说得倒轻巧，那咱们到底该怎么办？"赵立志更急，急得都不知道该问啥，只是眼巴巴地望着高原。

高原胸有成竹，轻声细语地说："找。"

他们三人冒着集体背负偷盗之名的风险，借卫生值日之机到6033宿舍找复读机。高原经过一番分析，精确推断："这么大个宿舍，就那么几种情况，如果排除被偷，复读机必定在哪个隐藏的角落。"胡迈一声大笑，高原和赵立志知他找到，大松口气。复读机果然掉在了双层铁架子床的床底，而且被行李箱挡住，若不是专门找，还真是难以发现。

胡迈急切欲取上来，却被高原阻挡。

晚点名刚结束，同学们尚未离开，胡迈大喊着借用6033宿舍同学的复读机，同学当然说丢了。胡迈不信，说教导团这样的地方怎么可能丢东西，并说上次他手表找不到也以为丢了，最后竟在自己的褥子底下找到。

他拉着丢复读机的同学去找，其他人也好奇，都跟着。

胡迈先在他处找，没找到。

正当大家灰心时，他找到床底下，惊喜地拿出来。

胡迈很得意，又再次说："教导团不可能丢东西。"

经此一番，复读机丢失的风波才烟消云散。

050

"大家有没有听过一个成语叫'众口铄金'？"葛青松连长问众人。

"听过。"

"我也听过！"

…………

回答声此起彼伏。

"谁能说说是什么意思？"葛青松连长问。

会场上有一半的同学举手。

葛青松连长点了几名同学，所答大同小异，大体都对。

"那么，有没有谁能讲一个众口铄金的故事呢？"葛青松连长又问。

大家你看我，我看你，没有人举手。

"好，那我就给大家讲一个。"葛青松连长拉开了架势。

这个周五下午的团日活动，就以这样的方式开始了。

葛青松连长所讲故事里的主人翁是一个二十岁的士兵。这个士兵有过硬的素质，也想在部队大干一番，却阴差阳错背负了许多强加给他的误会，他自己都不知道那一切是怎么发生的，可事情就那么发生了。他身在其中，却又完全无能为力改变，只能任由谣言四处流传。在口口相传中，年轻的士兵就成了一个不守纪律者、阳奉阴违者、沽名钓誉者。事实上，士兵根本就不是那样的人，但人人都那样说，他也误以为那就是他自己。士兵为此自责、反思、愧疚、失眠，差点毁了自己。可士兵很幸运，在最难的时候，遇到了信任他的领导，替他洗刷了种种不白之冤后，一切才好起来。

"后来呢？"胡迈问，"他怎么样了？"

"他现在是一个优秀的班长。"葛青松连长答。

"太好了！"胡迈鼓起掌来，就像在为一个熟悉的朋友喝彩。

同学们也都跟着他鼓掌。

葛青松连长的故事讲完了。他再没有多说一句话，但他隐于故事中的意思高原明白，赵立志也明白。葛青松连长是个有心人，他算是以此种方式为赵立志再次正名。同学们忍不住望向赵立志，大概也都懂了这层意思。

那天，葛青松连长把讲故事活动命名为"军营故事会"。

他说，既然是故事会，就不能只他一个人讲。

葛青松连长鼓励大家踊跃上台，有什么好故事要与同学分享，并且强调最好是自己亲身经历的故事。胡迈不待葛青松连长说完，就把手高高举起。葛青松连长指向胡迈："好，欢迎胡迈同学分享他的精彩故事。"

胡迈倒也不藏着掖着，主动坦白起自己上学时搞恶作剧和逃课的事。他自己迅速进入情境，一会儿高兴得哈哈大笑，一会儿又无限感慨。可是台下的同学呢，大多数都木然地看着他，似乎对他所讲不感兴趣，也或者是他言拙，没把精彩的故事讲出精髓来。胡迈当然看得见同学们的反应，也就淡了继续讲下去的兴致，三下五除二强行结尾，快速下场。

接着上台的几个同学讲完后，赵立志被高原推上讲台。赵立志在少林寺的故事倒是很受欢迎。他的故事总是被同学们的"然后呢"推着往前走。他说："我五岁那年的暑假第一次到少林寺，当天晚上就想逃跑。"同学们问——然后呢。他回答——墙太高，门锁着，根本出不去。同学们又问——然后呢。他回答——只能老老实实待着……赵立志迫不及待走下讲台的时候，仍有很多同学追着问"然后呢"。他被逼急，连声说——没有然后了。

葛青松连长点了高原。

高原站起来，却说都是男生讲显得单调，虽说在军营，但也应该男女平等，得请一名女生上台。他点了田雨格。田雨格大大方方地走上讲台。

她沉默了好一会儿，才缓缓地说："我给大家讲讲我的爸爸吧。"

田雨格故事里的爸爸是个工程师。田雨格说，印象里的爸爸无所不能。他随便用几个零件就能拼出不同的玩具，他做出来的玩具和普通的玩具截然不同，有时发光，有时发热，有时能自动行驶，有时甚至随着一声口令就能飞起来。田雨格惊讶于爸爸的无所不能，央求爸爸教她，她也想成为爸爸那样的工程师。可是，爸爸又经常那样忙。田雨格的爸爸忙到常年不能回家。爸爸曾经给田雨格许诺过，说她想他的时候他就会出现，其实，那也只是爸爸的愿望。爸爸又走了，去了遥远的大山里，去执行漫漫无期的任务。田雨格每一次想爸爸，爸爸都不在身边。为了不让田雨格过于失望，爸爸又许诺田雨格，每当田雨格想爸爸，爸爸不在，在下次见面时，爸爸就可以满足田雨格一个心愿。就那样，一月又一月，到了暑假，爸爸又不能回来，田雨格就去部队驻地的家属院看爸爸。田雨格在电话里对爸爸一再强调——记得兑现曾经许下的承诺。爸爸当然记得那些承诺，也答应田雨格见面时一定兑现。田雨格翻山越岭终于到达山里的部队，爸爸却日日忙于任务而不得相见。待田雨格终于见到爸爸时，却已不再是她熟悉的爸爸，而是因公牺牲后的冰冷遗体。田雨格叫爸爸，爸爸不应，拽爸爸，爸爸不动，田雨格撕心裂肺地说爸爸是个骗子，她积攒的所有心愿其实只有一个，就是让爸爸陪陪她，陪她说话，陪她吃饭，陪她玩……可爸爸再次言而无信。田雨格的爸爸没再醒过来，没兑现承诺。田雨格永远失去了爸爸。

此时，讲台上的田雨格早已泪流成河。

台下有女生哽噎抽泣，也有男生眼含泪花。

热烈的掌声一浪淹过一浪，却冲不走田雨格支离破碎的悲伤。

051

军营故事会结束后，田雨格独自前往礼堂后面的山坡。

那是个少有人去的偏僻之地。郁郁葱葱的山坡上长满了野花野草，还有枝条繁密的不知名灌木。在花草之间，有一条水泥台阶，一直通向山顶。

田雨格沿着台阶一直走向山顶，远看去，她的步子分外沉重。

"田雨格同学。"一个声音顺着台阶追上田雨格。

田雨格闻声转身，竟是高原。

"你怎么来这里了？"田雨格惊讶地望着高原。

高原反问她："你呢？"

高原把田雨格问住了。田雨格也说不上来自己为什么就来了这里，这会儿，她只想一个人待一会儿，知道这里僻静，便不由自主走了过来。其实她不必非在这儿不可，只是想找一个没人的地方，能独自待会儿就行。

"我没打扰你吧？"高原问田雨格，"你是不是盼着我赶快消失？"

"怎么可能。"田雨格把身子全转过来，居高临下，看着高原。

高原仰着头仍问："当真？"

田雨格点头。

田雨格在台阶上坐下，高原走上去，也并排坐下。

高原小心翼翼地看向田雨格，那样子有些像偷窥。

田雨格转脸问他看什么。

高原说看她脸熟，看她脸上未干的泪痕也眼熟。

田雨格的心就像被高原的一句话摁下了悲伤的开关，很快就在脸上露出浓密的哀愁来。高原直打自己的嘴，呸呸呸，说错话了。田雨格问他说错什么了，他说他刚才的话连标点符号都不对。田雨格问他什么对，他说这会儿说点高兴的事才对。

田雨格问他什么是高兴的事，他说："祝贺你，带领你们宿舍获得队列会操的女生队第一。"

田雨格的脸"阴转晴"，也同样祝贺他。

他倒不谦虚，还遗憾地说，因为分了男女队，所以他们宿舍顶多只能得男队第一，如果不分的话，那6022宿舍就是当仁不让的全年级总第一。

田雨格笑了，并不跟他的大言不惭计较。

他也笑了，尽是得意。

"你最近什么时候去的山里？"田雨格问他。

"哪里？"他明知故问，"你说的是哪个山里？"

"导弹旅。"

"哦——那里呀——谁愿意去那里？"他说，"我好久都没去了。"

"那——你什么时候再去？"田雨格问完，又说，"我们一起。"

高原意外，也惊讶，本能地点头答应。

高原这会儿心里有很多谜团——有关过去的田雨格，也有关此刻的田雨格。他不确定自己的记忆是否准确，也不确定自己知道的情况是否属实，更不知道怎样把最想问的那些问题以最妥帖的语言表达出来。高原陷入纠结中，可还没等到他想好怎么开口，田雨格就站起身，独自跑下了台阶。

"你去哪里？"高原说，"要走也是我走呀。"

"你不许走。"田雨格用命令的语气，"等着我，马上回来。"

高原只能等着。他猜不出田雨格的葫芦里卖的什么药。

田雨格很快就回来了，背上多了个书包。

高原问她是不是给他带了好吃的，她笑说高原想得美。

她再一次和高原并排坐在台阶上。

高原看田雨格打开书包，小心翼翼地取出一个盒子。

他问是什么，田雨格不答，递到他手里说，你自己拆开看。

他打开——里面是枚导弹模型。

"还认识不？"田雨格笑着问。

高原的思绪一下子就被带到了遥远大山里的导弹旅。

田雨格兴奋地告诉高原说："这枚模型虽然比高叔叔当时送我的那枚小很多，但麻雀虽小五脏俱全，里面的设置和零部件都一模一样。"田雨格还说，那枚大模型带不来，只能暂送高原这个小的，顶重要的是，先得安慰住高叔叔家那个因得不到导弹模型而哭坐地上打滚不起来的小赖皮。

"你说吧，这个行不行？"田雨格问。

高原脸上火辣辣的，好像此刻他就是那个哭着打滚的小赖皮。

田雨格又递给高原另一个盒子。

"这是什么？"

"用了这么多年你那个导弹模型的利息。"

高原打开盒子，见里面是一个通体闪着金属光泽的精巧机器人。

052 高原待宿舍无人时，才小心翼翼地取出田雨格送给他的两个盒子。

高原仔细端详了一番导弹模型，又谨慎地拆开。他先拆开底大顶小的圆形底座，然后再把"弹体"从正中间一分为二。他看到，果真如田雨格所说，这个仿造的模型虽小，但里面的设置及零部件和爸爸之前做给他的那个几乎一模一样。他正要再安装起来，却见在"弹体"底端装电池的位置塞着一张折叠起来的小纸条。他取出，竟是田雨格写给他的——没想到你还真拆了，我可告诉你，这个拆起来容易，装起来就难了，你要是装完发动不了我可跟你没完——高原先是惊讶，继而不由自主地紧锁起眉头。

高原研究了"弹体"和底座的连接处，发现想无缝还原还真有点难办。

高原顿然悟出了蹊跷。

田雨格一再给他说，这个模型和之前那个模型的内部设置和零部件都一模一样，也明知道他要拆，却一句话也没有提醒拆完不好装，倒是在里面用小纸条提醒他。可是，当他看到纸条的时候，显然已经拆完了，再提醒还有什么用呢？只有一种解释，那就是田雨格在考他，对，这是田雨格出给他的必考题。想到这儿，高原倒来了精神。他塞回纸条，认真研究起模型来。

第一次，高原装好模型，摁下开关，没有丝毫反应。

第二次，依然如故。

高原遇上拦路虎，百思不得其解，明明解决了导线的布设和螺丝的内部固定问题，为什么还是不能正常启动？他想了一阵子，再想想田雨格纸条上的话，高原顿然开窍——会不会是田雨格在放纸条的地方布设了机关——他磨薄了一块金属垫片后再安装，摁下按钮，红灯闪烁，真就成了。

高原很享受这种经历波折破解难题后的成就感。同时，他也由衷地钦佩田雨格神奇的脑回路。

他真想这会儿把她请过来，一块儿见识模型的正常启动。

高原一不做二不休，又拆开了田雨格送他的小机器人。

高原初看小机器人，完全就是一个缩微版的笨拙变形金刚。他拆开看的目的就是想确定一下，这个机器人是田雨格买现成的还是自己加工的，并且以此来验证，那个导弹模型是否如田雨格所说，是她亲手制作。高原起初见小机器人背后贴着"太空一号兴趣小组"的标签。他想当然地以为是买的机器人的广告语，知道是田雨格的成果后，倒疑惑起标签的含义来。

田雨格不在身边，他无处可问，只能把疑团暂时埋在心里。

高原越拆越惊讶。他卸下机器人的第一只胳膊，做工虽粗糙，但用弹簧做连接的主意不错，以此更加断定不是买现成的。他再拆第一条腿，发现竟然不是那种常见的固定方式，而是有复杂的活动装置，只要给一个外力，装置互动，机器人就能自如地行走起来。这让高原大开眼界。

高原正对着一堆拆出的零件愣神，胡迈和赵立志推门进来。

胡迈见高原一动不动，以为他遇到了难题，当仁不让自称对机器人在行，主动请缨帮助高原安装。赵立志问他怎么个在行，他"嘿嘿"笑着说不出来，却已经把一堆零件扒拉到了身前。赵立志要帮他，他还不让，说这忙不能帮，越帮越乱。高原这时候已经无法阻挡，只能由着胡迈去安装。

高原的目光又落在导弹模型上，思绪也跟着回到了遥远的大山里。

他记不起上一次是什么时候见爸爸的，只记得跟妈妈去看爸爸，爸爸又去执行任务，他们一直等，直等到假期结束，临离开也没有见到爸爸。

那之后呢？

高原的记忆慢慢从一团模糊变得清晰起来。

053

初中毕业后的那个暑假，高原原本有很多种选择。

高原清楚地记得，还没到放暑假，妈妈就已经许诺，带他和秋帆去上海，登东方明珠电视塔，游览黄浦江。秋帆则约他一起去二姨支教的贵州，游历名山险川，观赏难得一见的野生动物。他这儿想去，那儿也想去，却又因为想法太多，一时半会儿还拿不定主意。恰在这时，爸爸打来电话。

爸爸刚执行完任务，说能轻松一阵子，还说争取暑假休个假。这个消息让高原兴奋，他自然也就把自己的暑假和爸爸的假期联系在一起。他提起爸爸之前给他讲过的中国科技馆，爸爸爽快地答应等暑假的时候休了假，就带他和秋帆去北京。爸爸还说，到时候不但去科技馆，而且还要带他们去天文馆、自然博物馆、电影博物馆、汽车博物馆、古生物博物馆……爸爸提到的每一个地方都让高原心生向往。高原挂完爸爸电话后，长时间沉浸在即将远行的兴奋中。暑假的北京行取代了他之前设想的所有计划。

高原说服妈妈把原本去上海的假期攒到国庆节，又说服秋帆等到寒假的时候再去贵州，除此，还要说服自己——爸爸是爱他的，这不明摆着吗？

中考还没到，高原就天天打电话催问爸爸什么时候回来。

他似乎一天都等不及，恨不得立马就插上翅膀飞到北京去，但爸爸不回来，他的北京之行只能是梦想，只有爸爸回来，梦想才能落地成真。

高原打过去的电话多数没人接，好不容易接了，要么是爸爸忙着没时间跟他说话，要么是爸爸休假的时间暂时还不能确定。高原越得不到爸爸的准信就越急躁，恨不得除了吃饭睡觉，其余时间都用来给爸爸打电话。

日子一天天过去，高原几乎每天都给爸爸打电话，通的时候却很少。

爸爸没有回来，甚至定不下回来的日子。

高原数着日子，想着北京，心里急得都能着起火来。

爸爸终于来了电话。

高原兴奋地接起，急切地问爸爸几时动身，何时到家。

爸爸的话却让高原震惊——因为突然有任务，休假不得不取消。

高原觉得自己被迎面浇了盆冷水。

他并不罢休，问爸爸能不能跟别人调班，又问爸爸能不能请假，只要几天就行，但他的所有建议都不能换取爸爸回来。爸爸坚定得很，没有给高原预留哪怕一丝希望。高原不得不问爸爸去北京参观的事怎么办，爸爸倒是说得轻松，让妈妈带他们去。可是妈妈刚打报告把年假改到国庆节了，她整个暑假都得上班。很多年以后，高原才知道那次爸爸不能休假的原因。

高原来到火箭军后，爸爸坦诚地告知：那次将试射的导弹在测试中突然出现异响，往常若出现这种突发情况，最保险的方法就是运往厂家再次检修，排除故障后再运回，重新测试并试射。但这次的试射任务急迫且重要，如果将导弹返回厂家，将影响到后续的一系列工作。他凭着多年的经验，拍板把导弹留下来，自己解决异响问题。为此，他不得不再次食言于高原。

高旭东又何尝不想带着高原和秋帆去北京履行自己的诺言？可是，他顾了大家就不得不舍弃小家。

高原那时并不知道爸爸爽约的原因。他只刻骨铭心于自己暑假的所有计划都泡汤了。

很多年后，他也到了火箭军，才读懂爸爸，也理解了爸爸。

只是在那个时候，他心里头憋屈得难受，狠狠地坚定了和爸爸决裂的念头。在接下来的四十多天里，高原和秋帆只能在豫州市待着。高原郁闷，也觉得对不住秋帆。他越是那样想，越是生出对爸爸野火烧不尽的敌意。

那之后，他不再接爸爸的电话。

高原也向妈妈声明，再不会随妈妈去大山里的导弹旅看爸爸。

054

"嘿——导弹模型是不是装不上了？"

田雨格不声不响来到 6022 宿舍，把正趴桌上愣神的高原吓了一跳。

一个月的新生军训即将结束，这个上午虽然没有布置训练，但学生们怕最后的考核通不过，这会儿有的在训练场练体能，有的在水泥路上走队列。满院子的学生中，大概只有他俩是不为考核操心的"大闲人"。

"怎么可能装不上？"高原说，"你设的机关被我轻而易举破解了。"

田雨格不信："我可听说你把机器人拆成了一堆零件。"

高原不解："这你都知道？"

田雨格说："胡迈找我求助。"

高原摇头："这家伙，我再三说让他保密，他这不等于出卖我？"他又说："就是他，不小心掰断了连接轴，不过没关系，很快就能装好。"

田雨格笑着说："但愿吧。"

这时候，高原已经从抽屉里取出他之前拆解后，又重新组装起来的导弹模型，摁下按钮，镶嵌在底座和"弹体"上的红色小灯瞬间闪烁起来。

他得意地问田雨格："怎么样，完好无损吧？"

田雨格惊讶："看来你真是破解了我的机关，确实厉害。"

高原忍不住自吹："这算个啥，别说这，我再造一个都没问题。"

田雨格不置可否，只是淡淡地笑着望向高原。

高原急了："你还别不信……"

"咱们约个时间。"田雨格打断高原。

"干啥，比试？"高原问。

"去大山里的导弹旅。"田雨格感慨，"真想再回去一次。"

高原沉默。

田雨格催问："咋了，不行？"

"没啥不行的。"

"那咱们啥时候去？"

"随时。"高原打包票说，"只要你有时间。"

田雨格欣喜："这可是你说的。"

高原拍胸脯保证："没问题，我说的。"

田雨格走后，高原又想起了爸爸。

那个晚上，爸爸回来得很晚，但仍旧信守之前的承诺。

爸爸和他一起，把之前一个个夜晚做出来的导弹模型零部件放到一处，他等待着爸爸组装，爸爸却让他也参与进来。他不会，爸爸就教他，他屡次弄不好，自己都急躁了，爸爸却极有耐心。爸爸问他，这个地方的螺丝要五角星的还是梅花的，他说五角星的，爸爸就给他挑出一颗五角星的，然后和他一起拧上、拧紧。他瞌睡得实在坚持不住，爸爸就把他抱到床上。

他不知道爸爸什么时候忙完的，等他起床时，导弹模型已经安装好。

高原兴奋地抱着模型去找爸爸，却没有找到。

爸爸一大早就去上班了。

高原回想起和爸爸的历历往事。现在想来，爸爸把导弹模型给田雨格最合适。高原觉得，如果自己碰到失去爸爸的田雨格，也必定会尽其所能安慰和帮助她。田雨格是火箭军烈士的孩子，值得拥有所有的关爱。

高原是许久后才从妈妈那里得知爸爸得奖立功的消息。

妈妈兴奋得很，告诉高原说，爸爸破解了制约导弹发射稳定性的一个老大难问题，获得全军科技进步一等奖，并且荣立二等功。那时候，高原对爸爸解决的问题不了解，对爸爸的得奖立功也不感兴趣。但此刻，高原倒在心里惦记起这些关于爸爸的一切。久无爸爸的音讯，高原特别想爸爸。

他找出 IC 卡给爸爸打电话。

电话铃声一直响，却始终没人接听。

高原打了多次依然如故，他不得不心有不甘地挂断。

055

胡迈听到急促的哨声响起时，不由得一阵心慌。

他还以为原定于第二天下午进行的体能考核提前了呢，待问清是组织革命传统教育后，又发起牢骚来："这都火烧眉毛了，哪还有心思听教育？"

他这话说得也不假。自从看到军训结业的考核安排后，他就整日里寝食不安。他太清楚自己的体能是个啥底子，也知道能考成个啥样，却又不甘心居于人后。高原和赵立志劝他省省心，但他仍坚持临时抱佛脚。

这几日，他只要有空闲，就去训练场跑几圈，或者像模像样地冲刺几趟，俨然一副备战奥运会的架势。谁都知道，他就是求个心理安慰。

这会儿吹哨搞教育，胡迈自然是忍不住要说几句。

同学们拎着马扎鱼贯进入会场，有的打闹，有的说笑，值班的一排长扯着嗓子维持纪律。大家也只收敛了一丝丝，可是，当他们的眼睛扫过主席台时，多余的动作和话语都止住了，只剩下瞪大眼睛表达出来的震惊——他们看到了那个只有一只胳膊的军人。

军人四十多岁，平头，黝黑的脸上满是皱纹。

此刻，军人目不转睛地看着他们。

他们心里藏着疑惑，默默地走到自己的位子上，列队，立正，看齐，报数，听口令放马扎。会场寂静无声，八九百双眼睛齐刷刷望向主席台。

"同学们好，今天，我们请来了一级战斗英雄丁爱国团长。"

葛青松连长话音刚落，下面就叽叽喳喳议论开。

有的问："他是团长？团长怎么没有胳膊？"

也有的疑惑："英雄也分等级吗？什么是一级战斗英雄？"

在同学们的交头接耳中，丁爱国团长起立，举起左手，敬了一个干脆利落的军礼，并自我介绍："同学们好，我是老兵丁爱国。"又有人忍不住问："排长不是教我们右手敬礼吗？他怎么是左手？"这时候，问话的同学醒悟过来，其他同学也都议论，哦，他那空空的袖管里少了一只胳膊。他们再看向主席台时，单臂的丁爱国团长已经落座，威武如雕塑。

葛青松连长继续介绍丁爱国团长，说他哪年参加边疆作战，哪年立军功，又哪年提干……同学们又震惊了——二十年前我们国家还打过仗吗？

"是的，我参加的那场战斗距今天还不到二十年。"

丁爱国团长回答同学们疑问的同时，也讲起了他的故事。

丁爱国团长参加那场战斗的时候，还只不过是个十七岁的毛头小伙子。胡迈忍不住说："那么小，比我才大一岁。"丁爱国团长继续讲，他们连奉命夺回敌人非法占领我方的两个山头。战斗在黎明前打响，战友们冲得异常勇猛，只用三十多分钟就攻下了一个山头。大部分敌人都被歼灭，剩下的几个也缴械投降。战友们还要接着攻占下一个山头，连长命令年龄最小的他押战俘返回后方。那时候，进攻意味着随时可能中弹牺牲，押战俘返回则是最安全的。他心里不愿意，但军人以服从命令为天职，更何况还是在战场上。战友们迎着敌人的炮火又开始了新一轮的冲锋，他则押着七名战俘返回。刚到山下，他们就遭到敌人的炮击，他的胳膊被弹片切掉，只剩下一层皮连着。他那时候倒没感觉到胳膊疼，只觉得头上的血一股股往下流，弄得他眼睛睁不开，人也疲惫至极，感觉随时都可能晕过去。

战俘们看他自身不保，就蠢蠢欲动想跑。他知道这个时候他该干什么。他用没受伤的手擦了把挡住眼睛的血，单手高高举起枪打了几发子弹，战俘意识到逃跑就会被打死，就不敢再有非分之想，只能乖乖地继续跟着返回后方。赵立志不可思议地瞪大眼睛，就像中弹的是自己一样，咧嘴说："简直不可想象，这都能坚持？"丁爱国团长继续讲，他再往前走的时候，那只受伤的胳膊老碍事，他没办法，就咬断了仅有的连着的皮，把胳膊卸下来别到了腰带上。有几个女同学尖叫起来。丁爱国团长继续讲，他就那样把俘虏一个不少地押回到后方，战友押走俘虏后，他顿觉天旋地转，当场就昏死过去。"后来呢？""后来怎么样了？"同学们盯着他急切追问。

三天后，丁爱国团长醒来。那时他才知道，押解战俘返回后方的时候，他几乎流尽了血，任怎么叫也不醒。战友们以为他牺牲了，含泪掩埋他时，他却奇迹般地睁开了眼睛。医生拼力抢救，他命大，又活了过来。

震撼。

泪水。

掌声。

高原看到，田雨格和两个女生哭泣着冲出了会场。过了一会儿，她们又泪流满面地回来。每个人手里多了几串用野花编织的简易花环。

她们也不经批准，径直跑上主席台，把那缀着红色、黄色、白色和粉色花朵的饱满的花环，一串又一串戴到了丁爱国团长的脖子上。她们哭泣着向丁爱国团长庄严敬礼。丁爱国团长也回礼，只不过用的是左手。

会场里，热烈的掌声再次响起，如雷，如潮，久久不落。

056

丁爱国团长事迹报告会结束不久，军事训练进入最后的考核阶段。

考核共四项——国防教育基础知识、队列、体能和徒步拉练。高原和赵立志都摩拳擦掌欲冲第一名。胡迈不敢有同样的奢望，只求及格。他的短板是体能，这短板还尤其短。虽说他咬牙狠练了一阵，但效果呢，赵立志掐表给他测了，根本看不出任何显而易见的进步。胡迈仰着个苦瓜脸，问高原："你赶紧给支支招，我到底该咋办？"高原拍拍他的肩膀，调侃说："实在不行，我们到时候轮流背着你跑。"

胡迈眼睛里的光芒黯淡下去："你呀——就别逗我了。"

"没逗你。"高原一本正经，"你不信去问排长，这是规则允许的。"

胡迈没去问排长，又转头拉着赵立志："老赵，你可不能见死不救呀。"

赵立志一时半会儿也没招，急得来回踱步："别急，我想想。"

胡迈这个忙，高原和赵立志是帮得帮、不帮也得帮，而且整个二排的同学都得给他想办法。因为体能考核分为个体和集体，集体项目是三千米负重越野，以排为单位，成绩最差一名同学的成绩记为排成绩。这样一来，谁跑得最快已经不重要，跑最慢的那个人才是全排成绩的决定性因素。

此刻，胡迈自然成了焦点人物。

"真的，我背你跑一圈没问题。"高原又说。

胡迈低着头，不答话，在等赵立志的答复。

"这样行不行？"赵立志似乎对自己脑子里的主意并不自信。

"快说。"胡迈倒急了。

赵立志提议，把胡迈的负重越野变成徒手越野。他进一步解释说，从一开始跑的时候，大家就分工替胡迈背挎包、水壶、背包。胡迈啥都不用拿，只自个儿徒手跑完三千米就行。胡迈一脸沮丧，显然对这个主意并不满意。他说自己的短板是跑三千米，而不是背东西，现在赵立志说的并没有解决三千米的问题，而是把背东西这个不需要解决的问题给解决了。

赵立志急了："争辩说，可是——可是——"

胡迈更急，问赵立志可是什么。赵立志说："可是——三千米谁都没的选，必须跑呀。"

赵立志只能是让胡迈在负重跑和徒手跑之间二选一。胡迈这时没有其他选项，只能选了徒手跑。赵立志问高原的意见，高原乐了，说跟背着胡迈跑相比，他当然赞成这个。

胡迈平时稀拉加拖拉，考前却成了临时抱佛脚最认真的一个。

胡迈从早到晚一刻都没停歇。

他先是背了一阵子国防教育基础知识，自己背还不行，又让高原考他。考难了不行，简单的问题答上来之后，胡迈很得意，又催着高原继续考。高原问得稍微一难，他就给高原提建议，说是打击他的积极性。高原只能再倒回到简单模式。在他们都口干舌燥无法继续的时候，他喝口水，又独自到宿舍前面的水泥路上练队列。自个儿给自个儿喊口令，一个口令一个动作，标准规范，一丝不苟。

晚上，胡迈继续记国防教育基础知识，到了很晚才睡。他半夜里也不消停，高原听到他不断地重复呓语着："等等我，等等我。"高原估摸着，胡迈在梦里已经率先参加了三千米负重越野，而且很明显，他落在了后面。

057

第二天清晨，不等哨响，胡迈就早早起床。

胡迈穿好衣服正准备出宿舍，却被同样醒来的高原叫住："你这是——又要去抱佛脚？"

胡迈点头，无奈地说："临阵磨枪，不快也光。"

高原说他："行了吧，你要行，不在这一次两次，要不行，短时间内不吃不睡也练不出来，你这样，顶多也就寻个心理安慰，还不如多睡会儿。"

胡迈一副苦大仇深的样子，叹气说："你说得倒轻巧，眼看着考核，我是一丁点儿的把握都没有，哪还睡得着？"

这时候，赵立志也醒来，显然听了二人对话，也说胡迈："你呀，就算再心急，也最好待着，要不然——适得其反。"

胡迈只觉得他俩说得荒谬。以前吧，胡迈训练时能躲就躲，他俩恨不得拖胡迈到训练场，这回胡迈积极了，他俩竟又联手打压他的积极性。

胡迈执意出门。

高原给他喊话："你可想清楚，你现在就是成绩再怎么差，也就是个分高分低的问题，万一这大早上出去磕了碰了导致参加不成考核，可就是零分。"

胡迈不服，争辩说："我长着眼睛呢，怎么就能让磕着碰着？"

赵立志也大嗓门提醒:"就算不磕着碰着,你这猛一阵高强度训练下来,腰酸背痛的,肯定也影响成绩。"

胡迈梗着脖子:"我就不能不高强度训练?"

高原和赵立志几乎齐声问:"没强度,你这训练还有个啥意义?"

胡迈一只脚已经迈出门外,想了想,又收了回来。

听了劝返回宿舍的胡迈并没闲着,虽然体能训练未遂,但趁着考核集合前的空闲,他又在宿舍里复习起国防教育基础知识来。只不过,他的学习总被一趟趟的上厕所中断,倒不是拉肚子,而只是紧张。他一想起考核就尿意汹汹。这种情况怎么理解呢,用他的解释来说,就是考前综合征。

上午九点,考核开始。

在国防教育基础知识的考场上,胡迈甚是得意,卷面的考题大部分都是高原之前问过他的,加之他这几天的"临阵磨枪",倒也有八九成的把握。在随后的问答环节,俨然成了高原的个人专场。他抽的题目是"简要说说近代以来世界上发生的战争",他不但谈了两次世界大战的起因、过程、结果,还谈了主要军事人物的功绩、特点、得失以及对战局和战后的影响,并且还不作罢,又一鼓作气,谈到了五次中东战争、马岛战争。

对于大多数同学而言,高原所讲犹如天书。他们瞪大眼睛,恍然以为高原是在这里做有关战争史讲座的专家教授。作为主考官的葛青松连长听得甚为惊喜,不但允许高原不受时间限制,而且在提问环节,又让高原讲讲发生在中国近现代的几场战争。高原简明扼要一一讲来,犹如他曾在炮火硝烟中亲历过那些战争。高原答完欲走,却被兴奋的葛青松连长叫住。

葛青松连长问高原:"如果现在爆发战争,你当怎样?"

高原一愣,陷入沉默。

后面等候着被提问的几个同学窃窃私语——

"现在都什么年代了，怎么可能有战争？"

"还能怎样，我们是念书的学生，又不是打仗的军人。"

"战争可是要死人的，首先得找个安全的地方躲起来。"

…………

葛青松连长等了片刻，见高原不言，便说："没关系，这是附加的问题，不计入考核成绩，你可以不回答。"说完，他照着名单喊下一位同学。

"我回答。"高原抬起头来，庄重地看着葛青松连长。

葛青松连长面露喜色，让已经被叫到名字的同学暂时等待。

高原的每一句话，似乎都是从思绪中抽出来的一根丝，逻辑缜密，环环相扣，绵延不断——"一百多年前，八国联军侵我中华，民族存亡旦夕之际，因戊戌变法失败流亡日本的梁启超作《少年中国说》，其有言：'少年智则国智，少年富则国富，少年强则国强，少年独立则国独立……'我们生于改革开放后的二十世纪八十年代，见证了祖国的日益强大。今天，历史的时钟已经走进二十一世纪，放眼世界，和平与发展是世界的两大主题，但我们当清醒地看到，我们之庆幸不是生于和平的世界，而是生在和平的中国，世界今日之和平不代表永久之和平，我们是今日之少年亦是明日国家倚仗之栋梁……战争是国家间经济、政治等诸多竞争之后的底线较量，今日中国之和平并非应当如此，也并非从来如此，而是一代又一代的万千先烈用舍生忘死的牺牲换来的。今日或者明日，战或者不战，个人都没的选，但是，只要战争来临，我甘愿以己身化为保卫祖国的最后一颗子弹。"

…………

高原慷慨激昂、睥睨所有，脸色因激动而涨得通红。

"好!"葛青松连长情不自禁,大喊一声,带头鼓起掌来。

赵立志和同学们也纷纷叫好,猛烈鼓掌。他看见,此时的高原已经红了眼睛,似乎战争真的已经来临,而他刚才的那番演讲就是临上战场前与亲人和朋友的最后诀别。葛青松连长背过身去,也悄悄擦拭盈眶的热泪。

058

"太牛了,你肯定是第一。"胡迈伸出大拇指,由衷赞叹高原在国防教育基础知识考场上的高光表现,"咱6022这回可给二排争大光了。"

看看,胡迈夸高原的时候自觉不自觉地把自己也带上了。

半小时不到,胡迈又上了三次厕所。

体能考核的个体成绩已经揭晓,胡迈虽中等偏下,却超过了之前觉得会垫底的预期。队列超常发挥,达到了前百分之二十的优秀。这会儿,他站在负重越野跑的预备区,愈发紧张。若跑好,这一关就算过去了;跑不好,拉低自己平均分不说,还影响二排成绩。着实到了至关重要的时刻。

胡迈可不想成为七十一个人里垫底的那个。

负重越野强调团体配合。队员之间可以互相分担负重,也可以拉着跑,甚至像高原之前所说,只要体力允许,也完全可以背着队友跑。最终以最后一名的成绩算作团体成绩。所以,谁最快不重要,重要的是谁最慢。

比赛尚未开始,高原和赵立志就把胡迈的负重"瓜分"完毕。

高原身上挂着两个水壶、两个挎包、一个背包。

赵立志身上挂着一个水壶、一个挎包、两个背包。

胡迈当然就什么都没有了,他的与众不同引起大家的围观。

他倒骄傲地以为大家等他发言似的,振臂对众人喊:"加油!"

考核开始后，赵立志第一个冲了出去。

高原紧随其后。

胡迈夹在人群中，哨声一响，就明显被冲出去的人群甩在了后面。

他不敢大意，迈开步子，奋力向前，一边呼呼地喘着气，一边紧追着前面的同学。他一圈之后竟没有落后，紧紧地跟着十几个人组成的小队伍。

赵立志背了两个背包，却一点都不影响速度。胡迈所在的小队伍还没有跑完第二圈，就被跑第三圈的他追上，并且很快超过。高原紧紧追在身后，但很快也跟不上了，他即使是第二，也和赵立志差了大半圈。赵立志又一次从胡迈身边经过的时候，胡迈大口喘着气，似乎随时都有可能出不来气，腿和脚也都沉重得近乎麻木，他真想坐地不起。同学们一个个从他身边超过，他不敢停下来。他不确定自己是不是已经落到了最后。他又想到，虽然环形的操场上都是奔跑的同学，但从一开始，都是一个个同学超越他，他却从没超过任何人。他大体上已经确定，自己就是最后一个。

胡迈咬牙加速，却仅仅是咬了牙，步子并没有因咬牙而加快。他"啊啊"地喊着，却没有振奋起萎靡的精神，也或者他本就没有隐藏的精神可振奋。胡迈看到不断地有人超越他，即使他看到有的同学跑得很慢，但人家依然一点点把他甩开很远。他是那样的急切，却又是那般的毫无办法。

胡迈觉出身后又有脚步声传来，拼力想不被超越，却毫不奏效，脚步声愈近，很快和他肩并肩。胡迈惊奇，后面的人并没有超越他，而是和他并肩跑着。胡迈颇为费力地扭头看时，竟发现是赵立志。就在他欲开口时，赵立志用左手拉起他的右手，头也不回地向前面跑去。他就像驾了风，步子也轻快起来。赵立志拉着胡迈奔跑时，又替一个眼看跑不动的同学背起背包。二人跑过两圈，赵立志问胡迈："你想奔前几名还是中游就可以？"

胡迈连连点头，粗重地喘着气说："这就可以，这就可以。"

赵立志松了手，他拉着胡迈跑时，把自己之前建立的优势已经消耗殆尽。这会儿，他仍旧没有极力向前冲去，而是和高原一起，不断替体力不支的同学分担挎包、水壶和背包。很快，他的背上和两只胳膊上，甚至他的怀里都是背包，足有七八个。赵立志被背包包围了，这还不算，他一会儿拉这个同学，一会儿又给那个同学鼓劲。他看着胡迈冲过了终点，也看着胡迈后面的同学冲过终点，他又折返大半圈，去替一个已经冲过终点的同学捡回掉了的帽子。帽子作为装备万不能丢弃，丢了成绩就不作数。

赵立志再返回时几乎落在了最后。他再次蓄足了力量向着前方奔去。他左手右手、背后胸前全是背包，他再也甩不起带风一样的长臂，姿势看起来很是怪异。赵立志仍拼力向前，却因背包遮挡视线，他被绊了一个跟跄之后，重重地摔倒在了跑道上。他起身时，觉出脚踝刺痛，肿起大包。

赵立志站起身来，把掉了的背包一一捡起。

这时候，环形跑道上只剩下他一人。

"赵立志，加油！"到达终点的同学们大喊着赵立志的名字。

赵立志做了多次尝试，但脚踝处刺痛，实在跑不起来。

他不得不一瘸一拐地向前移动。

他意外受伤，完全可以放弃，至少放弃身上那么多的背包。可是，面对葛青松连长的劝阻，他说他没有权利放弃同学们的背包，却有权利选择不放弃。赵立志用他不放弃的权利，艰难地走完了余下的漫漫两百多米。

二排的许多同学为赵立志加油喊破了嗓子。

赵立志自责拖了二排的后腿，打来的晚饭都没吃。

张震排长来宿舍时，赵立志以为要挨批评，作好了自我检讨的准备。没想到，平日里不苟言笑的张震排长不但给他送来了红花油、云南白药喷剂，还给他讲了许多自己当新兵时的糗事，总算让赵立志笑逐颜开。

自始至终，张震排长没提一句负重越野考核的事。

059 高一新生们的军训考核只剩下最后一个课目——拉练。

拉练是军事术语，指的是：部队离开营房基地，到野外进行行军、宿营和实弹射击等课目，是一种模拟实战的训练。六中高一新生的拉练倒没有这么严格，他们只不过是参照这种方式从教导团徒步返回市区的六中。

从这天上午开始，高原和赵立志就争执不下。

葛青松连长早操时通知，让各排上报不能参加拉练的人员名单。当然，这个名单不是谁报名就有谁，也不是排里想报谁就报谁，而是那些不得不退出拉练的人，比如受伤、生病等。上了名单的同学不用徒步拉练，而是乘坐汽车返回。赵立志右脚脚踝肿成了面包，理应上报到坐车返回的名单。连里催了几次，赵立志却拉着高原不让报，也不说原因，只说："等等，等等。"高原问他等什么，他也不说，他俩都清楚，不管再怎么等，赶在拉练出发前，赵立志的脚踝肯定消不了肿。就这样，高原一个劲儿地催，赵立志三番五次让"再等等"，直等到前面几项考核的成绩一一揭晓。

正如胡迈预判，高原的国防理论知识考核得了全年级第一。

胡迈没能想到的是——高原的笔试、口试都是唯一满分。

与此同时，因为赵立志的意外受伤，二排的负重越野成绩只在中游。

高原再催赵立志时，赵立志不说"等"，他已经下定决心，和拉练的队伍一起走。高原实在不理解赵立志为何会作出这样的决定——他的脚已经不能走路，拉练却得步行一百多里——他到底想怎么走？胡迈也问赵立志："你这个——也没法走呀。"赵立志起身，在宿舍里来回走，边走边说："怎么不能走，这是不能走吗？"他明显一瘸一拐，也明显咬牙忍着痛。

高原似乎懂了赵立志的心思。

胡迈仍旧劝："老赵呀，拉练不是在宿舍里走两圈，那可是一百多里路呢。我倒是想坐车回去，那多爽，可是人家不让呀。"

高原严肃地对赵立志说："你这情况——只能坐车。"

赵立志不乐意："我说了，我不坐，拉练回学校是我的权利。"

高原苦劝："你的脚受伤了，坐车才是你的权利。"

赵立志坚持："我不要坐车的权利，我只想要参加拉练的权利。"

高原语气强硬："你这情况——只能退出拉练。"

赵立志气愤："我绝不做逃兵。"

高原解释："你这和逃兵是两回事……"

赵立志不等他说完，争辩说："是你说的，少年强则国强。"

…………

胡迈看他们越吵越凶，也跟着急，却两边都插不上话。

到这个时候，胡迈觉得支持赵立志瘸着腿走一百多里路不合适，若支持高原强行让赵立志退出，似乎更不合适。胡迈终于想出了一个自认为两全其美的好办法，这才打断了争得面红耳赤的二人。胡迈神秘兮兮地对赵立志说："不把你的名字报到坐汽车返回的名单。"他又得意地看着高原说："保准他的伤脚也没问题。"他们被胡迈给弄糊涂了，虽不抱希望，却也急等着他说出解决之道。胡迈确实想了个一般人都琢磨不出的主意——却是馊主意。

他提出不把赵立志报上去，照常跟着二排的拉练队伍出发，只不过不用真的全程走。他打电话让他爸提前开车过来，说定个地方等着，他们神不知鬼不觉地钻到车里，等到学校门口再下来，提前做好隐蔽工作，保准谁也发现不了。他还眉飞色舞地说不光赵立志坐车，他和高原也可以一起陪着赵立志，这样一来，赵立志不用上名单，伤脚也不用多走路，一举两得。

他刚说完，高原和赵立志又争起来。

胡迈的馊主意当然没有被采纳。二人仍旧争论彼此的。

胡迈出门透气，却碰见田雨格。

胡迈忍不住，就说了高赵二人的争吵。

田雨格一听，爽快地大包大揽，说这个事她能搞定。

她只给胡迈提了一个要求，教导团的军人服务社后面有个堆放着废铜烂铁的库房，里面也没啥值钱东西，门却老锁着，钥匙在服务社的士官手里，她让胡迈帮着借钥匙一用。"这个好说，一点问题没有。"胡迈大包大揽应了下来。他之前三天两头往服务社跑，和士官相熟，当下跑去相商，顺利借来库房钥匙，当场交给田雨格。他却不知田雨格葫芦里卖的什么药。

胡迈临走时叮嘱田雨格："你说话可得算数。"

田雨格反问他："你不信任我？"

胡迈连忙点头："信，当然信，只是——那边已经火烧眉毛了。"

"很快。"田雨格说，"熄灯前我到你们宿舍解决问题。"

胡迈放下心来："那就好。一言为定。"

田雨格挥了挥手，朝着军人服务社的方向急匆匆跑去。

060

胡迈自知谁也说服不了，也就不打算白费口舌。

他堵在宿舍门口，一面风轻云淡地旁听二人的争论，一面防备着高原，怕他心血来潮冲出宿舍去张震排长那里上报名单。胡迈偶尔也插一两句闲话，话里话外不是为了熄火，倒像是有意拱火。胡迈打心底里希望，高原和赵立志唇枪舌剑互不相让就这么僵持下去，直吵到晚上熄灯最好。到那时候，打过包票的田雨格就会替他来调和二人这水火不容的矛盾。

赵立志仍旧执拗坚持："不管你怎么说，我都不会退出。"

高原又急了："那是不是我们拉练路上还得给你准备一副担架？"

赵立志瞪大眼睛："我又没缺胳膊少腿，不用你们抬。"

"你得认清现实。"

"你也得理解——理解我的现实。"

…………

高原显然不能理解赵立志的现实，拉开门往外走，不用说，肯定是去给张震排长上报不能参加拉练的人员名单。胡迈一把拽住高原，问上报名单的最后时间，高原说熄灯前。胡迈让他再等等，说他有两全其美的办法。高原和赵立志虽存疑，却也都不挑明，既然相持不下，就等着最后时刻否定掉胡迈的所谓办法也不迟。如此，三人就一言不发等着。

赵立志心里别扭，也吵累了，这会儿低了头生闷气。高原一会儿看看手表，掐算着时间，一会儿看看胡迈，不知他有什么妙计。胡迈呢，不动声色地看着二人，偶尔竖起耳朵听着门外，盼望着田雨格到来。那段时间空气好像都是静止的，他们因此得以听得清彼此带着情绪的呼吸声。

他们都没有循着哨音去洗漱，而是静等着上报名单的最后期限。

眼看着到十点，胡迈愈发急躁。

就在这个时候，一阵脚步声由远及近，直抵到 6022 宿舍门口。紧接着，敲门声响起。高原和赵立志疑惑，只有胡迈心里清楚是咋回事，他迫不及待地起身开门，一看，果真是田雨格，他高兴得"嘿嘿"笑起来。

田雨格带来一个奇形怪状的铁家伙。这铁家伙的形状类似圆柱，上粗下细，约有一米长，最上边裹着一层海绵，最下边则用几根弹簧撑着。

田雨格一进门就将其摊开在宿舍地上。

高原问："这是啥？"

田雨格答："机械腿。"

高原疑惑，却也猜了出来："你这是——给老赵的？"

田雨格点头，看着赵立志，问："怎么样——试试？"

赵立志还丈二和尚摸不着头脑呢，胡迈倒是先一步提起机械腿："这是个好东西。"他不会安装，正鼓捣的时候，不小心用机械腿戳到了赵立志脚踝的痛处，赵立志疼得龇牙咧嘴，胡迈撂下机械腿忙解释不是故意的。

田雨格亲自上手安装。胡迈这时才发现，原来机械腿从侧面可以打开，卡在腿上后再固定。膝盖上面和下面各有箍紧固定的卡扣，脚踝悬空，底下借助弹簧着地。看着倒像是那么回事，可就是不知道到底能不能管用。

田雨格显然也急于检验自己的研究成果，催着赵立志赶快走走。

赵立志脚踩到地上，虽有点别扭，但脚踝处卸了力，明显减了痛感。

田雨格急切地问："怎么样，行不行？"

赵立志点头："嗯，可以，简直太行了。"

高原盯着田雨格："这是你弄的？"

田雨格笑着说："咋，你有怀疑？"

高原乐了："不是怀疑，是觉得你也太行了。"

胡迈纠正："不是太行，是太牛，简直就是中国的居里夫人。"

田雨格扭头盯着胡迈，瞪大了她的大眼睛。

高原调侃胡迈："你竟然知道居里夫人？"

胡迈回他："那必须的，别小看哥，哥也曾博览群书。"

高原问："那你说说，居里夫人是哪国人、干啥的？"

这些问题显然超出了胡迈的知识涉猎范围，他却也不说不知道，只不过岔开话题："老赵的问题解决了，接下来咱得策划明天的行动方案。"

田雨格闻声告辞："这是你们男生班的秘密，我就不旁听了。"

胡迈挽留："我们还欠你一条机械腿的恩情呢，谁跟谁呀！"

这时候，熄灯的预备哨适时地响起。

田雨格已走出门外，又转过身来提醒高原，让他们把行动方案做得仔细点，别到时候输给女生班。她又笑说，这回输了可不能哭着赖地不起。

061

"咱们咋说都不能输给女生。"

胡迈说这话时，高原送走田雨格后刚回到宿舍。

高原问赵立志："咋样，女同学赞助的这个机械腿到底行不行？"赵立志踩着带弹簧的机械腿，在宿舍的水磨石地面上"当当当"地走了好几个来回，站定后，又用脚踏地，回复说："没问题，就跟长在我腿上一样。"他又说："有了这机械腿，明天我肯定只比你们快，就怕你们追不上我。"

胡迈羡慕："要知道这样好使，就该让田雨格也给我做一副。"

高原忧心忡忡地看着赵立志，想再问什么，却欲言又止。

胡迈催他："快说说，明天我们怎么走？"他又说："咱们咋说都不能输给女生，必须比她们快。"

高原问赵立志："你这腿，山路能走？"

赵立志不假思索地回答："没问题，除了登不了天，哪里都能去。"

高原点头："那就好，既然没问题，我的建议是——咱们明天穿越迷雾山回学校。"

胡迈第一个反对。

他打小就知道，在豫州市有"穿不过的迷雾山"之说。

早些时候，他听大人们讲，有人穿越迷雾山，结果进去之后再也没能出来；又听说，后来有不信邪的人不听劝阻，逞能再去穿越，结果虽然出来了，人却疯疯癫癫不再是正常人。之后多年，就再没人敢穿越迷雾山。

赵立志问他："你这稀奇古怪的故事都是从哪里听来的？"

胡迈说那些可不是稀奇古怪的故事，而是一代代人传下来的事实。

赵立志当然不信，胡迈欲说服，却又没有证其为真的证据，只能作罢。

这时候，高原展开一张自己草绘的地图。

草绘地图简单明了：一条歪歪扭扭的曲线，一条直线。

高原指着曲线说："这是盘山公路，走回学校大概一百三十里路。"他又指着直线："穿过迷雾山直达学校，路程最多四十里。只要你的脚没问题，走山路是比较科学的选项。"

赵立志又一次用机械腿在地面上踩得"当当"响，坚定地表态说："我的腿和脚都没问题。"

高原又看着胡迈："这迷雾山到底能不能穿越，你说的那些吓人的故事不能作数，咱们得试一下才有发言权。实践是检验真理的唯一标准，要不然说啥都站不住脚，你说呢？"他又说："走这条路板上钉钉能赢女生。"

胡迈思考片刻，也下定决心："只要不输给女生，你说咋走就咋走。"

高原问二人："那咱就这么定了？"

胡迈盯着草图："嗯，定了，咱们就走迷雾山。"

赵立志卸下了机械腿："我这儿没问题，都听'高司令'的。"

高原瞪大眼睛："你叫我什么？"

赵立志说："我和老胡封你做咱们这次拉练的最高指挥官。"

胡迈也说："对，这次拉练听'高司令'的。"

"睡觉，停止开'卧谈会'。"门外传来张震排长极具震慑力的命令。

这晚，教导团的每个学生宿舍注定不会像往常那样安静。这是他们在教导团的最后一个夜晚，一切的欢乐、悲伤、欢笑和泪水都将结束。明天早饭后，他们就将徒步拉练回六中。在那里，他们将开启另一段青春。

这会儿，同学们免不了回顾一番自己这一个月的艰辛付出，说差之毫厘的后悔，讲铭记在心的感动，也集体憧憬着明天的拉练和更久远的未来。

062

次日，清晨六点半，军训的最后一次起床哨在他们耳畔准时响起。

早饭后，六中的同学排着整齐的队伍，一队队地离开了教导团。

他们精神抖擞地举着红旗，扛着背包，挎着水壶和挎包，喊着嘹亮的口号，唱着高亢的军歌，就像奔赴战场的小军人一样，踏上了返回六中的归途。

高原注意到，负责收容伤病号的汽车里是空的，一个伤病员都没有。那些之前生病、受伤的同学，在这个时候，都和赵立志一样，不知道用了什么神奇的药物，竟然无一例外地都快速"康复痊愈"。收容伤病号的汽车没人光顾，只能孤独地跟在队伍后面。

排长们向每个宿舍的负责人叮嘱对讲机的频率，并轮番呼叫测试。在一个个宿舍的"收到"声中，十多支队伍井然有序地行进，离教导团越来越远。他们就此结束了这段特殊而又难忘的旅程。

葛青松连长站在大门口，一次次向离开的队伍举手敬礼。

队伍走出很远后，才慢慢拉开了距离。高原看见葛青松连长的手仍未放下，还看到葛青松连长身后镶着五角星的营院大门，以及大门两侧的标语：进来是铁，出去是钢。

这时，有的队伍已经走到了盘山路下面的转弯处，有的队伍还停在上面的路基上布置战术。排长们跑到跑后，叮嘱注意安全，催促不要掉队。这会儿，6022 宿舍三人不紧不慢地跟着二排的队伍。

高原从走上盘山路开始，就紧盯着被茂密林木严严实实遮挡起来的迷雾山，寻找可攀爬的道路，可是连一条羊肠小道都没发现，仿佛迷雾山从存在之日起就拒绝穿越。他们只能继续沿着山路前行。突然，高原的眼睛放出光来——他看见在一片郁郁葱葱的灌木下，有一个被洪水冲出的沟渠。随即，高原对排长说他们先走。

他兴奋地叫住赵立志和胡迈："快点，咱们从这里上山。"

胡迈直皱眉头："这——不是路——能行吗？"

高原说："管他是不是路，只要咱们走，它就是路。"

高原说完，率先猫着腰钻了进去，赵立志也紧跟着。"哎，我也没说不走呀。"胡迈急切地跟上去，一边跑一边喊，"你们别丢下我呀！"

沟渠里的枯叶下有积水，胡迈脚下一滑，摔倒在枯叶上，高原和赵立志合力将他拉起来。胡迈正抱怨高原和赵立志不提醒他，话说一半，他们就听到一个熟悉的声音："同学们，大家不要急，匀速前进，保持体力。"

三人循着声音，看到了葛青松连长。

这会儿，葛青松连长一身迷彩服，背着背包，挎着水壶，奔跑在与他们咫尺之隔的环山路上。他仍是那样，要求学生做到的，自己从来都是第一个做到，而且做得最好。待葛青松连长过去他们再转身时，看见迷雾山尽是密密实实的林木。胡迈皱起眉头问："这——能穿越过去吗？"

高原坚定地说："能。"

胡迈耸耸肩膀，点头说："好，你带路，我们都跟着。"

高原弯下身子，率先沿着灌木下的沟渠向上攀爬。沟渠越来越浅，灌木越来越密。他一会儿被树枝戳着头和脸，一会儿又被挂住衣服和背包，也有时，差点儿被脚下的藤条绊倒。高原没有一丝退却之意，在灌木包裹的闷热和树枝戳伤头脸的疼痛中，不由得又想起了一生坚强的爷爷。

高原清楚地记得，爷爷高泰勋告诉他——曾和战友穿越过迷雾山。

063 1958 年 7 月。那时的迷雾山脚下还没有修起盘山公路。

山这边的人从不知道山那边有什么，山那边的人也没想过来山这边。他们祖祖辈辈都被山挡着，山是天然的，他们觉得自己被挡着似乎也理所当然。一代又一代，他们未曾穿越迷雾山，去认识近在咫尺的另一个世界。

高泰勋和他的战友们没的选。他们必须穿越迷雾山。

三个月前，他们分别是中原炮兵学校的教员、参谋、干事、助理员和学员，在中部平原这美丽的校园里尽享着教书和学习的美好时光。可是，随着上级一纸组建导弹旅的命令，他们奉命临时编组为"中原炮校先遣队"。

他们得用最短的时间从学校到达深山里的导弹旅新址。

高泰勋和战友们一路畅通无阻，却在迷雾山脚下被挡住了去路。他们没有行军路线图，只有一张画出大山却未标明道路的简易草拟地图。地图上有一个醒目的红点，那是导弹旅的初选营地，也是他们的目的地。他们沿着地图上的直线披荆斩棘地向前行进。就这样，高泰勋和战友们进入迷雾山。

山里巨石耸立，林木莽苍。

汽车走不了，他们就把装备、器材、帐篷等物品大的拆小、小的打包，然后一件件扛到了自己肩膀上。他们不顾当地人的劝阻，踏过草地，穿过丛林，唱着能驱走疲惫饥饿和豺狼虎豹的革命歌曲，坚定地走进山林。

高泰勋和战友们遇到巨石挡路，不只自己要通过，还凿出上行的脚踏处，垒出下行的台阶。他们经过河流，不但涉水过河，还砍树搭建简易的桥梁。他们看到长满野果子的树，只摘几个，剩下的依然留在树上。他们在所经之处最醒目的地方都会写上"中原炮校先遣队"。他们以此为路标，引导后来的战友们。在他们身后，很快将有第二批、第三批乃至更多的战友沿着同样的路线前往导弹旅。后者再走时，就有了更明确的方向。

他们扛着红旗的身影被太阳的光芒雕刻在深山的巨石上，他们的欢声笑语久久地回荡在寂寥的迷雾山中。迷雾山因他们的到来而热闹。

他们饿了吃干粮，渴了喝泉水，有人受了轻伤，大家就抢着帮伤员分担身上的负重，有人力竭不能走，战友们就用担架抬着一起走……

他们身处艰难险境，却又那么无畏和从容。他们走的是中国国防和军队建设崎岖的发展之路。他们走的是中国战略导弹部队从无到有的创业之路。

这条路他们不走，就得别人走，总有人要走。那时候不走，就得推迟走，早晚总得走。正因为有了他们的无所畏惧，才有了导弹旅的创建发展；

正因为有了他们那一代人的勇担责任，才有了中国国防和军队建设的高质量发展。

一代人有一代人的责任，他们那代人扛下了该他们扛起的一切。

那一年，高泰勋三十八岁。

064

高泰勋和他的战友们终于穿越迷雾山。几天后，才到达新选址的导弹旅。

高泰勋一进山就忙于导弹旅的初创工作，建营区，建阵地……等他再出山时，迷雾山脚下已修起了公路。他不用再跋山涉水穿越整座迷雾山。当然，这距离他们第一次进山已经过去了将近四年。

四年里，他寸步不离，一直坚守在导弹旅。

高泰勋最后一次出山时，已是六十四岁的花甲老人。

那时候，距离他第一次进山已经过去了二十六年。

他这次出来后就再没能进去——他退休了。

漫长的二十六年里，高泰勋就像一颗钉子，死死地钉在导弹旅。

高泰勋到导弹旅的第一个身份是先遣队的队长。他们到达地图上标定的红点后，导弹旅尚没有营房、没有阵地，甚至没有一块平地。只有两山之间的一片河滩，能看到的除了日夜奔流不息的河水和满河滩的鹅卵石外，就是一眼望不到尽头的树木。高泰勋和战友们从河里抱起一块块石头，又从山上砍伐树木，搭起一座座营房。他们还开垦出一小块一小块的土地，自己种植粮食和蔬菜。没过几年，蛮荒的大山就有了人间烟火气。

工程部队进驻后，高泰勋又干起工程师的本行。

工兵掘进导弹坑道三班倒，技术人员也是三班倒。高泰勋却总怕遇到特殊情况人手不够，就跟完一班又跟一班，有好几次都累得晕倒在坑道里。工兵劝他劝不住，领导批评他，他也不听。他挂在嘴边的话永远都是："打坑道是天大的事，可不敢有闪失。"别人听了反问他，你不在就有闪失？他虽知自己的话被别人误解，却不解释，仍旧整日猫在坑道里不出来。

工兵换了一茬又一茬，高泰勋还是那个高泰勋，心里面只有工作没有自己。坑道竣工，导弹入驻时，他已成为熟悉各型号导弹参数的技术营长。

那些年，导弹旅从无到有，正是发展的关键时期，任务多，担子重。

高泰勋虽说一年有一个多月的假期，但他难得有休假的时候，甚至有时几年都不回家。那时候，高泰勋连办公室都用不上，要么跟随导弹车外出执行任务，要么在坑道里研究导弹。有人说他是山里的"导弹之父"，他一个劲儿摇手，坦诚地说，父子有时也水火不容，他宁可和导弹做兄弟。

再后来，高泰勋卸了行政职务，成为专攻导弹难题的高级工程师。

高泰勋不管人了，只剩下管事，也都是导弹的事。

这之后，按理说应该清闲，但他仍旧那么忙。家里的事情他顾不上，儿子的事情他也基本上没管过。

儿子学校的家长会他只参加过一回，而且还是会开到一半，就接到了临时有事的通知，又不得不先走了。

高泰勋六十岁该退休了，应组织要求，他延迟退休两年。六十二岁延迟退休到期，他又再延迟两年。六十四岁，高泰勋才不得不离开导弹旅。高泰勋终于退休了。家里人以为他从此可以放下工作好好休息，却没想到，他又给自己揽了个"校外辅导员"的工作。

他一年到头总在市区的行政单位、学校、企业，甚至去郊区讲课。

大多数时候，高泰勋的课总要从 1944 年 12 月讲起。

那时，正处于抗日战争最关键的战略反攻阶段。八路军的武器远远比不上日伪军，但他们那次巧妙地用假武器对付日伪军，创下歼敌纪录。

高泰勋回忆："那是一个太阳才露出一半的清冷早晨，几倍于我军的日伪军朝着我们连的阵地合围而来，我们早就知道他们的图谋，自然是有备而战，等着他们呢。我们排一夜未眠，奉命在阵地上架起了数十门假大炮。所谓的假大炮，就是把粗壮的树干斜撑起来，伪装成炮口的样子对准敌人。为了防止敌人一眼看穿，我们还特意对假大炮的炮口进行了伪装，降低'炮身'，盖上'炮衣'，给日伪军可以看见的机会，但又看不真切，让他们用自己的真侦察得到假情报。日伪军的包围圈还没来得及合拢，就已经远远看见了我们这边阵地的'大炮'。他们显然早已摸清了我们的装备和兵力，想仗着人多、重武器多，捡个大便宜，但是，当他们看到我们的'大炮'时，底气明显就不足了，合围的脚步显而易见地慢下来。就在这时，我们虽然只有一个连，但早已虚张声势布出了一个营的战线，加之侦察排的战友早已从交通壕穿插到了阵地的最前沿，几乎和日伪军迎面碰上的时候，密集地扔出手榴弹。日伪军在四处炸响的阵地上慌了神，他们也闹不清在身边炸响的是手榴弹还是大炮。这个时候，我们以决死的信心发起冲锋，喊杀声震天地般朝日伪军冲去，导致他们丢盔弃甲，狼狈而逃。我们连以少胜多，不但创下了全连抗日战争期间歼灭敌人的新纪录，而且受到时任八路军副总指挥彭德怀的接见，他还表扬我们的假大炮威力一点也不比真大炮差。"

当然，高泰勋还会讲起1948年9月底的那次传奇战斗。

那个时候，他被火线提拔为侦察排长还不到一个星期。

团里的总攻发起前，他奉命带领排里的战友前去侦察。他们的任务只是侦察，摸清敌人的兵力部署、火力配置等，即使与敌人遭遇，也不需要硬拼，及时撤出来就行。高泰勋也说不清是他建功心切还是行军太快，摸黑走完一程路后，准备和战友原地休息，见不远处村子里有亮光，走近一看，竟还有哨兵把守。高泰勋想着，弄不好他们与国民党的侦察分队遭遇了，大部队他们不惹，这种送到嘴边的小分队他自然不会放过。高泰勋一番布置后，便和战友们从四面围了过去，直等到屋子里的灯光熄灭，他才鸣枪发令。战斗进行得很顺利，不但消灭了门口的卫兵，而且把屋子里的几十个人全部包围。再打开灯时，高泰勋和战友们都傻了眼，他们包围的可不是什么侦察小分队，而是国民党军的师部。敌师长提前想好了后路，所以把指挥部从城里撤到了城外，刚召集旅、团长开会布置次日的守城计划，没想到不但城不用守了，自个儿还成了瓮中之鳖。高泰勋这时候才知道，他带领着战友们不知不觉中竟然从空子里钻进了敌人重兵把守的大本营，别说敌人，连他自个儿都说不清怎么就绕开那么多敌人钻了进来。但到了这会儿，他已经用不着担心了，擒贼先擒王，国民党军的师长、旅长、团长都在他手里了，即使外面围着上万个荷枪实弹的敌人，他也可全身而退。高泰勋和战友们因这次神勇之举立了功，连长却批评他："你一个侦察排长'不务正业'，把全团的任务都干了，团里布置的总攻也用不着了。"次日，兵戎相见的总攻变成了敲锣打鼓的欢迎仪式。

当然，战争不总是充满传奇，更多的时候是艰苦且残酷。

高泰勋尤其忘不了在朝鲜战场的日日夜夜。

在艰苦卓绝的抗美援朝战争中，他记忆最为深刻的还是 1952 年 12 月底的那场高地坚守战。几十年后，隆隆炮声依然常在他耳畔回响。以美国为首的所谓"联合国军"欲穿插切断我军突前部队唯一退路，高泰勋所在连接到任务，坚守敌人必经的一处高地，粉碎敌人的穿插图谋。他们从冲上高地起，就开始了艰苦的阻击。敌人抵达高地仅比他们晚了十几分钟，等他们冲上高地的时候，敌人已经爬满了另一边的山坡，他们来不及布防，迅速阻击敌人。敌人冲锋未果，只能狼狈后撤。他们趁着这个间隙，紧急挖掘交通壕和防空洞。不久，敌人调来坦克轰炸高地，他们没有打掉坦克的火力，只能在交通壕和防空洞暂时躲避炮火，其间，许多战友牺牲。敌人炮火停止后，又发起新一轮冲锋，他们重新布防，敌人依旧未能得逞，又一次撤下。他们还没来得及救治完伤员，敌人这一次更加穷凶极恶和急不可耐，竟然远程呼叫来了飞机。只见几架飞机来回在高地上空盘旋，一轮轮地投下炸弹，树木被炸断，石头被炸烂，交通壕和防空洞也大多被炸毁，高泰勋眼看着战友们一个个被炸弹夺走生命。即使在这样艰难的情况下，他们仍旧一次次粉碎敌人夺取高地的企图。当然，他们的伤亡也是巨大的。冲上高地的时候，高泰勋还是排长，敌人坦克密集轰炸高地，副连长牺牲了，一排长就接替了副连长，可是不到一个小时，一排长也牺牲了，他就代替一排长成为副连长。敌人飞机轰炸的时候，连长牺牲了，他就又顶替了连长。他的一只胳膊受伤了，就单手握枪；他被炸晕了，醒来后继续战斗。他们那时候早已把生死置之度外，只想着守住高地，不能让敌人前进一步。他们做到了，在坚守高地八个小时后，终于等到了大部队的增援。敌人的图谋被挫败，只能在飞机大炮的掩护下灰溜溜撤退。那一次，高泰勋所在连伤亡百分之八十，连以下军官仅剩他一人。

连队重组后，他们又参加了多次艰苦卓绝的战斗。

1953年7月27日，《朝鲜停战协定》签定，意味着抗美援朝战争结束。在艰难的谈判期间，高泰勋奉上级命令，率侦察连负责外围警戒，多次粉碎敌人企图破坏和谈的图谋。

几个月后，高泰勋随所在部队回国。

之后，他奉命参与创建炮兵学校，开启了另一段光辉的军旅生涯。

高泰勋每次作报告的时候，会场上都是鸦雀无声，大家静静地听他讲述，但是不久，有笑声，有哭声，有掌声。无数的人和高泰勋一起回到了那段艰难岁月，看到了独属于那一辈人战火里的青春，读懂了他们为国家赴汤蹈火的牺牲，也坚定着自己的信念。

高泰勋作报告时的听众里，最多的还是中学和小学的学生们。

065

迷雾山还是那座迷雾山，只不过，它迎来了不同的穿越者。

高原猫着身子在前面探路，赵立志和胡迈紧紧跟在后面。他们顺着泄洪的沟渠一直爬到一座山头，放眼望去，眼前豁然开朗。不再有高大和茂密的灌木，而尽是一丛丛的杜鹃、茶树和高不过膝的杂草。胡迈转过去看看身后，又看看前面的开阔地，满脸疑惑地嘟囔："这都是同一座山，差别也太大了。"他又问高原和赵立志："你们说，这哪边的山是被施了魔法？"

高原乐了，说胡迈："你倒是脑洞大开，魔法都出来了。"

胡迈不服气："那你说，这怎么解释？"

高原倒还真知道，站在山顶的分界线上告诉胡迈："这边是阳面，那边是阴面。阳面日照充足，万物茂盛；阴面光照不足，植物自然就长不起来。"胡迈啧啧叹息，一边伸出大拇指给高原，一边直说高原是"牛人"，他打心眼儿里服气高原。他心里又疑惑，到底有什么是高原不知道的？

三人下了阴面山坡后，进入一片尽是阔叶树木的峡谷。

刚开始爬山时，他们精力充沛，见了蜻蜓、蝴蝶之类的昆虫，总要追着跑一段，就算抓不住也乐此不疲；见了野花、野草，也驻足欣赏，并且争论哪种更美丽。审美观不同，结论自然不一，他们为此免不了又争论一番。

他们走过了一片谷底，绕过了一条河流后，开始显出疲惫来。

胡迈最先支撑不住，不断地提议停下来休息，高原却坚持走到他在草图上标注的点再休息，那里是全程的中点。胡迈封了高原做"司令"，也只能听命行事。三人都已汗流浃背，没力气说话，只低头朝前赶路。

"到了。"高原仰望着群山最高处的山尖，疲惫地说，"休息。"

胡迈一屁股坐下，顺势躺在了地上。

赵立志坐下时，惊得胡迈大喊起来。

高原和赵立志都被吓了一跳，以为胡迈被蛇或者什么毒虫给咬了，四下里看，却什么都没有。胡迈倒是盯着赵立志问："你的机械腿呢？"

赵立志登时明白过来，急忙放下挽起来的裤腿，却已经来不及了。

高原把赵立志放下来的裤腿又提了上去，只看见，赵立志受伤的右脚踝被布条裹着，布条被汗水浸透，湿漉漉地鼓起来。高原轻轻按压布条，赵立志咧嘴直吸溜。胡迈质问："机械腿呢，你把机械腿弄哪里去了？"

赵立志如实相告，那个机械腿看起来的确不错，但从他套在腿上时，就显而易见感觉到不能用。他一开始没有拒绝机械腿，只是为了让高原同意他参加拉练。早上出发时，他还佯装套上了机械腿，并当着高原和胡迈的面用裤管遮挡住。事实上，为了不碍事，他在队伍出发前就卸掉了机械腿。这么长时间里，他都是带伤翻山越岭，其间的艰难可想而知。

高原摇头："你这是何苦呢？"

赵立志咧嘴笑："你应该懂我。"

胡迈强行卸下赵立志的背包，高原也抢过他的水壶和挎包。

他们真是为赵立志的状况感到为难,胡迈甚至大喊着要背赵立志走。可事实上，他和赵立志都清楚得很，这个想法在崇山峻岭的山里显然不可行，加上赵立志极力反对，也只能作罢。高原倒是给赵立志找来两根粗壮的树枝做拐杖，赵立志试了试，觉得一根用起来更方便，就丢了另一根。

"出发。"

这一次，倒是一瘸一拐的赵立志走在了最前面。

066

没过一会儿，胡迈成为走在最前面的探路者。

胡迈分担了赵立志的背包，倒不像是加了累赘，而是加了个"能量包"，不但脚下有了力量，而且主动承担起更多的责任。他拿了根枯树枝，一边走，一边"啪啪啪"地敲打着前面的茂密草丛，好像是告诫隐藏其中的有害动物尽早躲开。他看见脚下有藤蔓或者障碍，就会大喊着提醒后面的高原和赵立志注意。赵立志刚起身时脚疼得厉害，走一段路后就麻木了，步子也加快了。跟在最后的高原不放心，一个劲儿地提醒着赵立志注意脚下。

几人走出十来里路后，又坐下歇了一阵子。

赵立志再起身时又一瘸一拐，胡迈遗憾地说："你真应该把机械腿带上，最起码像现在这种时候，说不定还能派上用场。"

赵立志苦笑，郑重其事地叮嘱胡迈："我没用机械腿这事，可千万别告诉田雨格。"

胡迈点头："我知道，女孩子都好面子，知道的是因为机械腿不合适，不知道的还以为是你对她有意见，放心吧，天知地知，你知我知，我一定守口如瓶。"

赵立志又看高原，明摆着，叮嘱的话他不再重复，但高原得表明立场。

高原并没有给赵立志保证什么，倒是问他："你以为我们都不说，田雨格就不知道？"赵立志愣住，不知这话怎么接。

胡迈疑惑："你不说，我不说，老赵肯定也不会说，田雨格怎么会知道？"

高原摇头，问胡迈："有一句话叫'要想人不知，除非己莫为'，听过没？"胡迈点头，似有所悟，陷入沉默。高原接着对赵立志说："田雨格给你做机械腿有她的道理，你不用有你的道理，就算她知道了，事实是啥你就说啥，她肯定能理解。你要一直藏着掖着倒是不妥，万一哪天露了馅，反而生出矛盾来。"

赵立志陷在纠结中，问高原："那我实话告诉她？"

高原点头："这样最好。"

胡迈催着赶路，他说这么点事用不着大动干戈讨论，有机会就说，没机会就不说，田雨格知道了就解释，不知道就不解释，哪一天知道哪一天解释，一直不知道就一直不解释。他起身拍拍屁股，就像把那件不属于他的烦心事也拍掉了。赵立志也拿定主意，拄着拐杖，一瘸一拐地跟上去。

他们没走几步，就听到空旷山谷里传来阵阵叫喊声。

胡迈被吓了一跳。

他原本领先一二十步，这会儿奔跑着退回来，差点儿被杂草绊倒。

"这是什么声音？"他慌里慌张地朝四面望去，"会不会遇上野兽了？"赵立志也紧张，举起拐杖警惕地看着周边，好像要以拐杖为武器，随时与狭路相逢的不速之客进行搏斗。

高原侧耳听了一阵，突然笑着说："胡迈猜对了。"

胡迈瞪大眼睛问："猜对啥？"

高原说："是野兽，不过这声音不是发自野兽，而是在寻找野兽。"赵立志也听出端倪，笑而不言。

远处的声音又传来，不再纠缠在一起，而是一声接着一声，胡迈这次也听清楚了，急迫而又疑惑地盯着高原和赵立志问："怎么喊的是田雨格的名字？"

赵立志问高原："难道女生班也走这条路？"

高原点点头，循着声音传来的方向说："她们应该是遇上麻烦了。"

胡迈急了："不会是真遇到野兽了吧？"

赵立志催促："别愣着了，咱们赶紧去看看那边什么情况。"

"走。"

三人急匆匆朝着声音传来的方向赶去。

067

三人还没找到声音来处，喊田雨格的声音却停住了。山谷重新归于寂静，他们能听到的只有蝉鸣和虫叫。

胡迈紧张地问："咋回事，是不是她们遇到危险了？"

赵立志四下看看，除了山就是树，没有任何人影。

高原突然扯着嗓子大喊起胡迈的名字："胡迈——胡迈——"

胡迈急忙制止高原，问："你发神经呀，喊我干什么？"

高原告诉胡迈，喊田雨格的声音之所以停住，大概率是因为女生们发现了他们，但又尚未辨认出他们是谁，觉出了潜在的危险，所以就不喊了。

高原对胡迈说："你信不信，她们这会儿躲在远处看着咱们呢，我再喊你几声，她们保准出来。"

高原说完，又大喊起胡迈的名字："胡迈——胡迈——"之后，几个女生就从一片小树林走出来朝他们招手。

"怎么样，说得准吧？"高原得意扬扬。

胡迈向高原伸大拇指："牛，服了！"

相向而来的有八九个女生，走在前面的是张曦媛。

她老远就朝这边喊："你们怎么也在这里？胡迈也不见了吗？"胡迈在教导团的新生里是个名人，不管男生还是女生，就算对不上号，也知道他的名字。

高原对张曦媛说："胡迈刚才上厕所掉水坑里了，现在已经找到了。"

胡迈低声埋怨高原："你这是毁我形象呀！"

女生们被逗乐，嘻嘻哈哈笑作一团，但随即，又愁闷起来。

张曦媛急切地说："田雨格不见了。"

胡迈疑惑："一个大活人，怎么能不见了？"

赵立志也问："快说，发生了什么？"

高原安慰："不着急，慢慢说。"

张曦媛尽量控制着自己的情绪，从头到尾说了事情经过。

队伍从教导团出发后，田雨格带着女生班没走大路，而是独辟蹊径，从只有牧羊人走的小路上了迷雾山。胡迈惊讶地问："上迷雾山有路？"高原制止他的提问，让张曦媛继续说。张曦媛就接着讲。她们翻过了一座山，又经过了一片草地，过了河刚坐下休息时，一个女生突然发现从出发的时候就挂在脖子上的耳机不见了。田雨格问女生，翻山的时候耳机在不在，女生说在，那时候她还在听歌。田雨格问过草地时在不在，女生也说在，她走路走得满头大汗，戴着耳机不舒服，就卸了下来挂在脖子上。田雨格打包票说她一定能把耳机找回来，让女生们原地休息等她，就沿着来时的路往回寻找。她们久等田雨格却不见归来，怕出意外，就返回来找。

她们费力地喊了许久，却得不到田雨格的任何回应。

"别着急。"高原分析，"田雨格不会走远，应该就在这附近。"

张曦媛带路，他们穿过一片树林，远远就听见哗啦啦的水声。

胡迈惊讶："这里还藏着一条河。"随即他又大喊："看，前面，那是不是田雨格？"众人顺着他指的方向望去，看见田雨格正蹲在河上面的简易木桥上，也不知是在拆桥还是在修桥。这会儿，所有人的耳朵都灌满了哗啦啦的水声，就算谁就近吹响集合哨，也不会有人听得见，难怪她不应。

"田雨格——"

"田雨格——"

…………

男生和女生们都放声大喊着，朝着田雨格所在的简易木桥奔去。

068

直到同学们来到桥头，田雨格才觉出身后有人。

田雨格小心翼翼却又急急忙忙地走下木桥。"找到了，你的耳机。"她先是把白色的耳机交还给同学，又惊讶地看着高原三人："你们怎么也在这里？"

高原打趣她："听说你丢了，我们专门来找。"

田雨格又问："你们是怎么来的？"

胡迈也逗她："我们三个是空降来的。"

田雨格说："不错嘛，我们才是学生兵，你们已经是空降兵了。"

赵立志更关心田雨格怎么也想到穿越迷雾山。田雨格却笑而不答，只说男生想得到，女生也能想得到。张曦媛长出了口气，说要是再寻不着田雨格，她们就得报警了。

"咋报警？放信鸽？"胡迈瞪大眼睛问，"你们也没有信鸽呀？"

高原和赵立志坏笑。

张曦媛也才意识到，在这荒山野岭，就算想报警也无门。她刚才也就是那么一说，这会儿被胡迈找了茬儿，无法自圆其说，登时就红了脸。

"你在桥上不动是几个意思？"高原问田雨格，"是不是知道我们要过来，专门等着迎接我们。"

胡迈也说："心意领了，但你这也太客气了。"

田雨格说："你想得美。"

然后，她又问高原："你哪只眼睛看着我不动？"

原来呀，看着不动的田雨格，竟是蹲在那里独自修桥。

田雨格找到耳机后，为了赶时间，没有绕到前面河道窄处通过，而是涉险走破旧的简易木桥。她虽然小心翼翼，但还是一只脚踩穿了木板，差点儿人仰马翻掉到河里。按理说，她有惊无险，拔脚就能走，但田雨格还是留了下来。她担心像高原他们这样的，也穿越迷雾山，也走这桥，她算侥幸没掉下去，但后面的人就说不定了。再说，就算后面没有同学经过，但有桥在，肯定有人会从桥上过。不管谁，掉下去总不是好事。她从河边的树林里捡拾树枝，折断横生出来的枝杈，一根根铺在明显腐朽掉的木板上。因为担心其余的木板也受不住力，所以她走路小心翼翼，蹲着铺树枝时也不敢有大动静，从远处看，就像是因为受到惊吓而一动不动。

胡迈赞叹："没想到你还有这觉悟。"

田雨格说："你以为呢——咱军训归来必须得有军人的样儿。"

"别光看着。"高原号召大家，"一起帮田雨格修桥。"

同学们都参与进来，有的捡拾树枝，有的修理枝杈，有的接力传递。高原和田雨格蹲在晃晃悠悠的木桥上，把粗细不一的树枝一根根铺在桥面上。人多力量大，不到半个小时，他们就在朽木上铺满了粗壮的树枝。

"这下没问题了。"胡迈从桥的这边走到那边，又从那边走到这边，木桥在他脚下虽仍晃晃悠悠，但是结实了许多。胡迈像模像样宣布"大桥竣工"的时候，高原在桥头的木桩上看到了一行模糊的字迹——"中原炮校先遣队立"。高原缓缓蹲下身子，仔仔细细擦掉了覆盖其上的绿色青苔。

那几个字让他想起爷爷。

高原如在梦里，但身边同学的欢声笑语让他意识到一切都是真实的。

此刻，他恍如看到了1958年站在此处的爷爷。

高原从田雨格那里借来红笔，加粗了已经墨迹疏淡的"中原炮校先遣队立"几个字，又在旁边郑重写上："豫州六中十二名高一学生重修。"

069

十二个"小工程师"修好木桥后，向着既定的目标再次出发。

赵立志尽了最大努力让自己的步子看起来正常一点，但还是被田雨格看出了问题。田雨格蹲下身子摸赵立志的裤管，惊讶地问："机械腿呢？"不等赵立志回答，她又不可思议地问："你是瘸腿翻山过来的？"

胡迈说："那你以为呢——还真当我们是空降兵？"赵立志欲言又止，实在不知道该怎么解释他没用机械腿。田雨格倒是并没有深究赵立志用没用，而是自责自己做出的机械腿不好用。她觉得要是自己没有送机械腿这一出，赵立志就应坐着收容车回六中，而不用拄着拐杖在这迷雾山里受罪。赵立志为了打消田雨格的内疚，拄着拐杖一溜烟冲到前面去了，一边冲，还一边展示自己的腿，强调不像田雨格想象中那么严重，虽然跑不起来，平常走路绝对没问题。高原也说，如果赵立志用了机械腿，就是拉练作弊，跟坐收容车没有两样。所以他们集体决定不让赵立志用机械腿。

女生们听他这么说，虽然觉得有些道理，但一致说他残忍。

高原"嘿嘿"笑着任由批评，也不辩解和反驳。

他们开始还有说有笑，但一棵路边的无名树中断了他们的好心情。

没人认得出那是一棵什么树。树很高，足有十来米。

树长在山坡和河道的交会处，和其他树没什么两样，独有一处不同——那棵树的树干缺损了一大块，露出白花花的断茬——看起来像是被车撞过的。这要是放在别处，倒也正常，技术不好的司机什么都有可能撞上，但是，当大家意识到这地方不可能有车的时候，气氛就骤然变得紧张起来——是什么把好端端一棵树变成这样？胡迈自信满满地说出答案——野猪。胡迈说这树必定遭到过野猪的啃噬，并且神情严肃地告诉大家，山林里野兽的战斗力排名顺序是一猪二熊三豹子。随后，他又添油加醋解释，这树有点粗，要是再细点，野猪保准一口就能给咬断。他还说，野猪最喜欢攻击人，一头就能把人顶翻，一口就能把人的胳膊咬断……

高原急忙制止胡迈："哎哎哎，你说这些可都是动摇军心。"

胡迈反驳："我是给你们普及知识。"

张曦媛问："你是说——这里就有野猪？"

"明摆着——你看嘛，树都成那样了。"胡迈指着受"伤"的树。

同学们受到惊吓，背靠背紧紧地聚成一团。赵立志捡来一些树枝，给每人发了一根，叮嘱说："如果野猪来了，大家背靠背，男生在外面，女生在里面。"

胡迈抖抖树枝："就这武器，野猪真来了也不管用呀。"

高原说胡迈："那怎么办，要不然一会儿你单枪匹马和野猪搏斗？"

张曦媛提醒二人："小声点，别让野猪听见。"

大家不敢再说话，紧赶着出山。

高原走在最前头，其他人手里握着树枝，紧紧地跟着他。他们不时警惕地看着四周，野猪一旦出现，他们将立马布置成赵立志刚才所说的战斗队形，齐心协力和野猪一战。

这个时候，占据他们脑子的只有恐惧，反而淡忘了疲乏。

他们一路前行，终于走到了迷雾山的出口。

此刻，他们眼前是一览无余的豫州市。

"快看，那不是六中吗？"张曦媛指着山下的林立楼宇兴奋地大喊。

"谢天谢地，终于摆脱了野猪。"胡迈也长长舒了口气。

众人刚放松下来，田雨格突然听到背后有异响，立马紧张起来，大喊一声："谁？"其他人也吓了一跳，齐刷刷转过身去，却发现是张震排长。

张震排长气喘吁吁地追上来："你们的速度真快，我差点儿被甩掉。"

"怎么是你？"张曦媛问。

"你们以为是谁？"张震排长高深莫测却又疑惑地望着他们。

他们个个清楚自己心里以为的是谁，都不好意思地低头憋着笑。

070

从他们上山开始，张震排长就一直跟在他们身后。这些都是他们下了迷雾山往六中走时才知道的。

葛青松连长早就得知了他们的打算，在前一天晚上，提前安排张震排长"既不干扰，又保安全"。除了他们两支队伍外，还有其他几支队伍刚出发的时候也打算穿越迷雾山，但进到山里后，因路线不熟加之山高林密，心里生出胆怯，就又都返回到了环山路上。张震排长虽在后面跟着，但也指望着他们中途更改主意再绕到山外面去，可谁能想到，他们不但一直就这样走了过来，而且在中间未相遇那一段，还各走各的路线。这可苦了侦察兵出身的张震排长，一会儿跟在女生班后面，一会儿又追到男生班那边观察情况。直到田雨格和高原他们会合到一起修木桥的时候，他才有机会坐下来休息一会儿。可万没有想到，一不小心，他竟睡了过去，睁开眼时两队人马都不见了踪影。得亏他在教导团组织野外生存训练时进过山，路线还算熟悉，要不然不光找不到学生的队伍，有可能连他自己都迷失在山里。

田雨格惊讶："我们故意没开对讲机，你竟然没跟丢？"

张震排长得意："我之前可是侦察兵，要是被你们甩掉了，颜面何在？"

这时，他们进入市区，正走到一个十字路口，行人众多，车辆交织。高原做了个鬼脸说："排长，现在还没到目的地，你说，我们能不能甩掉你这个侦察兵？"

张震排长警觉起来，警告高原："你小子老实点，这里人多车多，危险也多，就算在教导团时对我有意见，这会儿也老实点儿。"

这时候，高原已经打定了甩掉张震排长的主意，他一使眼色，其余十一个男生、女生立刻会意，都迅速四散跑开。张震排长一下子傻了眼，他看着朝四面八方跑开的十二个背影，不知道该去追哪个，到处是车和人，他压根儿也没法追。不过，张震排长心里清楚，已经到了市里，他们准是丢不了的。

高原和胡迈、赵立志三人跑开后，又很快会合到一处。

他们自信已经甩掉了张震排长。

胡迈为了庆祝他们的胜利，还请客给每人买了一根雪糕。他们一面吃着雪糕，一面悠然前往学校，几乎都忘了自己还在拉练的征途上。赵立志远远看到奔跑经过的同学，意识到还得在学校集合。三人加快了速度，赵立志仍是一瘸一拐。他们进学校大门看见田雨格时，已经预感到情况不妙。

果不其然，他们一进门就看到，女生们队列整齐地站在门里一侧。

不知什么时候，张震排长已经笑而不语地站在了他们身后。他们看到，学员们的队伍大多已经抵达，逐个在签到处签字，然后到操场寻找各自的班级集合。张震排长并没有为难他们，下了口令，让他们也去签到、集合。

队伍已经带走，张震排长远远望向高原："这下信了吧，在侦察兵的眼皮子底下，没一个敌人逃得掉。"高原扭过头去，看见了张震排长那灿烂如花的青春笑脸。相处一个月，高原总算见到张震排长不凶的时候。

学生们集合完毕后，学校组织了高一新生军事训练总结会。

高原所在班和田雨格所在班获得了"团结协作奖"。他们万没有想到，张震排长不但看到了他们修桥，而且早早将这个情况汇报给了葛青松连长。

一瘸一拐的赵立志也被评为"训练标兵"。赵立志上台领奖的时候，高原和胡迈以及女生班同学都大声为他叫好，就像是他们共同的荣耀。

会后，他们捧着奖牌找教官合影，却没找到葛青松连长和张震排长。

他们后来才知道，教官们早已悄悄离开学校，乘车返回了教导团。

071

再见了，教导团！再见了，毕生难忘的军训！

军事训练总结会完毕后，高一年级十二个班的学生进了各自教室认门。这个时候，学生们有太多的故事和心情急于和并肩战斗了一个月的同学分享，教室里叽叽喳喳。与此同时，他们也猜测着，即将亮相的班主任会是一个什么样的人。男的还是女的？年轻的还是年长的？教语文的还是教政治的？不苟言笑的还是活泼可爱的？……

此时此刻，他们不得不关注这个问题。

高一的学生有着多年"革命"经验，他们足够清楚班主任对学生的影响。他们一边高谈阔论，一边盯着教室门口，满怀希望等待着答案的揭晓。

胡迈是六中的"老学生"，他把座位挑在挨着墙的第一组。这会儿，他背靠着墙，一条腿蜷放在长条凳上，环视四周，对同桌的赵立志以及前面、后面的同学说："你们都别担心，只要不是老魏，谁当班主任都行。"

老魏者，魏颍川也。

胡迈还在教导团时，就给高原和赵立志渲染过老魏的厉害。

"你见过最凶的老师有多凶？"那时候，胡迈总如此引出话题。

高原苦思冥想，想不起哪个老师可归于此类。大概也有凶的老师，但他没碰上过，最起码没有一个老师对他凶过。他那个时候也吃不准胡迈所说的"凶"的含义，思来想去，犹豫地说，初二的数学老师骂哭过女同学。

胡迈冷笑，一副鄙夷之态。

胡迈又用同样的问题问赵立志。

赵立志说，初三时的班主任冷嘲热讽迫使一个男生改邪归正。

高原惊讶地说："老师还真是凶。"胡迈却仍旧不以为意，在这个时候，貌似漫不经心却是异常隆重地引出了老魏的例子。

胡迈告诉高原和赵立志，六中有"四大恶人"之说，居首者老魏也，而且其他三个年年都有变动，只有老魏是铁打的恶人。至于老魏之"恶"，胡迈断断续续讲了半个月。从胡迈惊心动魄的讲述里，高原和赵立志领教了老魏的吓人——女生见了他不敢笑；男生见了唯恐避之不及；一个连校长都敢顶撞的顽劣学生在老魏面前成了"小绵羊"；早几年学生打群架，砖头木棍都用上了，一个比一个狠，却在老魏的一声大喝中作鸟兽散……

老魏就像一个特殊符号，刻在了高原和赵立志的心里。

有同学说："万一是老魏呢？"

胡迈大笑："老魏正是高二（1）班班主任呢，咱们是遇不上喽！"

这时候，挨着窗户的同学发出警报："老师来了！"

教室里立马安静下来。

进来的是一个男老师，三十岁左右。他转身在黑板上写下三个字——魏颖川。当"川"字最后一笔重重落下时，教室里起了短暂的骚动。同学们小声议论："怎么是他？""他就是老魏？"——但当老魏转过身时，教室里所有的动作和语言都立即消失了，安静得能听见风吹进教室的声音。

老魏说："大家好，我叫魏颖川，你们也可以叫我老魏，很高兴将和你们一起共度接下来的三年学习时光。"他说出的每个字都像钉钉子一般，咣当当钉进了高原的耳朵里、脑海里。他确定，其他同学也必有同感。

老魏自我介绍完之后，又让七十一个同学（本应七十二人，此时缺请假的秋帆）轮流进行自我介绍。再之后，他读了一篇杂志上的文章《致新同学书》。文章写得精彩，老魏读得也极为动情，但大家小心翼翼地听着，忍着泪，忍着笑，也忍着鼓掌，似乎担心哪一处不妥惹恼了老魏。

老魏读完了文章，盯着大家问："文章不好吗？"

同学们拘谨地回答："好。"

他又问："我读得不好？"

同学们亦答："好。"

他看着大家："那为什么没有掌声？"

有同学终于忍不住，笑了，教室里顿时响起热烈的掌声。

掌声止住后，老魏宣布国庆放假。

高原稍有遗憾——未能领略"凶"名在外的老魏之"凶"。

072

国庆节刚过，回到六中的新生们就紧张起来。

他们刚跨越中考，以为到了高一能轻松一阵子，哪能想到，他们来的是六中，又哪能想到，六中还来了个不甘心久居人后的新校长。正是这个新校长，借鉴了无数的良方妙法，最后形成了自己专有的一套治学路子。这个路子除了新生军训，还有其他的一系列新举措、新动作，其中就包括从高一就开始的月考。没错，就是月月考试，月月发榜，月月排名。

胡迈最不忿，一而再地说："哎呀呀——这既不是期中又不是期末，考哪门子试。"他摇完头，又疑惑地长吁短叹："以前可不是这样搞的呀！"

胡迈思来想去搞不明白，想找人问，但宿舍里就他一个闲人。

秋帆戴着耳机刷试卷。赵立志念经一样，一会儿看书，一会儿看墙，嘟嘟囔囔背记着初中的英语单词。高原早不知道去哪里了，有时说去化学实验室，有时说去物理实验室，看他那对学校熟悉的程度，知道的当他是高一新生，不知道的还以为他是学校的老师呢。胡迈最先不信高原忙的是这实验那实验，跟了一回，发现除实验室外，高原还真是哪儿都没去。

胡迈看别人都忙着备考，心里发慌，就随便找了本初中课本，也跟着复习起来，但没过多长时间，书就倒在了桌子上。他呢，也早趴着迷糊了。

高原终于回了宿舍。胡迈就像抓住救命稻草一样找他说悄悄话，不为别的，只为让高原在考试的时候无论如何帮他一把。他之前也找了秋帆和赵立志，都碰了钉子。高原挠着头问胡迈，咋帮？胡迈"嘿嘿"笑，说他和高原是前后桌，高原答完的卷子只要别用胳膊挡着，他就能看个八九不离十。

计划赶不上变化。考试时，教室里的桌子都被搬到了操场。

胡迈看到那场面，彻底绝望了。桌子与桌子前后左右的距离大不说，监考的老师在外面围了一大圈，在里面也频繁穿插走动。别说抄袭，就算目光稍一离开自己的试卷，立马就有好几个监考老师从不同方向压过来。

那阵势，就算再借给胡迈一百个抄袭的胆，他也不敢轻举妄动。

两天之后，成绩揭晓，并且张榜公布。

秋帆全年级第一，田雨格第二，高原第八。

胡迈虽然门门都不及格，但排名比他预测的乐观，不是倒数第一，而是倒数第八。他对此很满意，总把自己的第八和高原的第八相提并论。

赵立志不同于胡迈，一连几天都闷闷不乐。

赵立志各科成绩都不错，唯英语是例外。胡迈给赵立志算了算，如果他的英语成绩达到七十二分及格线，那么年级排名就能提升到六十多。

可事实上，赵立志的英语只有四十六分，年级排名也远在三百开外。

073

老魏的行为总是变化莫测。

比如，月考发榜后，他在高一（2）班破天荒地搞了次"按分排座"。

那天，老魏的历史课下课后，问大家，说准备破旧立新，按成绩重新调整座位，问同学们有没有意见，接着又让有意见的同学举手。同学们你看看我，我看看你，没有一个人举手。老魏当场拍板，定下换座位的事。

晚上回到宿舍之后，胡迈表达出不满来，他说老魏那样干完全是对成绩暂时落后同学的歧视。高原问他，在教室里怎么不当场提出来。胡迈惊诧地看着高原大呼："你还敢这样想？说明你真没见识过老魏的厉害。"

"你老说老魏厉害，我怎么就不知道怎么个厉害法？"赵立志纳闷。

胡迈嘬嘴说："你最好别见识，真到那时候——你肯定吃不消。"

"我们可都胆小。"高原调侃胡迈，"你别老是用老魏吓唬我们。"

胡迈解释："吓你们的不是我，是老魏。"

第二天晚自习时，老魏开始拿着月考成绩调整座位。

同学们抱着各自的学习用品全部站在教室外。老魏从第一名开始，依次逐个念名字，念到谁，谁就进教室，里面的座位随便选，想坐哪里就坐哪里。用老魏之前的话说，这是对知识的尊崇，也是对热爱学习的同学最好的褒奖。

当然了，排名在前面的同学一旦选定了座位，后面的同学如果想坐同桌的空位，必须征得前面同学的同意。也就是说，成绩好的同学不但有选座位的权利，而且有选同桌的权利。这个政策最大的受益者当然是傲居榜首的秋帆，他在大家的注视下第一个进教室选座位。

第二个是田雨格。

第四个是高原。（高原年级排名第八，在二班排第四）

照这么排下去，胡迈基本上就没有了选择的权利，只能是剩哪里就坐哪里。胡迈倒也用不着急迫，他之前早已推心置腹地找了赵立志，要和他同桌。赵立志并没有立马答应，似有顾虑，但也只是犹豫了片刻，也就应了。赵立志第二十多名进教室，挑了个空位，并把同桌位给胡迈预留到了最后。

老魏在排定了座位之后，又点将班团干部。

老魏这次倒没有再拿成绩说话，而是鼓励所有同学自荐。当然，这个自荐只作为参考，最终的结果还得由老魏来确定。老魏说完不久，高原就找老魏要求担任物理和化学课代表。老魏乐了，他能想到高原会找他自荐，但没想到一下就自荐两位子。老魏又看了一遍高原的成绩，让他当物理课代表。高原挠头想了想，又不屈不挠地推荐赵立志当他没争取上的化学课代表。老魏又乐了，却没有立马答应，只说赵立志可以作为考虑人选。

班团干部的名单很快确定下来。

田雨格是班长兼团支部书记，高原是物理课代表，胡迈是劳动委员。赵立志对自己担任化学课代表颇感意外，但这份意外很快转为受宠若惊的喜悦。同学们疑惑于秋帆竟不是学习委员，后来得知，是他坚辞不受。

老魏后来专门把高原叫到办公室一次。

老魏开门见山地说，他知道高原为啥自荐当物理课代表，也知道他为啥推荐赵立志当化学课代表。高原见老魏如此说，瞬间红了脸。老魏却又说，高原的想法无可厚非，他也支持，但不能出事故。高原见老魏如此说，生出紧张，怕老魏收回任命，立马站直了，一本正经地向老魏立"军令状"。

老魏连忙摆手："行了，行了，我信你。"

老魏问高原："秋帆什么情况，为什么不愿意当学习委员？"

高原摇头说不知道。

老魏笑了："好吧，允许你不知道。"

高原走出门外，回味二人言谈，也回味老魏这个人。

只不过，他没看出老魏的"凶"，反倒觉得他慈祥可爱。

074

只过了几天，高原对老魏又有了截然不同的新认识。

那是一个下午，高原偶然撞上老魏，见他训得刘正直抹眼泪。

"刘正"可是学校里响当当的名字。在六中，不知道校长的名字情有可原，不知道刘正绝对说不过去。高原没来六中的时候，就知道有个混不吝的刘正，这个刘正的大名鼎鼎可不是凭空来的，而是建立在一个个颇值得一说的故事上。据说，刘正在初中的时候，欺负校门口一条街，到了高中，更是有过之无不及。他之所以横，不是别人打不过他，而是惹不过。

关于刘正的更多故事，高原还是后来从胡迈那里听来的。

胡迈自称跟刘正是好朋友。胡迈没留级之前，和刘正是一个班。胡迈很佩服刘正，羡慕刘正在郊区的镇上有一帮朋友，来到市里之后又有一帮朋友。刘正之所以不爱学习，不是学不进去，而是觉得学习小儿科，他有更重要的事做。更重要的事是什么，胡迈却没说。胡迈还说，刘正之所以冷着脸不跟同学玩，不是性格孤僻，而是腾出精力跟外面的成年人打交道干大事。这个大事又是什么，胡迈也没说。刘正在学校里声名远扬的最主要原因，是他曾经顶撞过教导主任，还捉弄过让他写检查的语文老师。

在此之前，没人想过混不吝的刘正遇上"恶人"老魏会怎样。

可是那天，他俩就遇上了。

老魏教历史，不但带了高一四个班，也带了高二四个班。

刘正是他众多学生里的一个。

显而易见，老魏和刘正的相遇并不像有人想的那样意外。

那天下午第二节课后，内急的同学急匆匆赶去上厕所。他们却在左边的过道停住了脚，他们不是被谁给挡住，而是看到老魏在训斥刘正，这个时候，两大"恶人"交锋，没谁敢假装看不见而从他们身边穿过去。

于是，一大群同学呼啦啦聚在左边过道，很快又呼啦啦拐到了右边。

他们想看看发生了什么事，却又不敢，有的怕老魏，也有的怕刘正。

后来，大多数人还是听刘正班里同学讲：刘正在老魏的课堂上打瞌睡，老魏上课的时候没说啥，一下课就把他叫到了外面。其他班的同学很是惊讶，就是睡觉吗？没其他事？他们觉得像刘正那样的厉害角色，必须得是犯了严重的错误才该被那样对待，比如顶撞老师，或者打了同学。就为区区一个打瞌睡，他们觉得理由实在太过牵强。他们坚信那不是真正原因。

站在老魏对面的刘正低着头，一个劲儿地抹着眼泪。

老魏问一句，刘正答一句，像是在自我检讨。

没人敢围观。

只有那些实在憋不住好奇心的同学，假装不知情，再次从左边的过道匆匆绕一下，一瞥眼的瞬间又走向右边，才看到刚才那一幕。

高原总算是见识了不一样的老魏。

那天晚上，他们宿舍"卧谈会"的内容全围绕着老魏和刘正。

胡迈压低声音透露说："你们知道吧，刘正有个哥哥叫刘直，这个刘直初中时因为打人进过派出所，而且是几进几出，因年龄小，总是被教训一番后又出来。结果呢，他不但没学好，反而更加无法无天。他穿着税务局的衣服收过税，穿着警察的衣服打过人，连他爸都拿他没办法。得亏那时候刘直上了高中，结果遇到老魏——你们猜怎么着——刘直竟从此改邪归正。"

高原问："后来呢？"

"考上了警校。"胡迈说，"没想到吧，刘直穿上了真警服。"

"真的假的？"赵立志觉得自己如听天书。

"我说的可都千真万确。"胡迈说，"遍数六中任何一级的顽劣学生，没哪个斗得过老魏，你们现在知道他为啥是'四大恶人'之首了吧？"

高原说:"要这样说,老魏可不是恶人。"

胡迈问:"那是啥?"

高原答:"善人——万里挑一的大善人。"

075

胡迈自当了劳动委员后,忙前忙后甚是尽职。

周五早读的时候,胡迈就打了招呼,说放学后请高原、秋帆和赵立志吃饭。高原自然知道胡迈的饭可不是白吃的,问他有啥事。胡迈如实相告,让三人帮他清理学校垃圾池的卫生。秋帆第一个摇头,说他还有两套试卷要做。高原和赵立志也说有事,一个准备化学实验室下周实验的器具,另一个和别人有约。胡迈气愤地质问三人:"你们还有没有集体荣誉感?"

秋帆仰头问:"这打扫个卫生,咋还和荣誉感挂上钩了?"

胡迈先给三人讲事:"学校的垃圾池是公共卫生区,一个班一周,轮流着打扫,好不容易轮到咱们班了,这是不是责任?是不是机会?当然,我们也可以和别的班一样,潦草地随便一弄,也就蒙混过关了,下周照样交给下一个班。"

紧接着,胡迈又开始讲理:"可是,我们能跟其他班一样吗?我们是老魏当班主任的班,我们是独一无二的高一(2)班。你们想想,我们也就是辛苦一个下午的事,把垃圾池里里外外打扫干净,让垃圾池焕然一新,是不是让全校的老师和学生震惊、赞叹、感动?是不是彰显我们高一(2)班荣誉的最好机会?你们说——是不是这个道理?我们应不应该做好?"

高原点头:"是这么个道理,也应该做好。"

秋帆笑了:"这么一说,我必须全力支持高一(2)班劳动委员的工作。"

胡迈的喜悦之情浮上面庞，问赵立志："你呢？"

"我——我还可以拒绝吗？"赵立志看着胡迈。

胡迈忙说肯定不能。

赵立志就又笑问之前说的吃饭还算不算数。

胡迈承诺，不但吃饭，还请喝饮料。

高原盯着胡迈连连摇头说："我咋想咋觉得不对劲。"

胡迈急切地问："怎么个不对劲？"

高原说："你请我们吃饭、喝饮料，我们帮你这个劳动委员打扫卫生，咋觉得咱这像是个交易。"他又问其他人："是不是有点行贿受贿的味道？"

秋帆也说："没错，老胡是行贿，我们是受贿，咱这都够得上犯罪了。"

赵立志瞪大了眼睛，也添油加醋地说："哎呀，你们这么一说还真是呢，看来呀，老胡的饭能吃、饮料能喝，活没法干了，一干就是犯罪。"

胡迈听他们你一言我一语，都快哭了："别呀，不吃不喝我不反对，活咱得干呀，这可是高一（2）班的脸面和荣誉。再说了，吃饭喝饮料和干活本就不是一回事，吃喝是咱们同学情深，干活算你们高风亮节。"

秋帆笑了："老胡这话说得有道理。"

"也有水平。"高原忍不住大笑。

胡迈怕再生变，不想继续讨论，就急于拍板，拉着赵立志的胳膊："那咱就说好了，下午团日活动结束开始干，都不许变卦，一个都不能少。"

见三人都点头，他才放下心。

团日活动结束后，其他同学都上操场自由活动，打球的打球，踢球的踢球，只他们四人扛了工具，雄赳赳气昂昂地前往紧挨厕所的垃圾池。

几人一直干了两个多小时，到快放学时，才总算过了胡迈的验收关。

076

几人干完活后，有说有笑，刚走出校门，却遇上一个怪人。

这人起先隐蔽在校门左侧的大槐树背后，待几人正走到大槐树下时，他冷不丁跳出来，挡在了几人前面。走在最前面的秋帆没有防备，被吓得后退了好几步。胡迈护住秋帆，指着那人问："你是干啥的？想做什么？"

他们这才注意到，那人蓬头垢面，一米七左右的个头，上衣布满油渍，隔老远就能闻到身上的怪味。那人挠着头也不说话，只是咧嘴"嘿嘿"笑。

高原问那人："你有事？"

胡迈驱赶那人："赶紧走，你要是找事的话，我们可就不客气了。"

那人仍不说话。

"自远？"赵立志惊呼起来。

那人憨笑着点头说："嗯，对着呢，是我。"

胡迈惊诧，问赵立志："你们认识？"

赵立志点头："认识，认识——我——老同学。"

胡迈舒了口气："虚惊一场。我以为遇上了拦路抢劫的。"

大家都被逗乐。

来人姚自远，和赵立志同村，自小又是同学，关系向来亲密。初一那年暑假，他和赵立志兵分两路，赵立志到少林寺习武强身，他去县城打工挣钱。暑假后，赵立志回校继续读书，他一去不归，自此没了音讯。

"你怎么在这里？"赵立志既惊喜又惊讶。

"我——"姚自远的笑里尽是疲惫，"专门来找你。"

赵立志显然觉得意外："找我？"他又问："没吃饭吧？"

姚自远点头。

胡迈张罗："正好一起，我们也去吃饭。"

姚自远也不拒绝，几人就在附近选定了家餐厅。

他们边吃边聊，更多的时候，是赵立志关心地问，姚自远轻声慢语地答。也有的时候，其他几人觉得好奇，插着话问，姚自远同样有问必答。

初一暑假，姚自远去县城的饭馆当服务员，一个月有两百多的收入，在他看来已经甚为可观，加之厌学，索性就辍了学，开始长期打工。他后来又学了厨师，因县城收入低，就经人介绍，去年年底来到豫州市，在火车站边上的一家川菜馆掌勺。老板起先说定了工资，后来又说变为阶梯式，第一个月不领，第二个月就涨百分之十，第二个月不领，第三个月在第二个月基础上仍涨百分之十，以此类推。姚自远为能多拿钱，就一直没领工资。直到几天前，老板说他炒菜不行要辞退他，说好的工资他却一分都没能拿到。

姚自远空干十个多月，到最后身无分文。

高原拍案而起："这黑心老板简直就是抢劫。"

赵立志问姚自远的打算，姚自远沉默不语，也不知道自己该咋办。他在豫州市无亲无故，只是听说赵立志来豫州读书，就碰运气来找。

赵立志疑惑姚自远怎么知道他在六中。老家的人只知道他来豫州读书，没谁知道他读的是六中。姚自远说，其他几个高中他也去了。赵立志这才知道，姚自远已经找他三天，也风餐露宿了三天，不由得生出悲伤来。

饭后，几人讨论如何帮姚自远要回工钱。

胡迈说打工挣钱天经地义，说到天边都是姚自远有理。他大包大揽应承说自己认识这方面的人，定能帮姚自远把钱要回来。赵立志好奇，问他认识哪方面的人，他说不让赵立志管，反正肯定能帮姚自远把事情解决。

姚自远听他这样说，感激加上激动，眼泪直往下掉。

077

周一上午，胡迈告诉赵立志，姚自远的事情搞定了。

听到胡迈这样讲，最惊讶的当属高原。他问胡迈："姚自远自己挣的钱自己都要不回来，你究竟有什么法子，能让川菜馆老板心甘情愿把拖欠的工资拿出来？"胡迈笑着卖关子，说他用个人魅力征服了川菜馆老板。

高原当然不信，却又从胡迈那里问不清原因。

赵立志最激动，抱住胡迈又搂又摇，胡迈想挣脱都挣脱不掉。

下午放学后，他们和姚自远一起去了川菜馆。

老板是个四十岁左右的男人，个头不高，一米六多点，下巴上留着几撮稀疏的胡须，刻意挤出笑脸时，眼角和额头上布满了皱纹。

老板见姚自远带着几人来，客气得很，又是亲自沏茶，又是吆喝着让后厨炒几个菜，那亲切的样子与姚自远之前所描述的相去甚远。老板尤其对姚自远热情，说一直等着姚自远来找他，工资早就准备好了，姚自远却总不来，让他心里发慌。姚自远疑惑且迷惑地看着老板，又转头迷茫无措地看赵立志，并羞红了脸，仿佛他之前说的老板欠他钱的话都是瞎编的。

胡迈制止了老板，没让他沏茶，也不让后厨炒菜。他只催促老板赶紧结清姚自远的工资，并且告诉老板，他们还得紧赶着回去给二公子回话。

老板连忙点头，当场给姚自远点钱。

姚自远把钱数了好几遍，确定数目没错，才在老板备好的纸上签了名字。几人刚到店外，高原就迫不及待地问胡迈："你说的二公子是谁？"

胡迈诡秘一笑，附到高原耳边，略带神秘地揭晓谜底。

高原惊讶："真的假的——人家就这么听他的话？"

胡迈点头："你以为呢？"

高原摇头，对胡迈所说似乎不信，也似乎信了，只是不能理解。

领到工资的姚自远急于回老家，于是，几人就送他到汽车站乘车。

姚自远走后，距天黑尚早，几人又多走了一段，进了人民公园。

刚进公园，几个月前的熟悉场景就唤醒了几人的共同记忆。

胡迈一个大跨步跳过植满冬青的绿化带，站在了之前欺负初中生王一凡的位置。高原和秋帆会意，也都站到他们当初"路见不平拔刀相助"的位置。胡迈仰头指着高原说："有本事你报上名字来，咱们单挑！"

高原大声回应胡迈："我叫高原，高原的高，高原的原，行不更名，坐不改姓，等着你来！"

秋帆装模作样劝高原："那家伙十恶不赦，你可不能上了他的圈套。"

高原一副无所畏惧状："男子汉大丈夫，我还怕他不成？"胡迈跳将过来和高原扭在了一起，秋帆从后面抱住胡迈，几人在地上滚作一团。

赵立志看傻了眼："你们这是发的哪门子神经？"

几人不起，躺在地上哈哈大笑。

赵立志愈发迷惑。

他们见赵立志如此，尤觉有趣，更是笑得捶胸顿足。

等几人笑够了，秋帆才告知赵立志，他们刚才是对初次在人民公园见面的场景进行还原，并说了当时他和高原怎样着急赶着照相，胡迈又怎样在这个隐蔽的角落里欺负初中学生，他们如何不得已而路见不平见义勇为。

赵立志听到此处，瞪大了眼睛看着秋帆问："你说的是真是假？"

"当然是真的。"秋帆坚定地点头。

赵立志却不信，又问胡迈，胡迈也点头。

赵立志更为吃惊，指着胡迈惊愕地说："你，你——以前怎么那样？"

高原添油加醋地说："不光以前，他现在也好不到哪里去。"

胡迈闷头不应，任凭大家奚落。

078 "嗨嗨，你们看，碰到熟人了。"高原忽然指着远处喊起来。

"哪里哪里？""谁呀，是谁？"几人顺着高原手指的方向望去，夕阳的余晖落在高大的雪松上。树下面站着一个女孩，一动不动地静静站着，像在沉思，又像在凝望。树和人融为一体，如泼墨的水彩画卷。

"是田雨格。"赵立志打破了夕阳中的安静。

他大声喊田雨格，田雨格也转过身来朝着他们挥手。

他们走近之后，才发现雪松之下除了田雨格，还有她的机器人。

"你一个女孩子，怎么老爱鼓捣这些个铁疙瘩？"胡迈叹气摇头，大有恨铁不成钢之感。田雨格扭头看胡迈，不说话，那如刀的眼神却比说话更有杀伤力。胡迈赶紧解释："我的意思是说，这应该是男孩子的事。"

田雨格仍盯着胡迈。

"哦，当然了，你不一样。"胡迈改了口，"你干啥都行。"

胡迈的服软自然又受到其他几人的嘲笑。

胡迈接受田雨格的眼神威胁，也情愿为此改口，却不能接受其他人的嘲笑，继续解释道："我是说，如果田雨格把时间都用在学习上，肯定更好，说不定考试能超过秋帆。"他看到秋帆的笑脸僵住了，又改口说："嗯，秋帆太厉害了，估计不那么好超过，但是超过高原应该是没有问题的。"

赵立志打趣他："你怎么不说超过你更容易些？"

胡迈有自知之明，自嘲说："超过我嘛——那太没有成就感了——人家田雨格就算天天玩机器人，一天也不去教室，考试也肯定轻轻松松碾轧我。"

他又问田雨格："我们的机器人专家同学，你说说，是不是这么回事？"

田雨格扭过头来说："你说什么就是什么吧，我都同意。"

胡迈急了："嗨，你怎么一点都不谦虚？"

田雨格顾不上谦虚，刚改进过的机器人又出了故障。

高原盯着地上的机器人问："要不要请求技术支援？"

田雨格眼睛里闪出亮光："你行？"

"行不行试试不就知道了？"高原又指着机器人问，"可以看一下吗？"

田雨格连连点头："当然可以。"可是当高原刚把机器人抓到手里时，她又补充说："一旦动了，你就得负责到底。"说完，自顾自地笑起来。

胡迈替高原打抱不平，说田雨格："我说句公道话，你这就是讹诈。"

秋帆说："关你什么事，人家是周瑜打黄盖。"

胡迈问："什么意思？"

秋帆答："一个愿打，一个愿挨。"

胡迈再无话可说，却又不甘心，问赵立志："你也说句公道话。"

就在这时，高原把机器人放在原地，喊田雨格："你再试试。"

胡迈笑了："你这是糊弄人吧，这么快就好了？"

秋帆也笑着说："是呀，你就算捧着多看上一会儿也比这样更像回事。"

田雨格摁下遥控，机器人动起来。

赵立志惊呼："你个高原，简直成精了。"

田雨格也直摇头："别说，还真行。"

高原欣然接受大家的夸奖，满脸的得意化作粲然一笑。

079

几个人你来我往正说着话，红彤彤的夕阳似乎一下子就掉落于西边的群山之后，转瞬间，人民公园被薄薄的夜幕包裹，他们置身于黑暗之中。

这时候，男孩子们你追我赶攀爬到巨大的雪松上，在横生出来的树干上坐成了一排。田雨格站在树下，倚靠着树干，双手托着她的机器人。

他们起先都不说话，看着暮色愈加浓重，目力所及的树木、游船都渐渐消失在了模糊的远方。胡迈最先发感慨："真是想不到。"

高原问他："你这又是触的哪个景？生的什么情？"

胡迈情深意切地说："我是说咱们，你，我，还有秋帆，我以为上次咱们在公园的相见是意外，没想到只是开始，后来竟然又分到同一个班。"

秋帆说："你呀，没想到的事还多着呢。"

胡迈问："还有啥？"

秋帆笑了："刚认识那会儿你算是学长，没想到降低辈分成了同学。"

胡迈苦笑："是啊，谁能想到呢，这都怪我爸，也不问我的意见，他觉得让我留一级好，就自作主张给我降了级，你们说说，有这样当爸的吗？人家儿子是坑爹，他这是爹坑儿子！"胡迈现在说起来仍旧激愤。

秋帆笑："有一种好，叫你爸觉得对你好。"

田雨格仰头说："你别刺激胡迈了，难道要逼着他跟他爸反目成仇？"

胡迈接过话茬儿说："我当时还真就动了跟我爸断绝父子关系的念头。"

秋帆问："后来呢？"

胡迈答："后来我觉得我爸做对了。"

赵立志好奇："为啥？"

胡迈慷慨激昂道："留级才能认识你们呀，这是我最大的收获。"

高原中断了他的借题发挥："别说以前了，说说以后，说说理想。"

"以后？"胡迈说，"我的理想就是要多挣钱。"

赵立志说："你还用挣吗，妥妥地继承百万家业。"

胡迈一本正经："那不一样，我要凭自己的本事成为豫州首富。"

"你这就是典型的拜金主义。"田雨格批评胡迈。

"您说对了。"胡迈嬉皮笑脸，"我就是拜金主义。"

"高原，说说，你呢？"胡迈问。

高原望着被夜幕遮挡的远方说："我希望将来成为一名科学家。"

胡迈疑惑："科学家工资很高吗？"

高原说："与工资无关，我要像钱学森那样，为国家尽自己的力量。"

"我不知道自己将来干什么。"秋帆说，"我只想出国。"

赵立志好奇："出国？出国干什么？"

秋帆摇头："不知道，也不确定，我能确定的就是出国。"

高原扭头看向秋帆，心里涌动着千言万语，却又一言未发。

赵立志叹口气："我也不知道自己能干什么。"

胡迈说："要不然到时候咱俩一起干，挣大钱。"

赵立志摇头："挣钱的事我怕是干不了。"

胡迈激情满怀："没啥干不了的，只要想干就行。"

赵立志陷入沉默，没有给出胡迈确切的答复。

"你呢，我们的机器人专家同志？"胡迈低头望向树下的田雨格。

"是呀，你呢？"男孩子们齐刷刷望向田雨格。

"它就是我以后的理想。"田雨格把机器人高高举过了头顶。

080

高原自从掌管物理实验室的钥匙后，改弦更张，暂时搁下他的"自燃实验"，转而痴迷"平衡实验"。秋帆批评他是"喜新厌旧"，他也顾不上反驳，只要一有空闲，就跑到物理实验室去验证，虽屡战屡败，却也屡败屡战。

高原把他实验的思路和方法说给赵立志，赵立志也很感兴趣，答应和高原一起验证。这天下午，高原来叫赵立志，赵立志却说有事。

赵立志的确有事，他这段时间对卡耐基的成功学几近膜拜。

他不但找来能找到的所有关于卡耐基的书研读，而且认真做笔记，就像是真要用那些成功案例指导他未来的漫长人生。那段时间，他开口必是卡耐基，不管什么话题，都能无缝引到如何成功的轨道上。秋帆说他走火入魔，拒绝跟他探讨任何有关卡耐基和成功学的话题。高原试图用自己的理论辩驳赵立志的成功学理论，却败下阵来。高原只能任由赵立志说，自己在一边老老实实听着。赵立志的成功学倒是和胡迈不谋而合，但胡迈不是在课堂上打瞌睡，就是忙得不沾宿舍，根本没有时间和精力跟赵立志深入探讨。他只是偶尔回宿舍看到赵立志又在研究卡耐基，会毫不吝惜地伸出大拇指给赵立志点个赞，有时夸他走上了一条正确道路，有时预言他将来能发大财。赵立志愈发受到鼓舞，研习卡耐基和成功学的劲头也更足。

不上课的大多数时候，宿舍里就只有秋帆和赵立志坚守着。

秋帆雷打不动刷着他的试题。他永远在做试卷，却也永远有做不完的试卷。赵立志则时而低头研习，时而仰头沉思，沉思之后，转化了的成功学思想进心入脑,他急需找个人探讨交流。赵立志环顾四周,只有秋帆在,秋帆却用耳机塞着耳朵。他只能把自己鲜活的成功学心得硬生生憋着。

几天后的一个上午,高原在第一节课前搞定了他的平衡实验。

这个时候,高原除了兴奋、激动,就是急切地想找人与他一起分享屡次失败之后这难得的成功。找谁呢?当然是他同宿舍的兄弟。高原狂奔回宿舍,先是叫秋帆,却照例叫不动。秋帆的试卷就是他的原则,必须等他做完所有题目,对照答案检查完,不会的重复再做,直到理解了,才可能转移阵地去做其他事。高原转身,还没来得及叫赵立志,却被赵立志救星一样抓住,急不可耐地摆开架势,讲起他酝酿许久的对成功学理论的理解。

高原抓住他:"走,给你看我的实验。"

赵立志反抓住高原:"别急,先听我讲。"

二人不得不做了一次交易。

高原虽然被他的平衡实验成功激荡起来的情绪催促得火急火燎,但他强迫自己冷静下来。他直等着赵立志讲完了对卡耐基的理解,对成功学的体会之后,才像得到大赦一般,长舒口气,拉着赵立志就往门外走。

"老胡呢?"赵立志临出门问了一句。

"是呀,胡迈呢?"高原也才意识到,虽然胡迈很少在宿舍,但他再怎么忙,平时饭后都会回来点个卯。晚上睡觉晚是晚点,但也总回来睡。

"昨天下午出去到现在都没回来?"他再确认。

赵立志摇头:"真没见着人。"

高原问秋帆,秋帆也摇头。

胡迈丢了。

这个时候,高原再也没心情强拉赵立志去看他的平衡实验。

081

胡迈这会儿也着急。不过他不是着急回宿舍，而是着急找刘正。

前段时间，胡迈找刘正办个事，刘正顺便说起有个挣钱的门路，问胡迈有没有兴趣。胡迈听到能挣钱，心里早乐开了花，嘴上却卖个乖，不说钱的事，只打包票说，不管是啥事，只要刘正让他办，他绝对没有二话。

刘正说手头有几麻袋旧书，让胡迈找路子卖掉。

胡迈心里顿时凉了半截。他想着，学校门口开了好几家书店，新书都卖不动，谁会买旧书。当然，他并没有把话挑明，而是给刘正表态，随时都可以去取书，还建设性地说，在学校门口卖书最合适。胡迈以为刘正也就是那么一说，可是没过几天，刘正让人捎话，真叫胡迈去取书。

胡迈被带到郊区一家纸浆厂。

厂房里堆着小山一样高的印刷品，里面有旧书、杂志、试卷、账本，还有已经发黄发黑的旧报纸。这些印刷品被工人一捆捆扔进粉碎机，打成了糊状的纸浆。胡迈正看打纸浆入迷时，刘正介绍他接洽的那个人递过来一个麻袋，让胡迈自己装印刷品。胡迈瞪大眼睛问装哪些。那人说随便装，想装哪些装哪些，想装多少装多少，装完后在门口过秤就行。胡迈愈发觉得这事不靠谱，但已经来了，又不能不装，只能弯腰挑了几本旧书扔进麻袋里。

他拎着空荡荡的麻袋正要过秤，却被那人挡住。

那人对胡迈说，是看刘正的面子才让他来选书，他要是这么个选法，还不如不选。胡迈一听，也觉得自己有应付差事的嫌疑，的确不甚妥当，只能拎着麻袋又返回到小山一样的书堆里，蹲下去继续翻拣挑选。

他这次倒认真，选的书里有金庸的武侠小说、琼瑶的言情小说，杂志也多是日期相隔不远的，有的甚至就是当月的，装了足有小半麻袋。

胡迈往磅秤上放的时候解释："只能装这么多了，再多拿不动。"

那人点头，表示理解。

过完秤后，胡迈以为要付钱，结果那人说卖完再给。

胡迈扛着麻袋往回走的时候还发愁，这一大堆的旧书旧杂志他在哪儿卖，卖给谁，究竟能不能卖出去。这个时候，他也没法子，要是卖不出去，只能背回宿舍放着。权当自己垫钱给舍友们弄几本闲书看。胡迈思来想去，觉得卖书还是得在有人看书的地方。他把装书的麻袋背到了学校门口，却又拉不下脸。进进出出那么多老师和同学，难免碰到熟人，他可不想为这事跟谁解释。他朝着校门西边移了段距离，又后退几步到几棵白杨树后面。

这时候，他才觉得隐蔽一些，也放下了一直背着的麻袋。

这会儿，刚过了晚饭时间。

同学们才吃完饭，三个一伙五个一群陆续往学校返。

胡迈在地上刚铺开书和杂志，就引来了围观。

"这本多少钱？"有同学拿起了金庸的武侠小说。

胡迈竟被问住了。是呀，多少钱呢？他之前倒还真没想过这个问题。

他问那同学："你看定价多少钱？"

同学看了一眼，告诉他："十六块。"又说："你这可是旧书，总不能按原价卖吧？"

胡迈解释："书刊和其他东西不一样，新的旧的没区别，里面的字又不少一个，不影响你看。"他又说："就算是这样，也给你打八折。"

那同学还价："七折？"

胡迈爽快答应。

"这个呢？"又有同学问琼瑶的言情小说。

胡迈说："也七折。"

还有问杂志的，胡迈更爽快，说半价就可以。

就在同学们挑拣书刊之时，警惕的胡迈看到老魏远远地走了过来。胡迈怕被老魏撞见，绕半圈挤在了买书的同学中间，有同学选定了书给他钱，他急忙摆手："不急，不急，等一下再给我。"这时候，眼尖的老魏已经盯住了胡迈，大喊胡迈的名字，把他从人群里叫出来，盯着问他在干啥。

胡迈不想出来，却又不得不出来，"嘿嘿"笑着给老魏解释自己在买书。

老魏疑惑地看着他，问到底是卖书还是买书。

胡迈嘴硬，当然不承认卖书，还拉旁边的同学给他做证。

旁边的同学一头雾水，机械地顺着他的意思点了头。

老魏没再深究，只是叮嘱他，学生就要有学生的样子，不要整天在外面胡搞。胡迈点头说知道，神情紧张地目送老魏，直看到他进了学校。

老魏的突然出现让胡迈惊出一身冷汗。

胡迈的卖书生意倒是出奇地好。大部分书刊都被围观的先来的同学跟抢似的买走了，后来的同学又挑了一遍，总共也没剩下几本，被他以极低的价格打包卖给了最后一个买书的同学。麻袋空了，盘点完收入的胡迈感觉自己走上了人生的巅峰。这时候，仍有同学闻讯赶过来要买书，见已卖光，又追问胡迈明天什么时候再来。

"明天也这个时候。"胡迈满口应下来。

胡迈拎着空麻袋又去了纸浆厂。

他没能找见之前接洽的那个人，其他人都忙着打纸浆。他拉着人家说了买书的意图后，人家也是光摇头，说自己只是这里负责打纸浆的工人，其他不管，也管不了。胡迈又返回学校找刘正，教室和宿舍里都没找到。

胡迈知道刘正在学校外面租了个住处。他找去的时候，里面有几个小青年正打麻将，却不见刘正。他问刘正去处，那些人都摇头说不知道。

胡迈不甘心走，就坚持等，一直等到了第二天。

082

胡迈在刘正住处的沙发上睡着了。

他一个激灵睁开眼时，天已经大亮，刘正却还不见回来。胡迈猛然想到上学就要迟到，不敢耽搁，一路狂奔跑向学校。还好，胡迈抢在上早操的铃声之前进了学校大门。他早操后也来不及回宿舍，只是在教师食堂前的公共洗漱池匆匆抹了把脸，又马不停蹄奔向教室早读。

他还没来得及进教室门，在门口跟老魏撞个正着。

胡迈睁大了眼睛，毕恭毕敬地问候老魏："魏老师好。"

老魏盯着胡迈："你也好。"

胡迈报之以笑，欲走，却被老魏叫住。

老魏问胡迈最近在忙啥。

胡迈心中一惊，但很快又平静下来，编瞎话说，倒真是很忙，除了上课，还协助高原做实验，跟着秋帆一起做试卷，还说到了赵立志经常挂在嘴边的卡耐基，说准备写一篇读后感。老魏听他这么一说，"扑哧"笑了。

胡迈从老魏的笑里得到的不是认可和肯定，而是发自心底的紧张。

老魏显然正欲再问什么，可是还未等开口，早读的铃声就响了。

胡迈指指教室，欲走，老魏点头，胡迈刚转身，却再次被老魏叫住。

老魏叹了口气，缓缓说："上午下课到我办公室一趟。"

胡迈迟疑了一下，"嗯"了一声以示回应，就进了教室。

上课的时候，胡迈总在琢磨老魏那句话。

他想不明白老魏为什么叫他去办公室，去干什么？老魏是不是发现了他的什么事，什么事呢？卖书的事是不是被老魏看出端倪？那以后要再想卖就不可能了。可是他明明伪装得很好，当时糊弄过去了呀？

胡迈想得脑瓜子疼，却还是想不明白。

他捅捅认真听数学课的赵立志，想让赵立志帮他分析分析。

他给赵立志讲问题的时候，数学老师正转过身在黑板上解例题，赵立志给他分析的时候，数学老师解完例题又转过身来。数学老师没看到他说话，只看见赵立志说话。数学老师把赵立志叫起来，问他说什么，赵立志支支吾吾。他没法说，也不能说。数学老师惩罚赵立志站到后墙根听课。

胡迈求援不成，只能自己接着想。

他想着想着就想到"周公"那儿，支撑不住，趴在桌上睡着了。

数学老师又把胡迈叫起，让他也站到了后墙根。

站到后墙根的胡迈俯视满教室听课同学的背影时，想起向高原讨主意。他知道高原脑瓜子灵，正主意多，歪点子也不少。胡迈直站得脚发麻，好不容易挨到下课。他跺了跺脚，再抬头，却见高原已经不在座位上。

胡迈拉着赵立志去宿舍寻，仍不见高原。

赵立志问他找谁，他说找高原。

赵立志告之，高原这两天忙着他的平衡实验，但凡有了空闲，都去了实验室，哪有时间回宿舍。胡迈奔向实验室，门虚掩，他推门就进。

"哐当——当当当——啪——"

胡迈进门时，一只水杯应声掉落，摔碎在他面前。

胡迈吓了一跳，扭过头，才看见正盯着他的田雨格。

胡迈急忙弯腰捡拾破碎的杯子，却被田雨格拦住。

胡迈以为是自己推门时惹的祸，紧张起来，一个劲儿给田雨格真诚道歉，说自己不是故意的，又让田雨格不用担心，他肯定赔一个同样的新杯子。

田雨格不但不生气，反而兴奋得大笑起来。她说杯子并非胡迈打破，而是拓展了功能的机器人的杰作。田雨格下课之后，急于给高原演示她的机器人能拿起水杯，追到实验室刚开始操作，没想到却给演砸了。

田雨格反而欣喜，她说："演示失败就说明还有没解决的问题。"

高原一唱一和："有问题咱就解决问题。"

两人相视一笑。

他们似乎洞悉了问题和解决问题的办法从来都是同时产生的，有了问题，解决的办法自然相伴而生，只不过，需要他们费心思给找出来。

胡迈顾不得那么多，得知田雨格的杯子掉地上摔碎与他无关，长舒一口气放下心来。这时候才记挂起自己的事，他迫不及待地拽住高原："老高呀，总算是找到你了，我这回遇到大事了，你无论如何得给我出出主意。"

高原吓了一跳："咋了，你又在外面招惹谁了？"

胡迈摇头，说要是招惹了外面的人还好说，可这回招惹了老魏。

他原原本本说了早上如何撞上老魏，老魏又如何约他一见。

高原和赵立志都说他大惊小怪，班主任叫学生去办公室天经地义，怎么到他这儿就成了大事。胡迈心里大概是猜到了咋回事，却又不情愿说与别人。这会儿就只说他和别人不一样，别人的小事，在他这儿就是大事。

田雨格也问："怕啥，魏老师又不会吃了你。"

"你说得轻巧。"胡迈皱着眉，"刘正都怕他呢。"

高原反问："刘正怕是因为自己做了亏心事，你怕啥？"

赵立志也问："难道你也做了亏心事不成？"

胡迈急了："看你们说的，我能做什么亏心事？"

"那就赶紧去。"高原催他。

胡迈一把拉住高原："去就去，只是——你能不能陪我一起去？"

"老魏又没叫我。"

"你陪我到门口。"

田雨格大笑："真没想到呀，你竟然是这样的胡迈！"

胡迈不在乎别人咋看咋想，硬是拉着高原和他同去老魏办公室。

083

高胡二人走到距老魏办公室不足十米的小花园时，高原立脚站住，意味深长地拍着胡迈的肩膀说："送君千里终须一别，只能到这儿了。"

胡迈眼巴巴地望着高原，就像生离死别一样不舍。

他犹豫了一阵，实在无法，不得不独自去见老魏。

高原眼看着胡迈走到老魏办公室门口，又眼看着他返回来。

"咋，到门口都不敢进，你不至于这么胆小吧？"高原皱眉问胡迈。

胡迈直摇手："不是我胆小，是里面有人。"

高原问谁在里面，胡迈长舒一口气说不知道，他只听到里面有说话声，就赶紧退了回来。这会儿，胡迈明显放松了许多，好像巴不得老魏办公室有人，更巴不得那人永远别出来。这样的话，他就能名正言顺地不见老魏。

高原搞不懂胡迈为何如此惧怕老魏。

"要不咱走？"胡迈果然打起了退堂鼓。

"老魏早上咋给你说的？"高原问。

"让下课后来见他。"胡迈说，"可是他办公室这会儿有人呀。"

"你不等等？"

高原只是这么一问，就瓦解了胡迈逃跑的决心。

这一刻，他对老魏避而不见的理由似乎也不那么充分了，很明显，他心底里的坚持不足以支撑他此刻离开。胡迈噘嘴说："那就——再等等？"

高原说："老魏找的可是你，是走是留你定。"

胡迈留了下来，却又急切，不断嘀咕着："谁呀，怎么还不出来？"

那人似乎听到了胡迈的嘀咕，没多久就拉门而出。

他俩看见出来的是章湖。

胡迈眼尖，最先看到章湖抬起手来在脸上抹眼泪。

他惊讶地问高原，章湖是不是哭了。

高原也看见章湖抹眼泪，点头说，看着像是哭了。

胡迈直摇头，章湖可是班里的体育委员，比赵立志都钢铁直男，这么一个威风凛凛的人都哭着从老魏办公室出来，得是受到了何等摧残。

"去吧。"高原提醒胡迈，"该你了。"

"不去了。"胡迈掉头就走。

"你想好，"高原喊胡迈，"你咋给老魏解释？"

"再说吧。"

胡迈急匆匆穿过了花园。

他权当听不见高原喊他，慌不择路地朝着校门口的方向跑去。

084

胡迈仍没有找到刘正。

刘正的住处仍有人打牌。胡迈找他们打探，他们说刘正上午回去过，但没怎么待就又走了，具体去了哪里没人知道。胡迈有些落寞，刚烧起来的发财旺火就像被人一盆水浇灭，心里湿漉漉的。胡迈在刘正的住处看了一会儿别人打牌，坐不住，又出来了。他打算到纸浆厂再跑一趟，尝试以刘正之名，看能不能再装一麻袋书回来。胡迈才走到半路，却又折了回来。

他想来想去，觉得还得找到刘正。

胡迈想着继续到刘正的住处等，但又怕等不来，打算去学校找，但又想到刘正对旷课逃学已经习以为常，也不一定找得见。就在他举棋不定时，听见有人喊他。胡迈回头一看，瞬间就乐开了花，竟正是他苦寻的刘正。

胡迈急切地问刘正去哪里了，刘正也急切地问他去哪里了。

他说到处找刘正，刘正也埋怨到处找他却找不见。

刘正听说了老魏找胡迈，问他什么事。

胡迈摇头，说他也不知道什么事。

刘正不信，胡迈才坦诚相告，说自己压根没去。

刘正给胡迈竖大拇指："你牛，在对老魏这一点上，你比我厉害。"

胡迈尴尬地笑笑，强压着被刘正唤醒了的内心恐慌。

刘正带着胡迈去了纸浆厂。这一次，刘正直接把纸浆厂厂长介绍给胡迈，说以后直接找厂长就行。厂长是个小年轻，看着比刘正大不了多少，也就二十出头。胡迈从他们的交谈中得知，这个所谓的厂长其实是厂长的儿子，替他爸看着这个厂，正经上班的时候少，大部分时间都混在刘正那儿打麻将。厂长拍着胸脯说，他的纸浆厂就是刘正的，刘正的朋友就是他的，想什么时候来就什么时候来，想来干什么就来干什么。刘正打断厂长，对胡迈说，这纸浆厂其他什么也干不了，只能找几本破书旧杂志。厂长连忙说是，为了证实自己刚才所说不假，当场给了胡迈一把钥匙，并放话给胡迈，说别见外，就把这儿当家，想什么时候来就什么时候来。

胡迈从纸浆厂一出来就买了两盒好烟。他把一盒给了学校传达室的刘师傅。刘师傅有一辆拉书和报纸的板车，平常不借人，除非谁发根好烟、说些好话他才勉强点头借用。胡迈又把另一盒给了学校门口修自行车的老张。老张长年在学校门口摆个修自行车的摊子，忙的时候少，闲的时候多。谁拜托在他那儿放个东西或者帮谁带个话，他倒也愉快答应，但对久不照顾他生意的人，他也就慢慢开始拒绝。胡迈一下子用刘师傅的板车拉回来两麻袋书。他又在老张的修车摊旁边铺一大张塑料布，书和杂志就倒在上面，也并不分类摆正，只在边上放一牌子，写着"书籍七折，杂志半价，先看后买，钱放纸箱"。是的，没错，他在牌子边上还放了一个纸箱，专门用来收钱。

放学后，书和杂志没了，纸箱里全是钱。

老张对胡迈说："我帮你盯着呢，一分钱都不少。"又说，"有个小个子还想趁着人多浑水摸鱼，被我喊住了，他也乖乖地掏了钱。"

胡迈从箱子里抓了几张钱塞给老张。

老张甩着手说："不要不要。"终了，还是收下了。

085 几天后，胡迈又是一番好找，才见上刘正的面。

胡迈约刘正吃饭，刘正说何时吃饭都行，用不着专门约。胡迈神秘兮兮地说那不一样，要请刘正吃好的。刘正问多好，他说暂时保密，留点神秘感，去了自然知道。刘正乐了，夸胡迈够意思，挣了钱知道叫上他一起吃香的喝辣的。刘正爽快地答应去，随后想了想，说还要再带几个朋友。

胡迈从老爸胡光财那里问到了一家高档饭店，并按六个人的标准订了包间。临吃饭的前一天，胡迈又说给一个经常为他补课的同学帮忙，借了爸爸的专车和司机。等到万事俱备，胡迈到了约定的时间去找刘正时，却出了意外。人倒是找到了，但刘正只淡淡给胡迈说了句"有事去不了"。胡迈不好问刘正啥事，也没办法计较他的言而无信。

胡迈颇无奈，带着司机绕着学校转了一圈，想着大费周折了一番，总不能因为刘正的食言就这么不去了。见到鱼贯走出学校的学生，他想到正好周五放假，就在学校门口等着，挨个把高原、秋帆和赵立志拉到了车上。几人对胡迈的突然出现颇意外，胡迈却说他是准备已久，只为给几人一个惊喜。高原说，这哪里是惊喜，简直是惊吓，还以为遇到了拦路抢劫的。胡迈说是请他们吃饭。赵立志抱怨，指着校门口两侧说，这两边都是吃饭的地方，还劳你兴师动众整个车过来。胡迈说请他们吃好的。秋帆说，吃个饭还有什么好与不好，又问怎么叫个好。胡迈卖了个关子，说到了就知道。

"田雨格，嗨嗨，这儿，你往哪儿看呢。"车子欲走时，胡迈隔着车窗玻璃看见了田雨格，大喊着叫住，不由分说，跳下去将她也拉上了车。

车子上了主路后直奔市中心。

高原收回看向窗外的目光问胡迈："咱这是去哪儿，你不会是打着吃饭的旗号贩卖人口吧？你可想好，谁买了我们纯属浪费粮食。"

秋帆对高原说："你是浪费粮食，田雨格可不一样。"

田雨格急了："你们啥意思，还真贩卖人口呀？"

大家嘻嘻哈哈，说说笑笑，车就到了吃饭的地方。

他们看到了豪门酒店的招牌，都不再说话，怯怯地跟在胡迈后面。胡迈也是第一次来，一边走一边生涩地问服务员包间的位置。等到进了包间，他才长舒一口气。几人之前都只听说过豪门酒店，知道这是豫州市的高档饭店，却从未来过。赵立志一会儿感慨吃饭的地方竟然如此金碧辉煌，一会儿又疑惑：在这样的地方吃饭果真就味道好？等胡迈预先点好的八凉八热上了桌，他们才一边品尝一边赞不绝口，都说味道果然是不一般。

饭后胡迈结账的时候，他们更是瞪大了眼睛。

田雨格惊呼："一顿饭花这么多钱？"

高原问："老胡，你是不是捡钱了？"

秋帆说："他不是捡钱，是发财了。"

赵立志更是直摇头，啧啧感慨："要知道这么多钱，我可舍不得吃。"

"走了。"胡迈招呼大家，"等我以后挣了大钱，咱们经常来。"

086 他们从豪门饭店出来后，胡迈让司机开车送几人回学校取自行车。汽车过学校旁边的一个十字路口时，高原猛然喊停，胡迈正纳闷，还没到学校呢为啥停车，却见高原已经拉开车门跳了下去。这时，车上的几人也都看见，昏黄的路灯下，几个社会青年围着一名穿六中校服的学生说着什么。从他们咄咄逼人的气势看，不像是在说好事。见此种状况，几个人也都跟了过去。

"你们干吗呢？"高原喊那几个人。

为首的"长头发"青年扭头看了高原一眼，不屑一顾地骂了句："关你屁事，你算哪根葱？"随后，他看见后面又跟过来几个人，便又说，"我们也没干啥，遇到熟人，说几句话。"又问高原，"怎么，你们也认识？"

高原问那学生："你和他们认识？"

学生不敢答话，看看高原，又看"长头发"。

"长头发"训学生："你看我干吗？告诉他呀，咱们认识。"

学生又皱眉看向高原，冷不防地迅速跳出了三人的包围圈，急忙扑到高原跟前，求救似的大喊："我不认识他们，他们拦住我要钱。"

"长头发"急了，训斥学生："你怎么翻脸比翻书还快，刚才还是好朋友呢，这会儿怎么就不认识我们了？"他冲了过来，要把学生再揪过去。

"你们凭什么找他要钱？"高原伸手挡住了"长头发"。

"长头发"嬉皮笑脸地说："我们是好朋友，好朋友之间互相帮助天经地义，再说，好朋友之间能叫要吗，那是给，都是朋友间的情谊。"

高原欲张口再问，"长头发"身后的瘦青年认出了远处的胡迈，并喊着问他是不是要管今天的闲事。这时候，胡迈也认出了"瘦子"。"瘦子"经常在刘正的住处出没，胡迈听说"瘦子"他们经常跟着刘正干一些挺危险的事。这会儿被"瘦子"一问，他便有些紧张，强拉着高原上车，并喊着让三人别再找学生麻烦。三人嘴上也应了，说既然朋友已经不认他们，他们再待着也就没意思，马上就会离开，也做出要离开的架势。高原问学生去处，学生说不回学校，要回家。高原无法，也只能就此作罢，他转身随胡迈上车。

车到学校门口，胡迈转头回家，他们取了自行车也各自返回。

高原、秋帆、赵立志和田雨格骑自行车再经过十字路口时，见那几个承诺离开的青年竟然还在，学生也没走成。他们这会儿将学生打倒在地，"长头发"踩在学生的胸前，恶狠狠地说着什么。显然，他们这是在明目张胆地敲诈勒索。

几人将自行车直接骑到了他们跟前。

高原一把推开"长头发"，拉起了地上的学生。"长头发"指着高原："这事跟你没关系，劝你少管闲事。"

高原昂着头："他是六中学生，欺负他就是欺负六中，怎么跟我没关系？"

"瘦子"说："看来你们是成心跟刘正作对。"他寻胡迈，却没看到。胡迈不在，他的话就不管用。

"长头发"走近高原，轻蔑地问："你觉得这事你管得了吗？"

赵立志冲上来挡在前面："管得了。"

"长头发"想推开赵立志，却没推动，自己差点摔倒。"长头发"气不过，率先动手打赵立志。赵立志也不示弱，扔下书包迎了上去。"瘦子"和另一个青年也加入战阵，去帮"长头发"。高原一手抓一个，要把他们从赵立志身边扯开。秋帆也冲上来抱住"瘦子"，两人都摔倒在地上，但"瘦子"很快挣脱。赵立志几乎以一敌三，他的手脚真是麻利，明显占着上风，很快打得几人落荒而逃。

"长头发"隔老远指着高原："我认识你，你是高原。"

赵立志拍胸脯："还有我，我是赵立志。"

"长头发"威胁说："好的，没问题，都记住了，你们等着。"

他们看着三个青年消失在街道的另一端后，才扶起自行车。

高原问学生要不要送他回去，学生说不用。

学生提醒高原说："那帮人记仇，得防着点。"

高原笑着说没事。

他们看着学生离开后，才骑自行车各自回家。

087

夕阳西下，斜射而来的红色光芒照耀着静谧的人民公园。

几个高一学生并排坐在高大的雪松树干上。

这会儿，他们谁也不说话，有的默默望着面前波光粼粼的湖面，有的低头看着自己的脚尖，也有的仰头望天，天上的云已隐入黑暗。那晚的事他们谁都没往心里去，以为过去也就过去了，就算"长头发"的威胁，他们也只当是那伙人落荒而逃前过过嘴瘾。可是第二天，那伙人里的"瘦子"找到胡迈，说刘正让给高原带话，那个事没完。这个时候，胡迈才知道他走之后，高原他们又与那伙人相遇，并且打了起来。胡迈想找刘正解释，却和往常一样，连影子都没找到。他不得不带话给高原，但也发愁高原该如何应对。

"大不了我去找他谈谈。"高原率先打破了沉默。

"找谁？刘正吗？"胡迈皱眉问高原。

"对，还能是谁？"高原提高了嗓门，"只能是他。"

胡迈说这事没有那么简单。高原坚称他是见义勇为，有人欺负六中的同学，他必须挺身而出，别说当时，就是此刻有这样的事，他也照样管。胡迈忧心忡忡地说："'瘦子'已经说过这是刘正的事，但你们仍旧横插一杠子。在刘正看来，你们的见义勇为就成了存心和他过不去。刘正让人捎话纯粹就是威胁，指不定什么时候找你，也指不定会以什么方式难为你。"

"捎话怎么了？"赵立志无所谓地说，"咱们还怕他不成？"

"不是怕不怕的问题。"胡迈说，"冤家宜解不宜结。"

"又不是我们要结怨。"赵立志抱怨。

"可是——"胡迈说，"的确是咱们先招惹的他们。"

"话不能这么说，"赵立志说，"是他们先欺负咱六中的学生。"

胡迈急了："可是他们欺负六中学生，又没欺负到咱头上。"

赵立志更急："咱不是六中的吗？欺负六中咱能不管？"

…………

两人的争辩差不多快要变成吵架。

田雨格喊停，批评二人说，刘正也就是让带了个话，就搅得快要内部战争了。她建议将事情汇报给老魏，说于公于私都和学校有关。刘正他们霸凌六中学生，说小了是破坏学校教学秩序，说大了就是犯罪。田雨格还强调，刘正敢明目张胆地带话给高原，本来就犯了这叫什么罪？她一时想不起来，秋帆补充说是恐吓罪。田雨格这才恍然大悟："没错，他们犯了恐吓罪，这个老胡到时候可以做证，让警察叔叔教训他们。"

胡迈满脸愁容，对田雨格说："哪有那么简单，人家就带个话就成了恐吓？还恐吓罪？要你这么说，他们那些人早都该进派出所了，咋没见一个进去？"又提醒众人这事到此打住，别给老魏说，也别再说报警的事。

高原问他该怎么处理。

他说跟刘正熟，再找找刘正，解释一下，应该会给他面子。

088

高原他们几人与刘正的纠纷暂告一段落。

每个人都步入自己惯常忙碌的轨道。高原在实验室里验证着自己的一个个奇思妙想。秋帆仍旧沉浸在刷题的忙碌和收获中。胡迈奔跑于纸浆厂和书摊之间，一次又一次地迟到，也一次又一次地被老魏叫去谈心。赵立志觉得自己得了卡耐基的成功学真谛，已经从醉心学习变为观点输出。

这天下午，高原详细地给赵立志介绍用磁铁制造永动机的想法。

高原明知道这是被科学家们否定了的异想天开，却不甘心，觉得自己能将被否定掉的部分变为现实。他甚至画了具体的图纸，一边指着图纸的某一部分，一边激情澎湃地给赵立志讲自己的想法。可赵立志呢，明显心不在焉，别说和高原互动，就连他看着图纸的眼神都是飘忽不定的。

高原喘口气的工夫，赵立志就接过话头，开始讲起成功学。

"别急呀。"高原又把话题抢回来，"我还没说完呢。"

赵立志把发言权还给了高原，可是没等高原讲多长时间，他又忍不住，再次提起了卡耐基。高原见赵立志并没有跟他探讨科学的劲头，索性不讲了，把时间让给赵立志，静下心来，想听听赵立志的成功学到底是咋回事。赵立志见高原一副认真倾听的模样，当然也乐于倾囊相授。他给高原讲成功的概念、成功的意义、成功之人的基本素质以及一生之中对成功如何把握。不等赵立志讲完，高原问他："你的成功学怎样能让你成功？"

赵立志被问住。

他所学的成功学只是世界观，不是方法论，他学习日久，即便能够口若悬河说出关于成功的无数种理论，但在这林林总总的理论中，却没有任何一种能让他获得成功。

高原见他答不上来，又接着问：什么是成功？学习成绩好？身体好？口才好？人际关系处理得好？挣钱多？这些都会随着年龄增长和外界环境而发生变化——这么来看，成功本来就是个假概念。若如此，你苦心追随的成功学又有什么意义？高原就像一个不吝惜子弹的机枪手，向着赵立志射去一连串追问的子弹。刚才还信心满满的赵立志一下子就蔫了。

"你不能这么说。"赵立志反驳。

"那你需要我怎么说？"高原的气势如大海涨潮，喷涌而来，"我看你呀，就是太功利，还研究什么成功学，任何事情本身都有独一无二的规律，化学是化学，物理是物理，各不相同，怎么可能有通用的成功之学，要真有，那学校还开那么多门课干吗，直接就只开一门成功学不就行了？"

高原问赵立志："你说呢，是不是？"

赵立志低下了头，低得很低很低。

高原又说："你那个成功压根就不靠谱。"

赵立志抬起头来，眼泪没绷住，一眨眼便掉落下来。

089

高原被赵立志的眼泪惊住了。

他实在弄不明白赵立志为何突然落泪。就算赵立志觉得他的话不对，也尽可以反驳，甚至是恼羞成怒骂他。高原被赵立志的泪水弄得手足无措，他安慰赵立志，说自己有的话说得可能不对，让赵立志大人不记小人过。赵立志赶忙擦干眼泪摇摇头，对高原说："你说得都对，是我功利性太强。"说着，他开始撕那本成功学的书，一张一张，撕下来扔进了垃圾篓。

高原阻止他，他却非常冷静地对高原说："不撕的话，我又要看，看了也没用，还不如撕了。"高原松手，看他把一本书撕成一纸篓垃圾。

不久后，高原随赵立志去了一趟他家。

那晚，赵立志的爸爸赵大鹏在吃饭时喝了两盅酒，便又老调重弹地教训起他的两个儿子——老大赵立志和老二赵有志。他说："男人这一辈子要努力把每件事情都做成功，然后让自己有成功的一生。"

赵大鹏的一生并不算成功。他自己也是这么认为的。

赵大鹏生于1965年。他上学时成绩优异，几乎次次第一，门门第一，奖状贴满了房间里的四面墙。开始的时候，他是方圆许多村子里不爱读书小孩的榜样。他们的爸妈教育他们的时候总会说，你看看人家赵大鹏如何如何，怎么就不知道向人家学学。到后来，他成了他认识的所有孩子的榜样。在学习上，他永远压他们一头。所有人都认定赵大鹏将来必定离开农村到城里吃商品粮，他爸妈当然更是这么认为，所以当其他孩子放了学、放了假，割草放牛干农活的时候，赵大鹏永远干干净净地坐在家里学习，即使他作业做完，爸妈也不让他干哪怕最轻的农活。

赵大鹏一路优秀到高中，高考的时候却因一分之差落了榜。那个时候的录取率低，他们那个农村高中也就只考上两个人。按说凭赵大鹏的水平，复读一年大概率能考上，但赵大鹏接受不了落榜的事实，更接受不了复读。

他拒绝了老师和爸妈的规劝，卷起铺盖回了家。

赵大鹏是学习的好手，将近二十年也都一门心思放在学习上，其他方面的能力基本荒废，不得不从头再来。他兜兜转转，种过地，打过工，前几年才谋下这份开出租车的营生。赵大鹏在艰难的日子里总是后悔两件事：一是当年稍微努力些多考一分就上了大学，二是当年稍微冷静一点复读再考也将是另一种人生。一切过往都成为他记忆中的荆棘。

他觉得自己无比失败——高考失败，选择失败，生活也失败，以致他供不起两个孩子上大学，所以他太知道成功的可贵。

赵大鹏不想让儿子们重复他的失败之路，唯有日日以成功激励。

那一刻，高原似乎理解了赵立志对卡耐基和成功学的痴迷。

090

高原看得见赵立志的刻苦，也相信他的刻苦一定能换来他爸爸所说的成功。但高原不知道的是，赵立志越是努力就越是觉得亏欠了弟弟。

赵大鹏尽其所能，把两个儿子都转学到了市里，这是他给两个儿子最好的机会，也是唯一的机会。赵大鹏很早的时候就给兄弟俩挑明了——他只供得起一个大学生。老大考上老大上，老二考上老二上。显而易见，命运的决定权攥在老大赵立志手里，他先考，如果考上了，他弟弟赵有志就失去了二选一的机会。赵大鹏倒并不觉得这有什么不公平的。他说了，老大就是老大，有先选择的权利，但他得考上大学才算数，他要是自己不争气，就轮到老二。他只供一个，另一个子承父业，跟着他一起开出租车。

赵立志生怕自己考不上大学。他倒是从来不缺少吃苦耐劳的品质和不达目标不罢休的意志，就像在操场"刷圈"练体能一样，为了考上大学，他又闷头恶补起英语。可是，赵立志补着补着，却又自责起来。他的英语成绩若提高了，他如果考上了大学，那他弟弟赵有志怎么办？

赵立志觉得自己的每一份努力都是在窃取弟弟的希望。

有一次，他的英语成绩有了进步，虽然仍旧不及格，却比上次多了十来分。这看似微不足道的十来分，竟将他的年级排名提升了一百多位。赵立志起先是欣慰，但很快，他灿烂的笑脸就布满冰霜一样的哀愁。那一晚，赵立志躺在床上辗转反侧，像一条不甘于在砧板上任人处置的鱼。

赵立志英语考不好，伤心。高原鼓励他，下一次，一定会有进步。赵立志英语有所提高，也伤心。这时候，高原也不知道该怎么安慰。

高原见过赵立志的弟弟赵有志。赵有志比赵立志小两岁，却只低一级，当时已读初三了，听说小学因为成绩太过拔尖而跳过级。

那是个文静温和的男孩，高原去他家的时候，从去到走，自始至终，见他独自一人一言不发地写着作业，那股子专注认真的劲头像极了秋帆。

091

十一月底，豫州下了比往年来得更早些的第一场雪。雪未消尽时，六中邀请往年优秀毕业生代表来学校作报告。

主席台上，正襟危坐着七个第六中学的优秀毕业生代表。他们年龄不一，有的看起来四五十岁，有的只二十出头。校长介绍，他们的工作也不相同，有的是省会城市的机关干部，有的在大学当老师，也有私人企业的经理。他们结合自己的经历，从不同方面给学生们演讲，有的讲勤学，有的讲吃苦，也有的讲拼搏和坚持，他们的报告赢得同学们的阵阵掌声。

尤其是在闫团长讲报国之志的时候，高原和赵立志的眼睛里放出向往的光芒来。他们从闫团长的报告里听到：闫团长当年得知西南边陲打仗，铁了心要参军。他高中二年级的时候报名，因年龄小没去成，高三又报，家里得知情况后苦劝，怕他此番入伍有去无回。学校也劝，那时候他成绩优异，考大学有望，不高考而去参军的话实在可惜。可他决心已定，谁也劝不住。谁知偏偏那年他所在的辖区没有征兵指标，就又等了一年，为了去参军，他竟破釜沉舟，放弃了高考。第三年，他终是梦想成真进了军营。高中学历那时候在部队算是高文凭，他先是当了一段时间的"兵教员"，部队上前线的时候，他又当新闻干事，后来火线成为作战参谋。他在敌人火力下抢救过受伤的战友，也深入敌后刺探情报。他在枪林弹雨中好几次与死神擦肩而过，几个月的战火洗礼如同走过了半辈子的漫长旅程，闫团长动情地说："我们有幸生于一个伟大的国度，我们的国家有着五千年的文明史，诞生过万万千千的优秀先贤和伟大人物，当然，我们的国家也经受过深重的灾难，遭受过外敌的入侵，但我们的前辈都用自己的智慧、勤劳、勇敢，甚至是鲜血和生命护佑着这片土地、延续着中华文明。一代人有一代人的责任，一代人有一代人的担当，不管任何时候，只要国家需要我们，我们必定会追寻先辈的足迹，以不屈的意志和必胜的信心捍卫国家主权和领土的完整。"

闫团长目光炯炯地盯着台下的青年学生，继续充满期待地说："同学们，当我们心无旁骛一心想着报效国家之时，我们自身就融入一项伟大事业的洪流，从那一刻起，我们的人生也随之闪闪发光。"

"学长，我们能不能看看您的枪伤？"有同学站起来问。

语气里有疑惑，更多的是好奇。

闫团长站起身来，撸起袖子，一片明显的疤痕覆在他的小臂上，如同贴上去一条腐烂的鲫鱼。闫团长说，限于当时的医疗条件，没能根治，一到阴雨天就隐隐作痛。提问的同学呆呆站着，大概怎么也想不到，那么遥远的战争，只因学长的到来而和他如此贴近，且目睹了真实可见的枪伤。

"学长，你们打仗的时候，真的会死很多人吗？"另一个同学高高地举手站了起来。

他显然已经跟随闫团长走进闫团长的昔日岁月，而且走得很深、很远。

闫团长点头示意提问的同学坐下。

随后，他陷入沉默，过了一会儿才仰起头，似乎急于回答问题，却又再次低下头去，似在努力回忆，可那发生在二十多年前的战争往事日日都在梦里，着实不需回忆，他的排长、他的班长，还有那些战友，他随口叫得出他们每个人的名字，记得起每个人的模样，二十多年恍若一瞬。

他尽力调整情绪，生怕自己因过于伤心而失控。

"是的，会死人。我们歼灭敌人的同时，我们自己也有牺牲。"

闫团长讲起和他同年的一个兵。他们坐同一列火车到部队，一起新训，分到同一个连队，一起当"兵教员"，一起到前线，一起当新闻干事，一起跟着部队攻山头，可就在最后一次战斗快结束的时候，战友所在的小分队被敌人的炮弹击中。战友流了好多好多血，牺牲在了闫团长怀里。

闫团长说，那几个月里，他失去了太多的战友。

学生们一边流眼泪，一边踊跃举手。闫团长给他们打开了一扇窗子，让他们在岁月静好之外，看到了另外一番未曾见识过的景象。他们想知道更多关于战争、关于闫团长、关于那些为国牺牲的烈士的故事。

报告会结束后，高原和赵立志还紧紧地跟着闫团长。他们终于抓住说话的机会。赵立志最先挤到闫团长跟前问："学长，我能不能考军校？"

闫团长看着赵立志，点头说："当然可以，热烈欢迎。"

赵立志受到鼓舞，但又不无遗憾地说："可是，我英语成绩不行。"

闫团长鼓励他："那就要补齐短板，就跟打仗一样，你哪里薄弱，敌人就专打你哪里，哪有不败之理？只有补齐短板，才有能力去战胜一切敌人。"赵立志一时语塞。

高原拉着赵立志给闫团长表态："学长放心，我们一定补齐短板。"

闫团长拍着他们的肩膀说："好，我在解放军的学校里等你们。"

092

赵立志痴痴地望着闫团长的背影，直到远去不可见。赵立志转过身来踌躇满志地盯着高原，高原也看着他。

他问高原："你说我行不行？"

高原笑："你心里已经有答案了，还问我干什么？再说，行不行只有你自己说了算。"

赵立志不好意思地笑了。他为高原看穿他的心思而羞赧，又为高原懂他而欣慰。他憧憬起未来："我要真考上军校就好了。我听葛连长说过，军校不但不收学费，还管吃管住管分配，我要真能考上，家里就不用在我身上花钱，老二也就能上大学。"

高原拍着赵立志的肩膀鼓励他："没问题，你一定行的。"

赵立志并没有被高原的鼓励激起斗志，反而又陷入迷茫中，他叹口气说："但愿吧，希望我的理想不要因英语这个短板而夭折。"

高原心中已经有了主意，但他并没有明说，只劝慰赵立志："你也别着急，车到山前必有路。"

赵立志苦笑，山已然在眼前，但他暂时还看不到路在何方。

高原和赵立志分别后，第一时间去找田雨格。

田雨格之前找过高原多次，希望两人组队，共同报名参加全国中学生机器人大赛。她自信凭借自己的机器人知识和高原"鬼点子多"的优势，一定能进入省一级对决，说不定发挥超常还可以进入全国总决赛。高原却说田雨格对机器人的钻研是不务正业，所以偶尔帮她在改进机器人方面出个主意支个招，但对于田雨格的参赛邀约却并无兴趣。

这回，高原有了另外的打算。

田雨格听清了高原的来意，却"坐地起价"。她虽然干脆利落地答应了高原的条件，却要求高原不仅和她组团参赛，而且必须保证进入省一级对决。田雨格之所以如此"苛刻"，主要是担心高原此番为了和她交换而违心答应，她应了高原之请托，高原到时候却出工不出力，反倒连累她白忙活一场，所以附加个限定条件，也算是给高原增加点儿压力。

没想到高原想都没想就答应下来，而且不留后路说："省一级就算了，我保证咱们杀入全国总决赛。"

田雨格乐了："这么自信？你可想好了。"

高原说："没问题，君子一言驷马难追。"

田雨格问他如果兑现不了怎么办，这倒难住了高原，他只想做到了怎么办，并没有想做不到的后果，但这也的确是可能之一。高原豁出去，对田雨格说："咱俩的组合若不能闯入全国总决赛，要杀要剐随你便。"

田雨格说："我才不要杀你剐你。"

高原问："那你要怎样？"

田雨格笑说："这个嘛，保密，现在还不能告诉你。"

高原满脸疑惑地看着田雨格。

田雨格笑问："没问题吧？"又说，"要反悔的话现在还来得及。"

高原松开皱着的横眉："男子汉大丈夫，怎么可能反悔？"

"好，一言为定。"

田雨格应高原之约主动帮助赵立志补英语的时候，赵立志倒是颇为意外，却也并没有拒绝。他对军校的向往已经成为生命里的头等大事。

093

赵立志铁了心上军校，也因此，必然铁了心补英语，甚至到了两耳不闻窗外事的地步。他心里装着的除了单词就是语法，仿佛这两者组成的英语是阻碍他改变命运的最大敌人。他欲前进，就必须拼尽全力对付敌人。

秋季运动会开始报名的时候，赵立志充耳不闻。高原动员他，他压根不理会，就像高原在怂恿他不务正业。高原劝他说，闫团长虽然说了要补齐短板，但也说了要发挥长板的优势。赵立志拧起眉头问："真这样说了？"

高原点头："当然说了，你看你这记性，闫团长说补齐短板是为了不失败，发挥长板优势能争取更大胜利。"

赵立志若有所思，但还是摇摇头说："马上就是月考，我可不想让田雨格的努力白费。"

高原一脸疑惑："你咋能让田雨格的努力不白费？"

赵立志振振有词地解释："人家那么费力帮我补习英语，我要再跟之前一样不及格，甚至还不如之前，那不就是让人家的努力白费了？"

高原听赵立志讲得在情在理，也只好作罢，没再强求。

田雨格补习英语的时候也劝赵立志参加运动会。

赵立志苦笑，他说在他看来运动会是芝麻，补英语是西瓜。他如果浪费补英语时间去参加运动会，就等于是捡了芝麻丢了西瓜，他可不愿意做那样的傻事。他的一番比喻把田雨格逗乐了，不过田雨格并不认同他的道理，并给他承诺，保证他这次英语月考及格。赵立志虽然觉得这是田雨格为了让他参加运动会才说的大话，但也不好五次三番拒绝帮助了自己的田雨格。赵立志硬着头皮报了名，他想着，就算浪费，顶多也就一周时间。

高原看到赵立志领来参赛号码牌，奚落他说："我劝你时，你倒是拒绝得义正词严，这才半天不到，竟然悄无声息改变了主意，立场毫不坚定。"

赵立志耐心解释："你算是冤枉我了，我的立场可从来都没改变，你劝我去时，我不去，是为了月考英语及格，现在我去，也是同一个目标。"

高原摇头："你变了，巧舌如簧。"

赵立志笑："我没变，始终如一。"

这时，秋帆终于又刷完了一套试卷。他就像刚才没听到二人说话一样，惊讶于赵立志竟然已经报了名，说他还以为赵立志不参加，所以没打算去围观，这下赵立志参加，他得抽出时间去操场给赵立志加油。

高原说赵立志面子大，让惜时如金的秋帆都主动去加油。

赵立志给二人夸海口说，一定不负众望摘金夺银。

秋帆订正："大家不稀罕银，必须摘金。"

赵立志立正敬礼，大喊一声："是。"

赵立志说到做到。他在运动会上以绝对优势碾轧众对手，夺得了一千五百米、三千米和五千米三个长跑项目的冠军。赵立志的壮举震动六中，他不但打破了三个单项纪录，也创造了一人包揽三金的纪录。

宣传报道组的喇叭里喊的全是赵立志的名字，所到之处也都是男女同学热烈的目光。高原戏谑说，跟在赵立志身后就像小弟跟着大哥。

赵立志一本正经地说："我本来就比你大一岁呀，叫大哥不亏。"

高原直摇头，说赵立志浮躁，已经不是他以前认识的赵立志了。

秋帆却说赵立志得了三块金牌，别说浮躁，就算狂躁也在情理之中。

094 赵立志没时间狂躁，不得不赶紧静下心来迎接即将到来的月考。

那几天，田雨格辅导赵立志的时候用上了笨办法。她让赵立志把新近学过的英语课文从熟读到熟背再到默写，一个词语一个字母都不能错，错一个就全部从头再写。如此没有含金量的学习方法却有意想不到的奇妙效果。月考后再发英语卷子的时候，赵立志果真就冲破了铁板一样的七十二分大关。这对赵立志来说，实在是比他夺得三块金牌更让他喜悦。

高原感叹说，"鱼与熊掌不可兼得"这句话在赵立志身上不管用，他既在运动会上发挥优势摘了金，又弥补了短板——英语考试及格，实在是想啥有啥、样样不落。秋帆也说，牛顿的万有引力也已经解释不了赵立志的一飞冲天。

赵立志这会儿没时间正襟危坐接受高原和秋帆的褒扬。

他匆忙找齐了三块金牌挂在脖子上，一路小跑着去找田雨格。赵立志说，为了感谢田雨格对他英语考试冲破七十二分大关的帮助，让田雨格从三块金牌里随便选一块，他要送给她，三块都选也行。赵立志丝毫不吝啬用自己的荣誉回馈田雨格对自己的帮助。田雨格挨个儿看了看镀金的圆形金牌，又表达了一番对赵立志的羡慕和赞许，却一块都没有选。田雨格说，这些金牌是对赵立志赛场上表现优异的见证，于赵立志意义非凡，到了她手里就淡化了金牌的价值和意义。赵立志稍有遗憾，却又觉得田雨格所言在理，他不得不把三块金牌又原封不动挂回到自己的脖子上。他踌躇片刻，又邀请田雨格放学后出去散步。田雨格问他是否有事。他吞吐说也没什么事，就是想再请教关于英语的问题。田雨格却说她放学后有事约了人，倒没拒绝赵立志在英语上的请教，只提议改到周五下午补习英语时再一并说。

赵立志显出失落。

他想要再坚持，却没有更充足的理由。

周五补完英语后，赵立志又邀请田雨格，田雨格仍然说有事。赵立志忍不住跟在田雨格后面，却见她并无他事，而是去物理实验室见高原。

赵立志不知道田雨格早与高原约好探讨改进机器人，也不知道田雨格给他补英语皆因高原与田雨格的约定。他在运动场上夺得金牌，他英语得分超过七十二分，长久压抑的青春活力得到酣畅的释放，他在捕捉到田雨格对他同学情谊的同时，也捕捉到自己一份懵懂的青春爱恋。

是的，他喜欢上了田雨格。

他不是张扬的人，但依然按捺不住萌动的青春之恋。

可是，一切尚没有开始就结束了。

赵立志长久地站在物理实验室门口，听到高原和田雨格的欢声笑语徐徐传出，内心纠结如乱麻，酸楚随即化为痛苦。

那晚，高原在操场上找到了两天不和他说话的赵立志。

赵立志独自一人在操场跑圈。没人知道他从什么时候开始跑的，也没人知道他要跑到什么时候。他大汗淋漓，几近麻木，这样的状态，他已经持续了两天。高原叫他，他不应；高原拉他，拉不住；高原跟着他一起跑，他又远远地把高原甩在了身后。高原紧紧地抱住了他，他就差打高原了。他瘫倒在地上，不说话，泪水和着汗水一起从脸颊掉落。

赵立志终于说出了他的心里话。

高原意外，也无奈。

他不得不和盘托出所有事情的前因后果。

赵立志惊愕地问高原："真是这样？"

高原点头。

赵立志问："你怎么不早告诉我？"

"怕你拒绝。"高原说，"我们——只是想让你好。"

赵立志抱住了高原，想说什么，却没说。

他拉着高原："我们跑步吧？"

高原回应他："走，跑步。"他们并排奔跑在夜晚的操场上，谁也不说话，跑完一圈又一圈，就像是要用这种方式进行心的交流，更像是要用一场大汗淋漓来释放郁积心中日久的压抑。

095

"魏老师，魏老师——魏——"传达室的刘师傅着急忙慌地来喊老魏时，老魏正在给二班上课。

"魏老师，有人找。"刘师傅恰如其分地把教室门推开个窄缝。

刘师傅从窄缝里看到讲台上的老魏时，坐在教室前两排的学生也同时看到了刘师傅。老魏讲课讲得正起劲，对刘师傅点点头说知道了，却并没有立马就出教室的意思。他仍用手点着黑板，俯视着教室里的学生，兴趣盎然。刘师傅见老魏没动，显出急躁来，又重复了一遍说有人找。老魏明显感到了别扭。他为刘师傅贸然闯进教室别扭，也为闯进教室的刘师傅耗着不走别扭。但随即他就意识到，平时不别扭的刘师傅这会儿如此别扭，大概的确是遇到了别扭的事情。老魏这时才想起来问："谁找我？"

刘师傅犹豫了一下，还是说了："公安上的人——派出所来的。"

老魏瞪大了眼睛。他看看教室里的学生，又看看刘师傅，皱起眉头问："派出所找我干什么？"刘师傅也看看学生们，欲言又止，没有回答。

老魏意识到教室不是说话的地方。

他扔下手里的粉笔，一个大跨步就到了讲台下，又一个大跨步到了教室门口。他临出门时转过身来，对学生们说："大家先复习，把知识点记一下，等我回来提问。"教室里鸦雀无声。他一离开，学生们即刻躁动起来。

"派出所找老魏干什么？"

"谁犯事了？"

"老魏不可能犯法吧？"

…………

问题如潮水般涌来，教室里乱成了一锅粥。

很快，好几路消息同时到来：犯事的不是老魏，而是班里的同学，因为老魏是班主任，所以警察通知他去领人。

乱糟糟的教室瞬间炸开了锅："是谁犯了事？"

大家很快就知道了是谁。全班七十二人，实到七十人。除了一个男生骑自行车摔骨折住院外，没来的只有胡迈。

高原看赵立志，赵立志看秋帆，秋帆看田雨格，田雨格的目光又转了一圈落在高原的目光里——他们谁也弄不清是咋回事。

同学们无心上自习，都趴在窗户上看着传达室的方向。

"老魏出来了。"

"老魏骑着自行车出校门了。"

…………

他们像刺探军情一样，看着老魏出去后，又充满希望地等着他回来。

"哎哎哎，快看——老魏回来了——胡迈也回来了。"

教室窗户玻璃的内侧贴满了学生们的脑袋。

"胡迈到底犯了啥事？"

"谁知道呢，他呀，啥事都有可能犯。"

"别说话了，老魏进教室了。"

大家迅速归位，用认真看书的假象掩盖了刚刚结束的窥视和议论。

老魏独自回到了教室。

他并没有提问同学们布置过的知识点，也没再继续讲课，而是给大家朗读了一篇周国平的散文，是和青春有关的，教导大家该怎样不虚度青春年华。

高原根本就听不进去，只想弄清楚胡迈到底犯了什么事。

096

高原几人赶回宿舍时，胡迈正耷拉着脑袋坐在自己的床铺上。

"怎么进派出所了？"秋帆一进门就挨着胡迈坐下。

"你真犯事了？到底啥事？"赵立志也急吼吼地问。

二人把高原想问的问题都问了，高原没再重复问，只看着胡迈，等他说出来。胡迈抬起头来却只是笑笑，轻描淡写地说："都是误会。"

"误会？误会能进派出所？"

"误会能让老魏去领人？"

胡迈挠头，仍旧重复："没啥大事，真的就是个误会。"

高原单刀直入问胡迈："是不是和刘正有关？"

胡迈惊讶地望向高原，但随即，又转移目光，摇头否认。

高原看得出胡迈撒了谎。

胡迈也看得出高原看出他在撒谎。

胡迈之所以进派出所，确与刘正有关，一切还要从卖书说起。

胡迈开始是从纸浆厂选了将要打成纸浆的旧书、旧杂志去卖，但没多久，适合高中生看的书和杂志就选完了，剩下的要么是废旧报纸，要么是艰涩难懂的专业理论书籍，勉强挑出来去卖，也鲜有人问津。胡迈一筹莫展之际，刘正雪中送炭，给他带来好几箱子新书，还都是畅销书。

刘正和他说明，他能卖多少就给他提供多少，不管胡迈卖多少钱，一律按书籍定价的一半给他即可。因是畅销的新书，很受高中生欢迎。胡迈不光在六中门口卖，也在其他几所中学门口卖。没承想，刘正给他的书都是盗版书，被人举报，派出所人赃俱获。警察看胡迈是学生，便没有过多为难，批评了一番让学校领人完事。

胡迈守口如瓶不愿意说这事，一是卖盗版书不光彩，二是这事牵扯到刘正。刘正知道是盗版书而他不知道，他等于是替刘正扛下了这事。

胡迈认为值得替刘正保密，因为他还筹谋着和刘正干更大的买卖。

"你有没有想过，你看到的刘正和真正的刘正不是一回事。"高原盯着胡迈一字一句地说。

胡迈疑惑地看着高原。

赵立志也问："咋，他还有孙悟空的七十二变不成？"

秋帆也问："你这话啥意思？"

高原似乎能洞穿胡迈的心思。他不但知道刘正在外面宣扬他的继父在市政府上班，而且刘正给所有人的感觉是，他的继父在市政府说一不二，没有办不成的事，让大家误以为他继父是个大官。高原提醒胡迈，刘正的继父只不过是个普通的工作人员，他之所以在外面吹嘘，必定是为了某种目的，这样长期和刘正厮混在一起，总有一天要上当受骗吃大亏。

赵立志闻此倒吸口冷气，同意高原的说法，也让胡迈远离刘正。

秋帆没说话，只神情复杂又意味深长地看着胡迈。

胡迈似有所思，但他仍旧坚称只是一场误会，并咬定与刘正无关。

高原见此，也不好再说什么。晚上，胡迈仍旧没有回宿舍。

高原几人免不了为胡迈担心，却又焦虑于不能实质性地改变什么。

097

胡迈回宿舍的次数越来越少，就算偶尔回来和大家打个照面，也说不了几句话，来去皆匆匆，好像总有万分急切的事等他去做。上次的派出所领人事件后，他无故旷课倒是少了，但迟到早退却仍是常有的事。

高原约他周五放学一起走，他说有事。赵立志约他周末一起到人民公园去逛，他也说有事。大家不知道他有什么事，彼此说话都越来越少。

有一天下午，高原和秋帆都出去了，只赵立志一个人在宿舍。

赵立志正记英语单词，听见有人喊他，转头去看，竟然是许久没有回宿舍的胡迈。赵立志直言胡迈是稀客，起身招呼胡迈时才想起，这也是胡迈的宿舍。一种怪异的情愫涌上赵立志的心头，他嚼出了酸楚的味道。

两人久不相谈，冷不丁四目相对倒不知道该说什么，显出从未有过的尴尬来。胡迈也觉出尴尬，索性也不多说话，直接从随身的背包里取出一台复读机给赵立志："这个你拿着。"

赵立志懵懂地接过复读机，不知道是什么意思，问："这是谁的？"

胡迈笑着看他："不管以前是谁的，现在是你的。"

赵立志像被蝎子蜇了一样，迅即把复读机还给胡迈："这个我不能要。"

"你学英语需要这个。"胡迈硬往他手里塞，"你放心，这个不是偷来的也不是抢来的。"

赵立志说："你买的也是花钱，我不能要。"

胡迈笑了，挠挠头说："也不是买的。别人买了我的书没给钱，挺多书，也挺多钱，他给不起，就用这个顶账。"

赵立志说："人家欠你钱顶账给你的，你就留着吧。"

胡迈皱起眉说："你就别跟我推来推去了，别这样，你觉得我用得着这个吗？我从来没指望上大学，你跟我不一样，你有希望上大学，上军校，用这个对你考英语听力有帮助。"

胡迈见赵立志还不收，沉着脸说："你要再不要，我就摔了，反正我用不着。"

胡迈作势要摔。赵立志赶忙拦下胡迈高举起来的手，大喊着说："行行行，我收下。"

待赵立志把复读机接到手里，郑重其事地问胡迈："那你告诉我，人家用这个给你顶多少钱的账？"

胡迈知道赵立志想说买的事，叹口气，继而想出一个两全之策，脸上泛起笑容对赵立志说："这样吧，这个复读机我不给你，也不卖你，算我借给你，高考完再还给我，这样总可以了吧？"

赵立志明白胡迈的意思，心里存着感激，算是应下。

胡迈又急匆匆离去。他走到门外又返回来，对赵立志喊："加油。"

赵立志点点头，鼻子随之一酸，眼眶里涌出温热的泪水来。

098

清明节过后的第一个周末，高原和秋帆、赵立志相约一起爬山。

高原和秋帆到了约定的集合地点，却久不见赵立志来。过了约定时间差不多一小时，赵立志才骑自行车着急忙慌地赶来，说去不成了。

他弟弟赵有志昨晚一整夜没回家，一家人都急疯了，能找的地方都找了，还是不见人影。赵立志忘了爬山的事，突然想起来，就着急过来给高原和秋帆说一下情况，他还得再回去继续找弟弟。

高原和秋帆也决定不去爬山，帮助赵立志一起找赵有志。

几人找遍了赵有志就读的初中，所住的城中村，也问了城中村里和赵有志差不多年纪的学生，却无丝毫线索。他们做了最坏的打算，把城中村边上的水库都仔细寻了一遍，也没有见到有人沉入水中的痕迹。

他们在从城中村去人民公园寻找的路上偶遇胡迈。

胡迈一听情况，问都找过什么地方，赵立志如实告知。

这时，高原和胡迈几乎同时想到一个地方——网吧。

赵立志当场否定，说他爸严禁他们兄弟俩去网吧，再说了，赵有志也不可能有闲钱。两人听赵立志如此说，便又重新推敲赵有志可能的去处。秋帆却分析说，赵有志一晚不归，只有两种情况，一种是被动，发生了什么意外事情，另一种是主动，自己不愿意回去。被动的情况暂时不存在，就按主动的思路推断，他不回去，就是打破了往常的循规蹈矩，所以说，平时越是不会干什么，现在就越可能干什么。

秋帆就此推断，赵有志极有可能就在网吧。

高原同意秋帆的推断，提议分头到网吧寻找。

胡迈却说不用，让赵立志详细说了赵有志昨天走的时候穿了什么上衣、什么裤子、什么鞋子，以及核实了个头、长相等基本特征，然后就近找了个电话亭。他先是从114查了有登记的网吧的电话，然后逐个打过去让察看是否有赵有志模样的学生在上网。打到第三个的时候，不等他说出特征，那边就斩钉截铁地说，有这么个孩子，整晚都在上网，赶都赶不走，问家在哪里也不说。老板正火烧眉毛，恰好就接到电话。

几人匆匆赶去网吧。赵立志老远就看见，赵有志正紧盯着电脑屏幕，娴熟地操作键盘和鼠标，在虚拟的游戏世界里大杀四方。

赵有志太过于投入，对赵立志的到来毫无察觉。

099 赵立志隔老远，就怒不可遏地大喊赵有志的名字。整个网吧瞬间安静下来。赵有志却不为所动，依然沉浸在游戏里。所有人都看见赵有志没戴耳机，肯定听得见赵立志叫他，也肯定感觉到了赵立志的愤怒，可是只有赵有志置若罔闻，没有任何回应。网吧老板沮丧地摇头："你们看看，他从昨天下午就这样，不说话、不搭话。"

赵立志冲到电脑前，一把拽起赵有志。

赵有志扬起手来，挣脱赵立志。

赵立志问他："你为什么整晚上不回去？"

赵有志无所谓地说："我为什么要回去？"

赵立志气得直哆嗦："你还是不是个学生？你整晚上都待在这里，还要不要上学？"

赵有志大喊："我不上学，行了吧？我从今往后不上学了，上学有什么用？还不是不能考大学？还不是要开出租车？"

高原被眼前的赵有志惊到了，怀疑这不是他之前见过的赵有志，不是那个不善言辞、总是默默待在角落里学习的赵有志。

赵立志瞪大了眼睛："你，你怎么能这样？"

赵有志说："我应该怎样？你要我怎样？我怎样又有什么意义呢？"

这个时候，高原听明白了赵有志的意思。

兄弟俩的爸爸赵大鹏给了二人一个不平等的约定，谁考上大学谁上，这从某种程度上就抹杀了老二赵有志努力的所有意义。

赵立志颤抖得说不出话来，只是一只手紧紧地拉住了赵有志的胳膊，赵有志拼力地想再次挣脱，却挣脱不开。

赵有志这会儿肯定存了一肚子的怨气。

高原打破了尴尬的沉默："咱们回去说吧。"

赵有志却不领情："我不回去。"

赵立志趁势拽他:"爸爸找你,有事你回去跟他说。"

赵有志愈加愤怒:"跟他说什么?说开出租车吗?"

高原告诉情绪激动的赵有志:"你哥不用你爸的钱读大学。"

赵有志白了高原一眼:"怎么可能?"又问赵立志:"你不上大学?"

高原替他解释:"你爸说的话我都知道,那只是他的激将法。他是想让你哥俩一个赶着一个地好好学习,想让你们都有好成绩,你怎么还一根筋地以为他真不供你读大学?再说了,我今天也给你交个底吧,就算像你想的那样,你哥也铁了心当兵考军校,也不用花家里钱,你照样一门心思考你的大学。"

赵有志不屑一顾,只当高原戏弄他,气呼呼地冲着高原说:"军校是你说考上就考上的?你们这会儿说啥都没用,我自己知道是怎么回事。"

赵立志说:"我肯定能考上军校。"

赵有志问:"你凭啥这么说?"

赵立志咬牙说:"我给你保证,不管能不能考上军校,都不用家里的钱上大学,这总可以吧?"

赵有志沉默。

赵立志也不再说话。

赵有志哭了。

赵立志也哭了。

高原他们几个送赵有志回家的时候,赵大鹏已经准备好了皮带,扬言要好好教训一顿让人不省心的赵有志。赵有志做好了挨揍的准备,并不打算解释和反抗。赵立志却夺走了赵大鹏的皮带,一五一十地说了赵有志为啥彻夜不归,也说了他铁心要考军校,不花家里一分钱。

赵大鹏长长地叹了口气。

他没再强硬地要求赵立志还回皮带，也没再训斥赵有志。

100

赵立志上次约田雨格不成，二人产生误会。自那之后，赵立志不但主动中断了每周两次的英语补习，而且话也不跟田雨格说了。

在教室里，赵立志每次见田雨格都装作不认识，在外面也是隔老远就躲开。开始的时候，田雨格还追着赵立志喊，几次无果后，她也就习惯了。

田雨格早已理解，赵立志的自尊就像他的自卑一样如影相随。

没有了田雨格的辅导，赵立志倒也并没有放弃英语，而是回归到他的闷头自学。不久，月考成绩揭晓，预料之中，赵立志的英语又不及格。

赵立志慌了神。他意识到自己的"独立作战"不可取时，第一个求助的目标是秋帆。秋帆的情况比较特殊：一是他本身惜时如金，自己复习还总觉得时间不够用；二是他所有学习的秘密就在于刷题，在刷题中学习新知识，也在刷题中提高成绩。这一点用到他身上是灵丹妙药，但对基础不牢靠的赵立志却不合适。

赵立志不得已，又求助高原。

高原倒是有心，但他的学习属于个体户式的，自己确实都会，但让他讲出道理来，却都是只有他自己能明白的跳跃性思维。他急得大汗淋漓，赵立志却云里雾里，他俩都累，却没有什么效果。于是，也只好作罢。高原把满脑门子的汗一擦，泄气地说："当老师这事我可干不了。"可他也没有撂挑子，而是给赵立志推荐，"咱其实有个现成的老师。"

赵立志瞪大了充满希望的眼睛问他："谁？"

高原说："咱们年级的英语一姐——田雨格。"

赵立志面露难色。他的希望在瞬间就变成了失望。

高原当然知道赵立志和田雨格已经"断交"有一段时间，所以对赵立志说："是不是怕田雨格拒绝？"

赵立志红了脸，叹口气，低下头说："这不是人家拒不拒绝的问题，我这么长时间对人家那样，这话没法说呀。"

高原大笑，说："国家之间断了交还能再复交，你们这算个啥。"

赵立志皱眉说："你说得倒轻巧，可是这事——我怕是不成。"

高原大包大揽："这事你不用管，我去找田雨格说。"

果真，当天下午，高原就给赵立志回了话，说他和田雨格已经说好了，和以前一样，老时间老地点，一周补习两次。赵立志拉着高原的手，自然是万分感激，却又不知说啥。高原提醒他，人家给你补课，你可不能不理人家。赵立志忙应承："感谢都来不及呢，咋还能不理。"

就这样，田雨格又像以前那样开始给赵立志补英语。赵立志自然断了对田雨格的爱恋之想。他们在一起的时候只是补习英语。

赵立志把学习之外的时间几乎都交给了操场，他的长跑成绩一次次刷新着自己的纪录。五一劳动节前夕，他代表六中参加市里的半程马拉松比赛，得了中学生组冠军。之后不久的月考中，赵立志的英语也再次上了及格线。

高原再去赵立志家，又见到了赵有志。

赵有志和高原第一次见时一样，礼貌地和高原打过招呼后，就一个人趴在后院的书桌上，安静地做着作业，那种自若独处之态，像极了一心追求学业到极致的秋帆。

高原再想起那日在网吧见到的赵有志，明知是同一个人，又觉得不是同一个人，他有些恍惚，也有些唏嘘。

高原在内心告诉自己，所有的奋斗都要有希望之光的照耀，否则，必定会被绝望的黑洞吞噬。

101 田雨格和高原有言在先，她帮赵立志补习英语，高原和她组团参加机器人比赛。田雨格每次给赵立志补习完英语去找高原，要么找不见高原，要么是高原钻进物理实验室或者化学实验室搞些稀奇古怪的实验。有时被田雨格抓住实在躲不过，又有不认真之嫌。比如，他尝试让铁疙瘩机器人点头，又比如，他提出给机器人设计一套苏格兰裙装。

田雨格懒得跟他探讨这些无关紧要的环节，索性不再理他。

高原佯装委屈，心里却乐开了花，巴不得田雨格不理他，那样的话，他就能腾出更多自由支配的时间。前一阵子，他又痴迷于平衡实验。

他把在物理课上所学到的力学知识发挥到极致。小到铅笔、橡皮、卷笔刀，大到扫帚、拖把、哑铃，皆成了他的实验材料。

高原有耐心从千次百次的失败中等待最后的成功，却又不止于此，更有耐心等待此次成功后的下一次成功，他乐此不疲地把青春的时光播撒在自己的爱与兴趣之上。

直到有一天，他觉得自己做完了世界上所有的平衡实验。

那之后，他的兴趣又转回到混合试剂自燃的实验上。

那是一个他从初中时代就开始的实验，屡屡失败，从未成功，他在每次失败之后都觉得自己距离成功只有一步之遥。如此一步又一步，在波折中走过多年。高原对上次实验的失败没想明白，所以暂停了一阵子。最后一次平衡实验成功的瞬间，他觉得自己又想明白了。于是，高原又将几乎所有课外时间和无穷精力投入化学实验室。高原第一次接触"自燃"这个词语时，就对其产生了巨大的兴趣，紧接着就是巨大的好奇。他那时候还没有相关的知识储备，但他的好奇使他不但查遍了能查到的所有资料，也追问得当时的化学老师觉得无法再教他。就这样，他开始了他的实验，一种试剂，两种试剂……

他不断进行着新的尝试，也不断经历着新的失败。直到有一天，就连一直支持他的秋帆都说了，他的实验已经建立起因果关系：因为实验，所以失败。

高原当然不服气。

他觉得反击秋帆最好的方式就是实验成功。

这一次，高原突发奇想，在混合的固体试剂中加入了一种无色无味的液体试剂。他觉得，这种液体试剂和那些混合的固体试剂肯定能产生奇妙的化学反应。他也认为，那些固体试剂一直在默默地等待着这种液体试剂，就像无数次失败后必将到来的成功一样，只要把两者按一定比例搅在一起，就如同干柴遇到烈火，必定燃烧出熊熊的胜利火焰。秋帆大概是想助高原一臂之力，因此曾饶有兴趣地询问高原用于自燃试验的混合试剂配方，高原却打哈哈不说，就像是守护着自己藏在最深处的秘密。秋帆讨了个没趣，就也不再问，任凭高原一次次失败。

高原做实验时的小心翼翼之状，像极了那些伟大的科学家。

高原先是用天平分门别类地称好了固体试剂，逐一在实验平台上放好，又用量杯量出了液体试剂。随后，他仔细地把固体试剂搅在一起，紧接着，将量杯里的液体试剂浇在固体试剂上。他目不转睛地盯着混合在一起的试剂，看到液体试剂流入固体试剂，固体试剂变黑、冒烟，紧接着，"轰"的一声，喷射出一股浓烟，继而烧起了大火。

实验室里黑雾腾腾，伴随着刺鼻的气味。

高原什么都看不清。

大火在烟雾里跳跃，他的面庞能感受到强烈的灼烧感。

高原瞬间就被熏成"黑人"。

他算是幸运，亏了跑步归来的赵立志看见从实验室窗户飘出的浓烟，破门而入灭火救他，否则后果不堪设想。

老魏带高原去卫生室，把他全身上下检查了个遍，幸无大碍。

老魏让高原作出深刻检讨，还没收了化学实验室的钥匙。

102

高原的自燃实验不得不暂告一个段落。

他的课外时间多了，原本还计划着好好休养一下被失败摧残的身心，可才到第二天，田雨格就找到宿舍。高原当然知道田雨格为何而来，没法推托和拒绝，只能乖乖地跟着田雨格融入机器人事业。

田雨格前段时间搜罗了一大堆关于机器人大赛的"情报"。

她在综合分析后认为，机器人不但是个新鲜事物，甚至是个新概念，全国性的比赛也是第一次举办，比赛的标准是什么，优劣怎么评判，别说比赛者，或许组织者都没有既定的标准。基于此，她向高原提出一个改进机器人的指导思想——人无我有，人有我新，人新我特。高原对田雨格这种花里胡哨的说法似懂非懂，但为了表达对她的支持，点头以示同意。田雨格当下决定，二人先尝试"人无我有"的探索。

高原心领神会，在把田雨格的机器人大卸八块进行了一番仔细研究后，心生妙计，他用了两天时间给机器人安装了一套自动喷水系统。

高原将喷水系统的水源装在一个小瓶子里，内置于机器人的腹腔，压力则来自机器人摆臂产生的动能。调试成功后，高原又将喷水头从机器人的胸前改到了头顶，确保了机器人在行走的过程中能够三百六十度无死角喷水。田雨格一开始对这个改进持怀疑态度，但当看到机器人一边"哐当"走来，一边"噗噗"喷水的景象，意识到这正是她要的"人无我有"。

高原趁热打铁，提出了加强版的"人无我有"。

他对田雨格说，如果给机器人装上音乐，一边走路一边喷水再一边响起悠扬的音乐，是不是就更加与众不同？田雨格为高原的奇思妙想兴奋不已，当下就同意了他的意见。田雨格甚至能预想到，音乐喷水机器人惊艳亮相后引起的轰动。

这天，高原正在苦思冥想音乐装置如何设计，又往哪里安装时，田雨格紧急赶来，叫停了他的进一步打算。

高原欲据理力争，可当他看到田雨格从背包里取出来的机器人时，顿时傻了眼——原本亮光闪闪的机器人此刻已锈迹斑斑。

高原问咋回事，田雨格无奈地说：喷出的是水，机器人的材料是铁，在氧气的作用下，理所当然就生成了不忍直视的三氧化二铁。

高原连连叹息，把生锈的机器人抱在怀里，心疼得不行。

这时，二人不得不暂时放下"人无我有"的问题，转而寻找除掉铁锈之策。但在拆卸机器人后，他们发现喷出来的水无孔不入，连最小的零件都已生锈。除锈几无意义。

高原和田雨格大眼瞪小眼，怎么办？

这是摆在他们面前现实而紧迫的问题。

103

世界上没有无缘无故的生锈。

高原一个劲儿在田雨格面前自我检讨，说他不应该设计那个喷水装置，就算设计了也该考虑机器人的材质，如果有针对性地做防水处理，也不至于造成机器人报废的后果。田雨格倒是一句埋怨也没有，反而说了个令高原脑洞大开的观点——遇水就报废说明机器人有问题。他们在比赛前发现这个问题不是坏事，而是大好事。

高原丝毫没有恭维田雨格的意思，单纯地觉得她的观点实在是太对了。

田雨格找出前一个机器人的草图，高原摸着下巴逐条提出意见，有问题的就涂抹修改。二人从机器人的形状讨论到内部构造，从高低讨论到胖瘦，当草图最后一笔画定的时候，成型机器人的模样在二人脑中已经有了确定轮廓。他们这回吸取了机器人生锈的教训，全部用了不锈钢材质。

安装完成后，田雨格提出机器人个头虽然变大，但分量稍显不够。

于是二人重新改造，将部分空心零件改为实心，但随着重量加大，又出现了动力不足的问题。他们只能再次拆开，逐个对提供动力的零部件也进行了相应改造。大概一个月后，亮光闪闪的不锈钢机器人横空出世。

高原坚持在新机器人上面加载他的音乐喷水装置，可是还没等他想好怎么装，就遇到了新问题。田雨格收到来自比赛组委会的补充通知，这次的机器人大赛除了展示之外，又增加了竞赛环节。这个竞赛环节转换成大白话是，看谁的机器人能把对方的机器人瘫痪掉。

田雨格问高原："你说，咱们的机器人有没有战斗力？"

高原吸口气，若有所思，看着田雨格说："应该——或许——"

"别支支吾吾，"田雨格催他，"赶紧直说。"

高原沮丧地说："战斗力等于零。"

他顺手将机器人推倒，对田雨格说："只要人家的机器人稍微给点儿外力，就是这个样子，而且再也站不起来。"

"那怎么办？"

"再改造。"

高原和田雨格先是给机器人设计了个喷气装置。他们设想得挺好，觉得这装置能像金庸小说里的降龙十八掌一样击倒对方，但是装上之后测试的时候才发现，喷出来的气轻飘飘，毫无力量。他们又把机器人的双手设计成大摆锤，但动力装置不给力，摆锤砸下去之后再也上不来，只能是一锤子买卖，一旦砸不中对方，只能一动不动等着挨揍。

高原急于改造，却被大摆锤砸伤手指。田雨格焦急，要拉高原去卫生室包手。高原却躲着不去，若有所思地盯着机器人，皱着眉对田雨格说："咱要是能给上面装个导弹发射架就好了。"

田雨格被逗乐，摇头说："你可真敢想。"

高原自个儿嘀咕："微缩版的导弹发射架也行，原理都一样，肯定行。"

田雨格放话给他："我同意，那就交给你设计安装。"

高原叹口气，摇头说："我真有那本事就好了，妥妥地能当导弹工程师。"

田雨格似被点醒，兴奋地看着高原。

高原也顿悟般看着田雨格。

二人相视一笑，似乎已经找到了突破机器人战斗力瓶颈的妙方。

104

高原和田雨格几乎同时想到了解决之道——请外援。这个外援不是别人，正是高原的爸爸高旭东。

高旭东早年是理工科学霸，现在又是导弹旅的导弹专家，制作一个小小的微缩版发射架不在话下。这个请外援的重任自然就落到了高原身上。

高原自从领受田雨格的任务后就打爸爸宿舍的电话，却一直没有人接。高原揣测爸爸是去执行任务了，但不甘心，每天都打，却仍是没人接。

田雨格见他一次问他一次，他每次都摇头，到后来只能躲着田雨格。

周五下课后，田雨格直接找到宿舍。

高原欲躲，却已经来不及了。

田雨格双手抱胸站在宿舍门口，幸灾乐祸地盯着高原说："请问，高原在不在？"没打通爸爸的电话虽然不怪高原，但高原还是难为情。

面对田雨格，他紧张扭捏之态，就像考试不及格的学生愧对老师。

田雨格不请自进，佯装惊讶地说："今天太巧了，你竟然在呀，我还以为你去山里请外援了。"

高原终于忍不住，先是道歉："对不起，我爸应该是执行任务去了，电话我可是天天打，但就是没人接。"继而委屈道，"你说，找不着他我有什么办法？"

田雨格责问："那你也不至于跟我玩失踪。"又说，"你是死脑筋呀，电话打不通你就不知道打手机？"

高原反驳："我也想打手机，可山里没信号呀。"

田雨格这才意识到，导弹旅所在的山里是手机信号屏蔽区。

高原安慰田雨格："别急，总会有办法的。"

田雨格盯着高原问："有什么办法？我静听高见。"

这倒把高原给问住了。

高原闷着头想了一会儿，说："大不了我们自力更生。"

田雨格摇头："怎么自力更生？你能给上面安装微缩版的导弹发射架？还是想到了解决大摆锤动力问题的办法？"如此一问，让高原瞬间哑了火，最起码这个时候，他一个问题都解决不了。

高原皱着眉头问田雨格："咱能不能另辟蹊径？"

田雨格爽快地说："当然可以，只要能解决战斗力问题，怎么样都可以，你的蹊径是啥？"

高原挠头："只是想想，还没有想好。"

"那你想吧，我等着你的好消息。"田雨格心有不甘地离去。

周一上午，高原见田雨格进教室，兴冲冲地奔过去。

田雨格看见他来，心里充满期待，以为他周末两天苦思冥想，想出了好办法。没想到，他并未给田雨格带来解决战斗力问题的好消息，而是邀请她周末去省城。

高原兴奋地对田雨格说："好消息，重磅好消息。我昨晚在省台新闻看到，省城来了个外国专家，周六下午在省图书馆做机器人知识讲座。"

田雨格皱起眉头问："这讲座能解决咱的问题？"

高原急了："能不能解决去了才知道。"又问，"你去还是不去？"

田雨格点头："去，必须去。"

105

周六一大早，二人就到省图书馆，要听下午的机器人知识讲座。

可容纳几百人的会场座无虚席。

主持人正介绍外国专家，田雨格却起了疑，侧过头压低声音问高原："你不是说作讲座的是外国专家吗？"

高原点头，坚定地说："没问题，是外国专家。"答复田雨格时他也纳闷，这会儿坐在讲座席上的，明明是个中国面孔，而且他前面的牌子上写的也是中国人的名字——吕思中。

主持人很快就解了他们的疑惑。原来这个叫吕思中的专家之前是地地道道的中国人，十几年前去加拿大读书，毕业后就留校任教，并且入了加拿大籍，自然也就成了加拿大人。

田雨格不屑一顾地嘟囔："哦，原来是个假洋鬼子。"

高原忙把食指放在唇上示意别说话，自己却说："人家可是世界顶尖的机器人专家，听说研究的是最领先的智能机器人。"

田雨格惊讶且好奇，追着问："真是智能机器人？"

高原指指主席台说："认真听就知道了。"

田雨格点点头，坐直了身子，将注意力投向讲座席。

吕思中的讲座开始了，他讲的机器人知识真是让田雨格大开眼界。他不光讲了人类最早对机器人的想象，而且用图片展示了各个阶段机器人在世界各地的发展，尤其是在中国的发展，展望了机器人的未来必定是从机械化走向智能化，并且必定会广泛深入地参与到人类生活中。

吕思中的每个观点都能引起听众的窃窃私语。

显而易见，吕思中关于机器人的许多观点不仅令人耳目一新，也着实大大地颠覆了听众的认知。

田雨格听得格外认真，被深深吸引。

在讲座之后的提问环节，高原屡屡举手，引起了吕思中的注意。他在回答了高原两个问题之后，给予高原更高的待遇——讲座结束后，高原可单独找他，他再逐个解答高原的诸多疑问。

高原虽然也被吕思中关于机器人的许多观点所震撼，但他这会儿没有过多的精力探讨未来，而是把全部心思都用在即将面对的机器人比赛中。

观众散去后，他急于向吕思中讨教机器人对攻中的进攻和防守问题。令高原和田雨格惊讶的是，吕思中不但知晓他们将参加的机器人比赛，而且还是全国总决赛评委。

吕思中说，按规定评委在赛前不能接触选手，更不应该解决他们的问题，但今天他们是听他课的学生，所以他取个折中之法，不给具体答案，而是送给他们两个问题。

高原疑惑，田雨格也一头雾水。

吕思中却不管他们的反应，眨眨眼，笑着说："记住，我只说一遍。"

高原点头，田雨格也紧盯着吕思中。

吕思中问高原："进攻的关键是什么？"又问，"防守的核心是什么？"

高原似有所悟，却又没有想明白，迷茫地摇摇头。

吕思中笑着说："你不用现在急着给我答案，我也不需要答案，你只要自己想通，你们的问题也就解决了。"

田雨格忍不住问："就这些呀？"

吕思中笑说："若嫌不够，我再单独送你四个字。"

田雨格问："哪四个字？"

吕思中一字一顿说："扬——长——避——短。"

田雨格想想，觉得吕思中言之有理，却又暂时想不明白是哪个理。

高原谢完吕思中欲走，却被吕思中叫住。

吕思中试探着问高原："同学，你是不是姓高？"

高原惊讶，点头问："是，你怎么知道？"又疑惑，"听讲座也没有填报姓名呀？"

"太像了，简直给我时光倒流的错觉。"吕思中大笑，亲切地握着高原的手说，"我不但知道你姓高，而且知道你爸爸叫高旭东。"

高原瞪大了眼睛，吃惊地问："你——你——怎么会认识我爸爸？"

吕思中笑声爽朗，一手抓着高原的手，一手半搂着高原的肩膀，激动地说："我和你爸爸不但认识，而且大学时还在同一宿舍住了四年。"

106

那天下午的机器人知识讲座后，高原和田雨格留了下来。

他们坐在吕思中对面，听他讲述高原爸爸高旭东的故事。

吕思中说，一切都得从全国恢复高考那一年说起。那一年，吕思中和高旭东同时考取了复旦大学。因此，如同茫茫宇宙里两粒毫无瓜葛的尘埃的他们，产生了紧密的联系。吕思中和高旭东在同一个系同一个班，学的也是同一个专业，而且还住在同一间宿舍。那个时候，他们和大多数青年学生一样，对新知识都有着极度的渴望，对自己的未来也有着清晰的愿景。

本科毕业那一年，他俩又同时考取研究生，而且师从同一个导师。他们的导师是享誉世界的著名物理学大师的学生，毕业那年谢绝了国外研究所的高薪聘请，历经千难万险回到中国，把一生所学都倾注到培养中国自己的科技人才上面。导师的苛刻要求使他们从一开始就打下了扎实的专业基础。高旭东和吕思中的专业成绩虽不分伯仲，但因秉性、爱好不同而各有所长。高旭东擅长理论研究，在硕士研究生阶段就因为否定了一个著名的物理推断而名声大噪。吕思中则在理论转化为实践方面颇有建树。

硕士临近毕业的时候，导师为他们各写了一封能够读博的推荐信，一封寄往大洋彼岸的美国，一封寄往毗邻美国的加拿大。这种事情在那个年代使他们两人成为众多同龄人羡慕的对象。几乎可以预见，两封推荐信加上他们自身的成绩和持续奋斗，假以时日，必定能让他们跃上一个新的台阶，继而拥有梦寐以求的灿烂人生。

硕士毕业论文答辩结束后，吕思中和高旭东拥抱告别。他们祝愿彼此在陌生的国度一切顺利，也相约用优异的成绩回报他们尊敬的导师。

随后，吕思中先走一步。自那之后，他和高旭东失去联系。

吕思中找导师问时，导师也惊讶于高旭东竟然没有去美国的大学报到。他们没人知道高旭东去了哪里，想着或许是出了意外，但问了能问的所有人，也没有哪怕一丁点消息。

吕思中这么多年一直惦记着高旭东。直到前几年，吕思中偶然在一篇发表于顶尖物理学期刊的理论研究文章署名中看到了"高旭东"三个字。吕思中坚信，他看到的这个"高旭东"一定是他的老同学高旭东。可是，在他以为可以就此找到高旭东的时候，却没能再搜索到名字之外的任何一点信息。吕思中坚信，高旭东从来就没有中断自己在专业领域内的研究，只是因为某种原因而选择了隐姓埋名。他也隐隐猜到了高旭东的去处。

吕思中猜得没错，高旭东从来没有中断专业研究。

十多年前，吕思中飞赴大洋彼岸后不久，高旭东就收拾行装前往二炮部队驻扎在深山里的研究所报到。吕思中在喝着咖啡、吃着面包的时候，高旭东正和战友用最原始的方式建造着导弹测试的实验平台。吕思中在导师的指导下精进专业知识，发表一篇篇学术成果的时候，高旭东和他的同事接收到第一颗服役期满的待测试导弹，那时候，导弹就是他的研究对象，一颗颗螺丝、一根根导线就是他撰写这篇"战斗力论文"的方程和算式。吕思中追求专业知识的国际水准时，高旭东正拼尽全力攻关第一批国产导弹的延长寿命实验。吕思中有选择，可以随时换专业，可以自己决定一篇学术论文的发表或者不发表。高旭东没的选，必须无条件地投入导弹的延寿实验中，也必须不打折扣地完成好这项从未有过的任务。

多年如一日，高旭东的青春就这样融进了大山里。

其间，吕思中换了专业，换了研究方向，并且很快在智能机器人研究领域有所成就，成为知名专家和教授。高旭东在闭塞的山沟里，整日与冷冰冰的导弹为伍，终于，他破解了理论可能性微乎其微的难题，让原本即将报废的导弹恢复功能，以最小的代价获得了最大的战斗力。可是，这一切只有天知道、地知道，他们的任务是秘密的，他们的成果是秘密的，他们这群大功臣也不得不隐姓埋名。

这个时候，身在异国的吕思中当然不可能得到高旭东的任何信息。

之后，高旭东又在一年年摸索研究中，将导弹延寿实验的理论总结梳理，沉淀出一整套成熟的操作体系，算是解决了多年来一直困扰部队建设的老大难问题。有一次，一位在导弹部队工作了四十多年的首长视察部队，认真听取高旭东对延寿实验的汇报后，激动地握着他的手说："论功绩，你们获得再大的奖赏都不为过，但你们选择了与导弹为伍，也就只能和导弹一样，默默地驻守大山，辛苦你们了，也委屈你们了，我向你们致敬。"

高旭东懂得，这些道理小时候爸爸高泰勋不知讲过多少遍。

后来，高旭东又参与老型号导弹智能化的研究，仍旧是在大山里，仍旧是隐姓埋名。对于高旭东和他的战友来说，那些都不重要，重要的是，他们成功了，他们用自己的努力推动了中国国防事业的发展。作为中国人，为自己的国家和民族做出了自己的贡献。

高泰勋在高旭东很小的时候就希望他能成为这样的人。他也常常因为高旭东的这些成就而骄傲。同样，高旭东也对高原寄予同样的厚望。

后来，高旭东离开研究所，到导弹旅从事研究工作。

吕思中也是去年才从导师那里知道高旭东在导弹部队。吕思中想不通高旭东当年为什么会那样选择，可同时，他又十分敬佩高旭东。

他这次原本是想借着回国作讲座的机会看望高旭东，可正赶上高旭东在外执行任务。他也身负教学科研任务，不能久待。吕思中说，他此次归国因未能见到高旭东而遗憾，没想到今天竟在省城偶遇"小高旭东"。

高原纠正说："叔叔，我不是小高旭东，我叫高原。"

"好，高原，很高兴认识你。"吕思中紧握着高原的手，动情地说，"你不光跟你爸爸长得像，好学求知的劲头也一模一样。"

高原倒谦虚起来："谢谢叔叔，我可比不上我爸爸。"

"虎父无犬子。"吕思中说，"你们这一代人肯定会超过我们。"

田雨格说："您可是著名科学家。"

吕思中摇摇手："什么著名不著名，默默无闻为国奉献才是最值得钦佩和学习的。"

田雨格受到鼓励："嗯，我们记住了。"

"你们应该向高原的爸爸学习。"吕思中说，"不但要在自己感兴趣的领域努力做到极致，还要尽可能地把所学知识贡献给生养我们的祖国。"

田雨格点头："我们一定努力。"

高原也郑重点头。

吕思中看着高原说："这么多年我都不理解你爸爸的选择，现在理解了，对我来说却又成了遗憾，在专业上我从来不服他，但在人生的选择上，他是令我敬佩的。我虽不及他，但也愿尽力为祖国贡献自己的力量。"

高原说："吕叔叔，您已经很厉害了。"

田雨格也说："是呀，叔叔，您在机器人领域可是世界级的。"

吕思中笑着摇头，对他们说："祝你们在比赛中旗开得胜。"

107

分别时，吕思中赠送高原几本英文版的科技杂志。

高原如获至宝，回家后的第一件事就是研究这些杂志。可是，杂志内容全是英文，里面的许多专有名词他都不认识，只能找秋帆帮忙，可秋帆忙着刷试卷，根本腾不出时间帮他。高原没办法，只能借助英汉词典。杂志第一页的第一段还没弄懂意思，高原就不得不中断。田雨格打来电话，让他到人民公园的雪松下会合，一起商量机器人的改进方法。

高原放不下杂志，提议换个时间，或者推迟几个小时也行。田雨格那边却无比坚定，说时间、地点都不变，并告知高原，她挂了电话就准备出门。

田雨格听见高原这边犹豫，使出杀手锏，提到了赵立志。说这段时间，赵立志的英语成绩就像夏天河道里的水一样迅猛上升，并问高原有没有察觉到。高原知其意，核对时间和地点后，承诺一定准时到达雪松树下。

六月的下午，日头已经偏西，但公园里仍旧溽热难耐。

公园里游人很少，难得的安静被阵阵蝉鸣搅得稀碎。

高原赶到雪松下时，见田雨格铺开机器人草图正冥思苦想。那种忘我投入的状态，就像一个女将军在筹划一场战争，正欲让她的士兵攻打盘踞着的敌人营垒。高原悄悄走近田雨格，想要大喊一声，惊她一次。谁知就在这时，他反被田雨格惊雷般的一声"我明白了"吓一跳。

田雨格猛然发现高原在她身后，也顾不得问高原什么时候到的，单刀直入地说起她改造机器人的思路来。

高原捂住胸口，佯装痛苦地说："你把我的心脏都吓出病来了。"

田雨格一把拉下他捂胸口的手，问："还记得吕叔叔问你的问题不？"

高原皱眉挠头，嘀咕说："吕叔叔问我的问题？哪一个？"

田雨格急了："哎呀，就是关于机器人的两个问题。"

高原想起来，恍然大悟说："哦，就是那个进攻和防守的问题？"

田雨格点头道："对，吕叔叔当时问你'进攻的关键是什么''防守的核心是什么'。"她这会儿显然是明知故问，"你说说，到底是什么？"

高原说："这还用问，进攻是矛，防守是盾，进攻的关键当然是越锋利越好，防守的核心也自然是越坚固越好。你说，是不是这个理？"

田雨格追着问："那你说，咱们的机器人该怎么改造？"

高原说："按照吕叔叔的意思，那咱们的思路就应该是增强进攻性，就算不能一下子击倒对方，也要增强进攻的力量以及提高进攻的连续性。另外，还得确保不被对方一次击倒，最好增强抗击打能力。"

高原边说边思考，当下就有了具体想法："我想着，咱们能不能加宽机器人底盘，最好能替换成履带式的。另外，还得丰富进攻方式。俗话说得好，双拳难敌四手，那咱就在原来的基础之上再多增加一种进攻方式，让对方躲无可躲。"

田雨格听高原说意见的同时，立说立行在草图上改起来。

草图改完，田雨格突然想起，吕思中也送给她一句话，她又一次跟个考官似的，问高原是否记得。

高原其实早就想到了，并且进行了深入的思考，所以当被问时，不但张口说出是"扬长避短",而且就草图上的机器人说了自己的新想法。

随即,他们又对机器人草图作了一些微调。

随着夜幕降临,人民公园里的热气也逐渐消退。

高原和田雨格终于改定了机器人草图。

他们起身才发现,雪松树下除了他们,不知什么时候已经聚集起许多纳凉的老人。老人们有的闲谈,有的跳起广场舞,也有的好奇地打量着他们。田雨格突然低声问高原:"别人不会误以为我们早恋吧?"

高原红了脸,却佯装镇定,笑问:"什么叫误以为,咱不是真的吗?"

田雨格"怒"打高原:"你说什么——还真的?你想什么呢?"

高原一边跑一边讨饶。

田雨格不依不饶去追。

少男少女奔跑着的身影成为人民公园一道独特的风景。

108

高原和田雨格又多次修改草图,一个多星期后才最终确定。

随后,高原负责设计组装,田雨格则是挑刺儿、提意见。经过无数次的安装、拆卸,再安装、再拆卸,又安装,二人取名"无敌大宝贝"的改进版机器人终于在一个多月后完工。

独独一个"无敌大宝贝"立在那儿,又让二人感觉欠缺点什么,他们心有灵犀达成一致,又按之前的图纸,造出了一个低配版的机器人,算是给"无敌大宝贝"匹配了个陪练。

他们心急得很,造出第二个机器人的当天,就安排了两个机器人之间的对抗。"无敌大宝贝"轻松获胜,既捍卫了自己的光荣称号,也对得起没日没夜创造了它的高原和田雨格，给二人吃下了一颗定心丸。

"无敌大宝贝"造好后，二人又马不停蹄投入紧张的期末复习。

期末考试后，暑假也就开始了。

放暑假后的第二天中午，高原正在午休，却接到田雨格的电话，又约他在人民公园的雪松下见面。高原以为，田雨格又发现了"无敌大宝贝"的缺陷，急着让他改进。他着急忙慌地奔去，田雨格却不是说机器人的事。

田雨格让高原兑现承诺。

高原一头雾水，盯着田雨格想了许久，也没有想出来他给过田雨格什么承诺。田雨格见高原的确想不起来，就提醒他说在教导团军训的时候，高原曾经答应过她，有时间一起去趟大山里的导弹旅。

高原恍然大悟，连忙说："这个事呀——一直记着呢，没忘。"

田雨格问："暑假我有时间，不知道你有没有？"

高原曾经许过的诺言在脑中逐渐清晰起来，这会儿，想起的不光是在教导团的军训往事，还有更早之前，和田雨格在大山里导弹旅的共同经历。他几乎不假思索地说："我当然有时间。"又怕田雨格突然反悔不去似的，解释说，"这个事我记着呢，本来——也正准备和你说。"

田雨格见高原应下，高兴地说："能去就好，谁说都一样。"

高原说："那可不一样。"

田雨格疑惑："你说说，有啥不一样？"

高原答："我说，是主动，你说，我就被动了。"

田雨格乐了："谁让你不先说，就让你被动。"

高原辩解一是因为时间长，二是因为最近心思都放在机器人和考试上，要不然凭他的记忆力，肯定不会忘。又说他准备叫上秋帆、赵立志和胡迈同去，大家在山里待上一段时间，也顺便巩固去年军训的成果。

田雨格来了兴致，兴奋地说："咱们和去年一样，拉练去导弹旅？"

高原赶忙摇手："那可不行，导弹旅可比教导团远得多。"

田雨格不解地问高原："路远又怎样？我都能走，你难道还怕了不成？大不了咱们带上帐篷，晚上到不了就在山上过夜。"

"不行不行。"高原摇头如拨浪鼓，"晚上在山里过夜不安全。"

"怎么不安全？"

"有虎豹豺狼——还有野猪。"

"我不怕。"

"我怕——行了吧！"

109

高原当天就去约赵立志同往导弹旅。赵立志格外兴奋，当下摁停正在练英语听力的复读机，说走就走。待高原告知过两天走，他才止住已经走到门外的步子。

胡迈一听去的是导弹旅，也同样兴奋，问能不能见着导弹，又问能不能摸枪，高原都如实说不能。胡迈虽叹气遗憾，但也丝毫不减一同前往的兴致。他说虽然去年军训的时候叫苦连天，但自从离开后，他却很多次做梦都回到教导团，这次去的导弹旅同是军营，也算解了他的相思之苦。

唯独秋帆去不了，他已打定主意提前参加外国大学的招生考试，铁了心要用两年的时间学完高中三年的课程，所以这段时间的精力都用来刷题。

高原知道，这种情况下肯定劝不动秋帆，索性也就由了他。

高原告知妈妈他要去山里看爸爸的时候，妈妈却说爸爸外出执行任务了。这个意外消息如同一盆冷水迎面浇在了高原的心头。

他最开始的时候只想着，自己和爸爸冷战日久，妈妈那么多次叫他一起去山里看爸爸，都被他拒绝了，这次只要他愿意去，不管家里的妈妈还是山里的爸爸，都应该无条件赞成。

高原完全没有想到，爸爸竟执行任务不在山里。

"要不然你问问爸爸。"高原对妈妈说，"看他什么时候回来。"

"不用问。"妈妈说，"他们一出去就天南海北，得一段时间呢。"

高原央求妈妈："你就再打个电话，问问具体是什么时候。"

妈妈倒好奇起来："你怎么突然这么急着去看爸爸？"

高原急了："你就别问那么多了，快打电话嘛。"

妈妈拗不过高原，只能拿起电话拨了过去，那边却无人接听。

"没人接。"妈妈无奈地看着高原，"肯定是已经出发了。"

高原瞬间变得就像霜打了的茄子，耷拉下脑袋。

妈妈问高原，等爸爸回来之后，她带他一起去山里行不行。

高原像没听见似的，不回应，默默地回了自己房间。高原独自躺在床上，愁闷的思绪就像断了线的风筝在无垠的黑暗中飘来荡去。爸爸执行任务，他们去不了山里，赵立志和胡迈那里倒好说，但让他为难的是如何向田雨格解释。爸爸去执行任务是事实，可当他说给田雨格的时候，就意味着他给田雨格的承诺不能兑现，换言之，事实倒成了不信守诺言的借口。

黄昏之后，黑夜笼罩了盛夏的闷热。

高原翻来覆去睡不着觉，一次次假想着他即将面对的场景。在无数次的假想中，他的说辞都是一样的。就是一次次地告诉田雨格，因为爸爸执行任务，所以他不得不取消他们的导弹旅之行。可是，田雨格在他假想中的反应却千差万别，有时是善意理解，有时是讽刺挖苦，也有时是什么也不说，转身就跑着离开了。高原想解释，就去追，但他越追，田雨格跑得越快，直到田雨格消失在他的视野里。他大声喊田雨格，也没有回应。

他被自己的大喊声惊醒，发现原来是一场梦。

第二天早上，高原浑身酸痛，眼睛肿胀。

妈妈喊他吃早饭，他也无精打采。

妈妈问他："你打算什么时候去看爸爸？"

"爸爸又不在，"高原嘟囔，"还怎么去？"

"爸爸在山里。"妈妈说。

高原惊喜，却疑惑："爸爸不是去执行任务了吗？"

"可是，"妈妈笑着说，"他现在的确就在山里，并且邀请你去呢。"

这时候，高原的惊喜才算落到实处，大喊着"爸爸万岁"，又狠狠地抱着妈妈亲了一口，也大喊"妈妈万岁"。

他饭都顾不上吃完，就欢快地冲出家门。

一段意外插曲，让他进山看爸爸的欢乐陡然增加了千百倍。

110

几日后，高原和几人约好在长途汽车站会合。

高原到时，田雨格已经早到一步，而且预先买好了饮料和零食，鼓鼓囊囊塞了满满一双肩包。赵立志紧跟在高原后面也到了，耳朵里塞着耳机，不用问都知道他肯定在练英语听力。发车的时间愈加接近，胡迈却迟迟不见踪影。高原用车站的 IC 电话拨打到胡迈家里，却一直无人接听。

田雨格问："胡迈不会爽约不来了吧？"

赵立志摘下耳机摇头："绝对不会，老胡不是言而无信之人。"

田雨格焦急："你看时间，这车都快开了。"

赵立志镇定："不是还没走吗？"

高原已经随田雨格和赵立志上了车，却坐不住，又跳下车，不断地往车站入口处张望。他盼着时间走慢一点，也盼着胡迈快快出现。

车子发动，司机问车下的高原走不走。

高原还不见胡迈来，想着他大概率是因事不来了，只能上了车。

车门关闭，车子启动。

车子将驶出车站时，被几个青年拦住，司机一个紧急刹车，差点撞到他们。几个青年骂骂咧咧，让司机开门。门打开后，他们鱼贯上了车。

高原注意到，那几个青年流里流气，有的长头发，有的光膀子，还有的一整条胳膊都是墨黑色的文身。

田雨格悄声对他说："一看就不是好人。"

高原摆手示意田雨格噤声。她的话要是被那几个青年听到，恐招致不必要的麻烦。门关上，汽车刚起步，司机又是一个急刹车。

几个青年未及站稳，被摇了个趔趄。

他们中的一个骂骂咧咧："怎么搞的，会不会开车？"

司机忙转过头解释说有人拦车。

这时候，高原听到一个声音喊："这是到白山的车吧？"

田雨格听出来是胡迈，不等司机回答，拉开车窗把头伸到外面喊胡迈："别问了，快上来。"

这时，司机开了门，胡迈气喘吁吁地登上车。

几个青年打量着胡迈，眼神里藏着敌意，却并没有发作出来。

赵立志问田雨格："怎么样，我没说错吧？"

胡迈问赵立志啥意思，赵立志打起埋伏，说不告诉胡迈，啥意思只有他和田雨格明白。田雨格也笑而不语，只是意味深长地朝着赵立志点点头。

胡迈更加迷惑。

高原批评胡迈不守时，要搁老魏手里，肯定得让他写一份千字检讨。胡迈嘿嘿笑着说，这不是赶上了嘛，还说两边都不误，他今天还干成了一件大事。高原也不问他是啥大事，只问他是不是又和刘正在一起，劝他吸取上次卖盗版书的教训，离刘正越远越好。胡迈不正面回答，只打哈哈说他自己有分寸。胡迈盯上了田雨格的背包，主动讨水喝，田雨格顺便把饮料和零食分给了几人。

这时候，几个青年里文了身的那个嬉皮笑脸朝几人喊："你们注意着点，别弄脏了车里的卫生。"

几人惊愕，都望向文身青年。

胡迈忍不住，欲回击，没等想好词，却被赵立志抢了先，他也嬉笑着朝文身青年喊："先管好你自己吧，抓稳喽，别车子一闪让你啃着车厢地板。"

高原不想多事，却已经制止不了胡迈带着挑衅的大笑。

文身青年扬起嘴角，向赵立志喊："谢谢提醒。"

胡迈抢先回应："不用客气。"

文身青年不再回话。

几双冷眼死死地盯着他们。

111

高原预判彼此间的口舌之争或将升级为打斗，不动声色地将田雨格让进了座位最里面。胡迈和赵立志也缓缓地扣好衣服、系紧皮带，静等着迎接随时到来的冲突。他们紧盯着那几个青年，看见他们的气焰消散，看见他们望向窗外的山林树木，直到看见他们在憋闷的车厢里昏昏欲睡。

高原他们几人也累了，就都闭上眼睛打起盹儿来。

车子迎着白花花的太阳，孤独地爬行在陡峭的盘山路上。偶尔拐弯的时候，为了提醒有可能相向而来却有视野盲区的车辆，司机会短促地鸣几声笛，笛声会瞬间惊醒众人，但很快，随着车子拐过弯，大家又继续打盹儿。

车过迷雾山时，高原瞬间没有了睡意。

他想起了上次徒步穿越迷雾山的旧事。

时间过得真快呀，一晃就过去将近一年。去年的这个时候，他还正跟爸爸怄着气，就算妈妈千呼万唤，他也不愿意去导弹旅。那时候，车上和他同行的这几个伙伴还都是陌生的。如果去年此时让他猜测现在的行程，他首先会确定秋帆与自己同行，但事实上，才一年时间，一切都变了，陌生的变成熟悉的，厌恶的变成喜欢的，生活的不确定性就像未曾见识的画卷在他面前徐徐展开，使他充满了好奇与希冀。

未来的生活终究会是怎样，自己又会奔赴哪里？高原心怀对未来的无限畅想望向窗外的迷雾山。就在这时，高原惊讶地发现，文身青年似乎在偷东西。高原为了证实所见，坐直身子，仔细望向文身青年。

他看见，几个青年坐在和他相隔四排的前面。在这大热的夏天正午，他们也不嫌热，紧紧地挤在一起，却也正好挡住了后面人的视线，而文身青年恰在他们的正中间。

这会儿，文身青年手里正拿着一个长柄夹子样的工具，从前排的乘客裤兜里往外掏东西。高原判定他们确是偷东西的贼。

高原清了清嗓子，朝着几个青年大喊："干什么呢？不要偷东西。"

车上打瞌睡的人瞬间醒来，众人显然听清了高原的大喊声，醒来后的本能反应是看自己的东西还在不在。众人回过头，寻找刚才的喊声到底从哪里来，谁喊的，小偷又在哪个位置。

高原大喊的同时，文身青年刚刚得手。高原可能没想到，自己会情不自禁突然喊这么一嗓子，文身青年当然更不会想到。

文身青年愣住了，忘了下一步的动作。他的同伙也受到惊吓，忘记了提醒他。

这时，几个青年前排的一个乘客却摸不见自己的钱包，急切地站起身来找，仍是没有，顿时急躁起来，大喊着钱包丢了。

这时，他扭过头，就看见了尴尬的一幕——他的钱包正夹在文身青年的长柄夹子中。

车上所有人都看到了这一幕。

高原深为文身青年脸红，不知道文身青年该如何收场。

高原意外的是，前排乘客并没能要回他的钱包。

文身青年先是让他证实那个钱包就是他的，该乘客说出了里面钱的数目，也指着里面的身份证让全车厢的人验证确是他自己。

文身青年却说，他也知道里面的钱数，也能用身份证验验是自己的。

文身青年让前排乘客叫钱包，如果钱包答应，就说明是他的，就还给他。

全车厢的人都知道钱包是前排乘客的，前排乘客却不能讨回钱包。

高原站出来伸张正义的时候，几个青年撇下钱包朝他走来，似乎早憋足了劲报复，就等着他说话。

胡迈和赵立志见状，也不含糊，果断地和高原一起迎了上去。

这时候，车厢里另外两个二十三四岁的青年也站到了高原他们一边。

几个青年见局势发生逆转，明知不敌，很快服软，笑着求饶。

另两个青年要求将那几人送到派出所，几人却连声要求司机停车。

司机不敢得罪几个人，欲在半路开车门让他们离开。两位见义勇为的青年却不依，告诉司机，在车子必经之路有个派出所，让司机到时候稍停车即可，扭送几人给警察的事交给他们。车厢里众人也声援两个青年，司机自然不好反驳，只好按两个青年说的做。

两位青年把几个小偷扭送给警察之后，再次上了长途汽车。

高原越看两位青年越眼熟，一问，果然是教导团的战士。

赵立志最兴奋，给二人说他们去年也在教导团军训，大家算是战友，二人也说他们就是训练六中学生的排长，只不过训练的是其他班，但是见他们也眼熟。赵立志问起葛青松连长和张震排长，二人却只说张震排长近况，对葛青松连长只字未提。待到了教导团站二人下车后，赵立志疑惑地问高原为啥二人不提葛青松连长。

高原沉吟片刻，对赵立志说，大概是教导团的保密要求吧。赵立志点头，但随即又问，就算是保密要求，那为什么不保张震排长的密。

胡迈抢着解释："这你都不懂，级别不一样，保密要求肯定不同。"

赵立志低头琢磨片刻，觉得道理似乎讲得通。

长途汽车每到一站都有人下车。

车子走走停停，天将黑时才到终点。

这时，车上只剩下了高原他们四人。

112

高原跳下车东张西望，却并没有看见爸爸。

他在出发前就打电话和爸爸说了到达的时间，爸爸爽快地说自己就在他们下车的地方等着。高原有很长时间没有见到爸爸了，真怕自己一眼认不出爸爸，为此，出发前还专门盯着爸爸的照片端详了许久。

可这会儿，他确定无疑，车站没有他心心念念的爸爸。

高原焦急起来，又在心里埋怨爸爸——又一次给他开空头支票，又一次言而无信。就在这时，一个穿迷彩服的年轻军人走到了他们面前。

青年军人彬彬有礼地问："你们好，请问谁是高原？"

胡迈把高原指给青年军人，又好奇地问："你是谁？"

青年军人握住高原的手："高原你好，我是高总的战友。"

胡迈惊讶，问青年军人："谁是高总？"

他同样又问了高原一遍。

高原同样是云里雾里。

青年军人笑着说："高总就是高原的爸爸高旭东总工程师，因为他是我们导弹旅负责技术把关的总工程师，所以我们都称他高总。"

胡迈点头说："哦，是总工程师的'总'呀，我还以为是总裁、总经理的'总'呢。"

青年军人笑说胡迈误会了，部队不会有他说的那些个"总"。

"那——我爸爸人呢？"高原仍朝四周张望，却依然寻而未果。

青年军人好奇地问高原："哦，你还不知道吗？"又补充，"高总去执行任务，让我代他来接你们。他接到的是紧急任务，只能是说走就走。"

高原有些失落，却又明知军人以服从命令为天职，也怨不得爸爸。

接他们的青年军人叫王峥，是导弹旅宣传科的干事。

王峥干事安排他们住在与导弹旅营区一墙之隔的导弹旅家属院。

胡迈看导弹的心不死，缠着王峥干事一个劲儿地问在哪里有导弹，有没有机会见到。王峥干事当然只能是笑着摇头以对。

赵立志一听到晚点名的哨声和队伍集合的呼号声就坐不住，冲到楼下面，自己趴在墙头看得津津有味，那专注的样子就像恨不得跳过墙头也加入眼前的队伍里。王峥干事安顿好他们几人后，也急匆匆去参加集合点名。

高原帮田雨格收拾完东西后，说坐了一天车，让她早点休息。

田雨格却毫无倦意，问高原能不能陪她下楼一起走走。

高原心头猛地一颤，这才意识到，来导弹旅的家属院，不光于他是故地重游，田雨格也曾经在这里生活过，这里是她的记忆存留之地，也是她丧父的伤心之地。

"走吧。"高原没有多余的话，默默地走在前面。

"谢谢。"田雨格也分外安静，虔诚而又克制。

他们一前一后走着，默默地走到楼下。

导弹旅家属院是一个窄长的院落，从前往后一溜儿坐落着十几栋楼，每栋六层高，三个单元，绕着楼群一圈是主路，楼与楼之间也有道路。

他们仍是一言不发，并排走过了主路，又一条一条地走过楼与楼之间的小路。高原走过了他和妈妈每次来探亲都住的房子，心里泛起波澜，却没有说话，只是用余光瞥了一眼，就默默地走了过去。

他在等待着，等待着一个时间，等待着田雨格情绪的宣泄，也等待着去应对即将到来的一切。

他小心翼翼地看着田雨格，猜测她的内心已经蓄积起汹涌的悲伤。

高原对田雨格表现出来的克制与平静颇感意外。

田雨格从她住过的房子前面一走而过。她没有驻留，甚至没有张望，似乎那里再也勾不起她哪怕一丁点的留恋。

高原清楚地记得，那个房子里曾经住过一个泪流满面的悲伤女孩。

高原和田雨格继续默默前行，一直走到他们曾经出发的地方。

"谢谢你陪我。"田雨格语气平和地对高原说，"晚安。"

"好的。"高原叮嘱田雨格，"你也早点休息。"

高原看见田雨格刚转过身去，就抬手抹脸。

他猜，田雨格一定刚刚哭过，只不过是黑夜掩盖了她的泪水。

113

第二天，适逢周六。

高原、赵立志和胡迈见几个战士正在打篮球，便邀约打三对三的半场比赛，几个战士欣然答应。他们约定以十个球定输赢，三局两胜。他们第一局完败。到了第二局，战士有"放水"之嫌，他们一球险胜。之后，便进入定胜负的第三局。三名战士显然不打算输掉比赛，但高原他们也加强了防守，尤其擅长投三分的赵立志索性放弃进攻，在三分线内站稳防守对方的得分手。往复了几个来回，虽然他们找不到出手投篮的机会，但对方也是一分未得。三名战士不甘心，不断尝试进攻得分。赵立志又抢下一个篮板，扔给高原的时候，高原却走了神，结结实实地砸在头上。

高原的神儿飘向了篮球场一侧的石子路。

他看见田雨格跟在王峥干事身后朝门外走去。

他大喊着问王峥干什么去，不待王峥回答，田雨格告诉他，有事出去一下，却并没说去哪里。

高原看见二人出了大门，然后往西边拐去。

对方再发球之后，三人好像心照不宣，不再奋力防守，结果对方砍瓜切菜般轻松获胜。

落败的他们匆匆和球友道别，快速去追田雨格。

三人远远看见，王峥和田雨格走到路的尽头后，又往北边拐去。

"快，别跟丢了。"胡迈边说边快跑起来。

高原和赵立志也赶紧跟上。

他们终于追上王峥和田雨格的时候，才发现二人穿过一条小路后不再走了，而是静静地站在一面山坡前。

高原正疑惑二人为何不走了，抬头看时，却见到满山坡的坟包和墓碑。

他瞪大了眼睛，惊得说不出话来。

胡迈脱口而出："这里怎么埋着这么多人？"

王峥扭过头来，肃穆且庄严地纠正胡迈："这些都是我们导弹旅逝去的前辈。"停顿了片刻，他又补充说，"我们导弹旅组建了四十多年，一代代火箭兵坚守在这里，他们有的在执行任务时牺牲，有的积劳成疾病逝，这里是他们热爱的导弹事业的起点，也是他们最为宝贵的生命的终点。"

几人沉默不语，抬头望向山坡上的坟包和墓碑。

他们看到，那些坟包，有的上面还覆盖着新土，有的却已经被荒草藤蔓遮掩。那些墓碑，有的显然经历了数十年风霜雨雪的侵蚀，已残缺、变色，也有的才刚立起来，打磨过的棱角里还清晰可见原石的本色。

赵立志吸口冷气问："怎么会有这么多？"

王峥干事缓缓地说："国家无战事，军人有牺牲。四十多年里，导弹旅的官兵居安思危、接力传承，竭尽全力锻造着导弹旅的尖兵利刃。我们时刻不敢忘记自己身上的责任使命，不管何时何地，我们都准备好了，只要党和国家一声令下，我们都召之即来、来之能战、战之必胜。可是，打胜仗的本领不会从天上掉下来，而是要付出汗水、血水乃至生命。"

赵立志举手敬礼，庄严地说："向导弹旅的前辈们致敬。"

胡迈也敬礼："向英雄致敬。"

这时候，田雨格已经爬上山坡。

她跪在一座墓碑前默然垂泪。

高原追了上去，却没有劝她，而是和田雨格一起跪着。

赵立志和胡迈颇为惊讶，不等他们问是怎么回事，王峥干事就告诉他们，田雨格和高原面前的坟墓里葬着田雨格的爸爸。

二人更为惊讶，他们这时才知道，田雨格的爸爸竟是导弹旅的烈士。

他们远远地看着哭泣的田雨格，内心五味杂陈。

114 第二天，王峥带着几人参观了导弹旅的荣誉室。

第三天，他们又去了已经废弃的导弹旅旧营区遗址。在导弹旅的所到之处、所见之物，都使他们受到震撼和洗礼，与此同时，也有一个又一个的问题在他们的脑海盘旋，疑惑且又挥之不去。

他们临离开导弹旅之前的那个晚上，终于憋不住，索性把一个个问题像炸弹一样抛给了王峥干事。王峥干事并不意外，似乎从一开始就等着他们"发炮"，也等待着他们的问题炮弹就地爆炸，化为答案的粉末。

那是一个月光皎洁的夜晚。

山里海拔高，温度低，稍一起风，就让人觉出侵入骨髓的寒冷。

几人围着王峥干事，就像一群渴求知识的学生追捧学识渊博的老师。虽然王峥是毕业于北京师范大学的高才生，但此刻，他是导弹旅的干事。

胡迈问："那么难的情况下，我们中国为什么非要造导弹？"

王峥告诉他，我们所熟知的始于 1840 年的中华民族的百年耻辱，最先就是输在武器上，外来的侵略者凭借几艘军舰就能打败我们一个庞大的国家，纵使它落后，纵使它愚昧，纵使它封建，但都不应该虚弱到不堪一击，可是历史不容修改，那是铁一般的事实。中国败了，起始于木船败于钢铁战舰，也就是大刀长矛败于长枪和大炮。

在抗美援朝的战场上，我们面对的是"武装到牙齿的敌人"，他们有远程大炮、轰炸机、坦克，也有源源不断的后勤补给和保障。而我们英勇的中国人民志愿军在与强敌的较量中，涌现出不可胜数的战斗英雄，他们有的用身体堵枪眼，有的用步枪拼坦克，也有的用机枪打飞机……如果我们有先进的武器，战争之胜利何至于付出那么多的流血和牺牲。

新中国成立之后，我们国家还曾经多次遭受核讹诈，这对中国人民来说，是绝对不能容忍和接受的。

就像有人经常拿把枪，保险打开、子弹上膛，在你面前晃悠，并且扬言，在你不听他话的时候会随时对你开枪射击。你没有枪，在他蹂躏你之时毫无办法。到底该怎么办？难道逆来顺受直到他不高兴的时候开枪射杀你？决不能那样，我们也必须有枪。有了枪，他若打你，你也打他，他承受不起后果，就不敢打你，不光不敢打，而且还得子弹退膛、关掉保险，把枪收起来。

这，就是我们为什么要有导弹。

赵立志问："那为什么这么多英雄要在这深山老林隐姓埋名？"

王峥干事问赵立志："就像刚才我说的，别人以前老是拿枪吓你，现在你也有了枪，你练习射击的时候愿不愿意你的对手看着？你的枪放哪里会不会让他知道？"

赵立志摇头。

王峥干事笑说:"那就对了,同一个道理,你的枪和枪法练习都保密,更何况作为我们国家大国重器的导弹。"

高原犹豫片刻,还是问了:"导弹旅这么多人,一代又一代,一茬又一茬,他们为什么就心甘情愿在这山里待着,而且有的一待就是一辈子?"

胡迈也问:"是呀,他们很多人都是名牌大学毕业,到哪里都是高收入,都有好生活,为什么要在这里受这种寂寞、吃这个苦?"

赵立志显然也有同样的疑问,盯着王峥干事,等他的答案。

王峥干事倒反问他们:"你们说说,董存瑞为什么舍身炸碉堡?黄继光为什么飞身堵枪眼?邱少云又为什么在大火烧身的时候咬紧牙关一动不动直到牺牲?"

王峥干事逐一看他们,他们却面面相觑不知如何作答。

几人都盯着王峥干事,等待他说下去。

王峥干事见他们不言,就继续讲:"董存瑞如果不炸掉碉堡,已经发起冲锋的战友就会有更多的伤亡;黄继光不堵枪眼,枪眼里射出的子弹将造成更多战士的牺牲;邱少云只要一动,就会暴露目标,进而导致潜伏任务的失败。他们也是肉体之身,怎能不怕死,但他们没有选择贪生。那个时候,需要他们站出来,他们就站出来了。任何时代,都需要这样承担责任和使命的人;任何时代,也都有无数这样的人,他们为了家国大义,可以忍受孤独、寂寞,情愿牺牲青春乃至整个生命。"

赵立志说:"田雨格的爸爸就是这样的英雄。"

胡迈说:"高原的爸爸也是。"

田雨格和高原则陷在沉默里。

王峥干事望着几人，意味深长地说："每个人都生于自己的时代，我们无法选择时代，却可以决定自己在这个时代的选择，你们也是一样的。"

"嗯。"

几人显然听懂了王峥干事的话，坚定地点头。

王峥干事仿佛看见，几个青年的心中已经悄然埋下了一颗报国的种子。等待日月轮回，等待春风化雨，一切都在于无声处悄然发生着变化。

115

几人从导弹旅归来后不久，赵立志又独自去了趟教导团。他们上次在车上抓小偷偶遇教导团战士，问葛青松连长信息而不得，愈发使赵立志急切地想见一次葛青松连长。

遗憾的是，他的教导团之行只见到了张震排长。

张震排长到了服役的最后一年，年底就将离开教导团荣归故里。

他说，欢迎赵立志以后到他老家四川玩，赵立志知道这都是后话，恐怕自此以后很难再见到张震排长。

张震排长告诉他，葛青松连长调去了距离教导团很远的另一支部队，并且那是不能说的保密之地。

赵立志忍不住，还是问葛青松连长的新部队在什么地方，张震排长看着他，悲戚地说，那个地方保密，实不能相告。他又拍拍赵立志的肩膀说，或许有一天赵立志就知道，知道关于葛青松连长的一切。

张震排长的这些话让赵立志感到奇怪，也感到沮丧。

他默默地点点头，连自己都不知道在认可什么。

他其实也闹不清自己为什么迫切地要见葛青松连长，只是觉得需要见一面，就听从自己内心的召唤独自而来，却没能遂愿。

回家后，赵立志把自己关在房间，一次次重复地背记单词、练习听力。

赵大鹏喊他一起回郊区的老家，他也不回。

他的心里已经深深地埋下了理想的种子，也勾画出前进的路线。

那是他个人的长征路，虽必遇到各种各样的困难，但他不能退缩，要强跃自己的大渡河，要飞夺自己的泸定桥，也要过自己的雪山草地。

他没有退路，必须披荆斩棘奋力向前。

胡迈归来之后跟着他爸爸去了趟海南，给大家带了各种各样难得一见的南方水果。之后，他就像消失了一样，整个暑假都不再见人影。

他自己说是去省城待了段时间，但高原从他闪烁的眼睛里猜出他肯定又和刘正混到了一起。

高原不知道他们在一起会干什么，只清楚胡迈寄望于刘正的资源获得他想要的东西，他更清楚，刘正不是一个轻而易举让别人从他身上得到好处的慈善家。他但凡给谁好处的时候，必定是想从对方身上得到更多的好处。

高原担心胡迈，恨不得伸手把胡迈从刘正的圈子里强拽出来，但他做不到，只能尽力规劝胡迈。

高原动员秋帆和他一起参加少年宫举办的科技少年行，到六个城市的科技馆参观并且参加科学实践，但是秋帆根本腾不出时间。

高原又觉得一个人去没劲，也只好放弃了报名。就在高原不知道暑假剩余的日子怎么打发的时候，田雨格给他找了个差事——改造机器人。

其实在暑假之前，他们一致认为"无敌大宝贝"已经完美无缺，可是从导弹旅归来之后，田雨格就开始挑刺儿，等逐一改造之后，才觉得"无敌大宝贝"名副其实。可是才到第二天，她又推翻了自己前一天的结论，并且又找出一连串问题。

就这样，田雨格挑刺儿，然后他们俩共同解决，田雨格再找问题，他们再解决，暑假就在这样的循环往复中过去了。

暑假之后，这种循环仍在继续。

直到国庆节，他们赴省城参加比赛，早已被替换过无数遍零件、反复遭受折腾的"无敌大宝贝"，总算得到了片刻的喘息。

这时的"无敌大宝贝"也早已脱胎换骨不复从前的模样。

比赛之前，高原、田雨格和"无敌大宝贝"同在物理实验室。

田雨格问高原："应该没有问题了吧？"

高原答："我觉得没有了。"

田雨格心里似乎还不托底，追着问："确定？"

高原点头，说面前的这个"无敌大宝贝"，不但集最新机械原理与吕叔叔的智能理论于一身，而且把他俩不断进阶的真知灼见也吸纳其中。

高原还说，"无敌大宝贝"经受的远远不止九九八十一难，就算西天取经也当取到真经了，它没有理由还有问题，也没有理由不完美。

话说到这份上，田雨格才放下心来。

她紧紧抱着个头"长"起来的"无敌大宝贝"，窃窃私语着，高原虽然听不清，但他知道，田雨格又在暗自给机器人下任务。

第二天清晨，高原和田雨格带着"无敌大宝贝"赴省城。

他们将一起见证"无敌大宝贝"是否真的无敌。

116

国庆节后，高原和田雨格在机器人比赛中获奖的消息，比他们更早到达六中校园。

学校进门处的宣传栏里贴出了喜报，不苟言笑的老魏也难得地露出笑脸，略微点评和表扬高原和田雨格后，却又把话题一转，叮嘱他们说，机器人比赛已经是过去式，接下来还是要将心思用到学习上。

田雨格在课堂上点头，貌似对老魏所言照单全收，哪里想到，老魏刚讲完，她又拿出机器人草图研究起来。

他们这次虽然得了奖，但也暴露出不容小觑的短板。

田雨格从来视问题如敌人，见了就得即刻消灭掉。

高原听老魏话，把比赛看成过去式，却遭到了田雨格的严厉批评。

高原惭愧，只能答应放学后和她再接再厉，继续投身机器人的改造之中。放学后，高原正要跟着田雨格去物理实验室，却被胡迈叫住。

"走，咱们为机器人获奖庆祝一下。"胡迈颇兴奋，好像是他得了奖。

不等高原答应，田雨格就问："怎么庆祝？"

胡迈说："当然是吃饭了，走，我请客。"

田雨格皱眉："吃饭太浪费时间，还是别去了，我们这边还有事。"

跟在胡迈身后的赵立志不干了："你别不去呀，我还指望跟着蹭饭呢，你要不去，这还搞哪门子庆祝？"

他又搬出了历史人物说服田雨格："你要讲究个劳逸结合呀，居里夫人不吃饭？爱因斯坦不吃饭？不可能嘛，科学固然伟大，但是不能当饭吃，伟大的科学家还是要吃饭的。"

赵立志过来一手拉高原，一手拉田雨格。

高原也帮腔说："我觉得老赵说得有道理，人是铁饭是钢，再说了，今天老胡请客，咱吃好的还不用花钱。"

胡迈也说："对，我请客，大家想吃什么随便点。"

话到此处，田雨格也不好再执意拒绝，用她的话说，只能同流合污。

262

他们在往外走的路上，正好碰到低着头匆匆赶路的赵有志。

赵有志这时已经是六中高一的学生。

胡迈问赵有志干啥去，赵有志说去食堂吃饭。

胡迈拉住赵有志，让他掉转方向跟着他们一起去外面吃，赵有志推托有事不去，却挣脱不掉胡迈。

这时，赵立志也开口让赵有志一起，赵有志见如此，也只好答应。

吃完饭后，他们又来到了人民公园的雪松树下。

一路走来，赵有志不停地询问高原和田雨格有关机器人的问题，问草图怎么设计，零部件从哪里来，控制系统如何安装，比赛又有哪些细节。

两个刚刚载誉归来的学长虽然算得上行家里手，但一连串问题也问得他们颇仓皇。

赵有志的问题有的高原答，有的田雨格答，有的高原和田雨格商量着答，也有时，两人就算商量也给不出答案。

赵有志这时就主动参与商量，最后还真就因他的加入而让问题有了答案。赵有志的问题还没问完，几人就对这个曾经玩失踪的小子刮目相看。

高原以前以为赵有志只是秋帆那样的学霸，没想到更是势头比田雨格还胜一筹的实干家。

胡迈也啧啧感叹，对赵立志直言他弟弟比他强。

赵立志看着赵有志，很是惊讶，更是好奇，就像刚认识弟弟赵有志。

田雨格刚被赵有志问得满头大汗，这会儿才有机会喘口气。

她仰头问已经跳到了树干上坐着的赵有志："你将来怎么打算？"

赵有志问："雨格姐，你问的是我的哪个将来？"

田雨格疑惑："你还有几个将来？"

赵有志笑而不语，想了一会儿才回答田雨格说："我的目标是星辰大海。"他抬头看向深邃的天空，"我一直以来的向往就是和最遥远广袤的宇宙打交道，近期目标是成为航天科学家，远期目标是有机会走进太空。"

胡迈啧啧赞叹："你也太牛了吧，走进太空，我是想都不敢想。"

高原戏谑胡迈说："你敢想的只有挣钱。"

田雨格对赵有志说："念念不忘，必有回响，祝愿你梦想成真。"

"谢谢雨格姐。"赵有志说，"我国的神舟飞船已经飞向太空，梦想照进现实，一切的努力都值得期待，我一定会实现自己最终的目标。"

胡迈插话："我也要努力，我们都要努力。"

赵立志也说："对，有梦想谁都了不起。"

高原提议，每个人把自己的理想说给雪松，二十年后再来兑现。

大家都说高原的主意好，举手赞同。

随后，他们集体走出十几步远，紧接着，又逐个回到雪松下，庄严地说出自己的理想，并许下努力的诺言。

那一晚，他们把梦想的种子撒在了人民公园的雪松树下。

雪松记住了，风记住了，时间也记住了。

117

从人民公园出来后，田雨格非拉着高原去物理实验室，声称一定要解决她想到了却没能解决掉的机器人比赛中的短板问题。

高原拗不过，只能跟着田雨格去。

赵有志回学校有事，就匆匆先走一步。

胡迈和赵立志相伴着朝十字路口走去。

他们到十字路口后，一个朝东一个往西，各回各家。

两人刚招手作别，赵立志就见有人远远地等着胡迈。

那人掩在夜色里，远望身影熟悉，却又看不仔细。

他见胡迈走过去后，和那人凑在一起说着什么，那样子似乎无比急切，又似乎为某个事情起了争执，从停止了的肢体动作看，似乎一个已经说服了另一个。

赵立志愈发对那人好奇，借着驶过的一辆卡车的灯光，惊讶地发现，那个熟悉的身影竟是他的发小姚自远。

赵立志更加好奇——姚自远不是已经回老家了吗？他怎么又出现在这里？怎么会和胡迈在一起？他们在说什么？

赵立志走向二人，离老远就大喊着姚自远的名字。

姚自远看见赵立志时似乎并不惊讶，也不热情，而是仍和胡迈窃窃私语，好像急于说完事情还有其他急事。

赵立志走近二人，拉着姚自远，一股脑儿把刚才的疑惑抛出来。可是，姚自远一个都没回答，只是客气地问候了赵立志几句，然后借口有急事，匆匆走掉了。

姚自远走出几步后匆忙又回头，赵立志以为是和自己告别，却见姚自远给胡迈做了个手势，胡迈也回了个手势。

赵立志看不懂他们手势的意思，默默地站在一边，如陌生旁观者，他感到了巨大的失落。

赵立志定睛看着姚自远走远，再没回过头来。

"再见。"赵立志强挤出笑容，对胡迈说，"我回家了。"

"老姚他那边有急事。"胡迈看出赵立志的失落，试图替姚自远解释。

赵立志又一次重复说:"再见。"

赵立志走出很远,回过头看胡迈时,见胡迈朝着姚自远离开的方向走了,那并不是胡迈回家的方向。

他感到胡迈和姚自远一定有事瞒着他,感到从未有过的压抑和憋闷。他没有直接回家,而是漫无目的地跑起步来,跑完十多千米,才觉得舒坦些。

第二天,胡迈没去学校。

第三天,仍不见胡迈踪影。

老魏问高原,高原也不知。

高原寻到胡迈家里,敲门不应,邻居说好几天都不见人。

赵立志说出那晚胡迈和姚自远在一起的事,高原问姚自远去处,赵立志当然不知。

这时候,高原说出当时胡迈帮姚自远解决川菜馆纠纷都是刘正从中斡旋。他们将几个事情联系在一起后预判,胡迈和姚自远做的事情刘正应该知道,胡迈和姚自远的去处得找刘正问。

赵立志犹豫:"就咱们去?"

高原点头:"对,就咱们。"又解释,"这事不好给老魏说。"

"可是刘正那种人,"赵立志忐忑,"怕不好说话。"

高原说:"怕什么,我们就是问个话,他能怎样?"

"就是。"赵立志沉思片刻,也给自己打气,"他也没什么可怕的。"

当天放学后,他们骑着自行车去刘正住处问胡迈的消息。

118

高原和赵立志找到刘正在校外的住处时,只有几个人在打麻将,并不见刘正踪影。

他们问那几人刘正的去处，那几人都面面相觑，有的说在网吧，有的说在录像厅，也有的说去了省城，还有的说去哪里都有可能，因为他们也很长时间没有见到刘正了。

高原和赵立志无法，只能出来。

赵立志沮丧地说："要不然咱明天再来？总能找见他。"高原却说等不及，胡迈不见踪影已经有好几天，也不知道是个什么情况，而想找到胡迈必须得从刘正入手，现在找到刘正是刻不容缓的事。

赵立志愁闷地问高原："可这眼下又到哪儿找刘正呢？"

"跟我走。"高原跨上自行车走在前面。

赵立志紧跟上去，一边狠蹬车子一边问："去哪里找？"

"快点！"高原催他，"你别跟丢了。"

高原并不确切知道刘正在什么地方，但他推想刘正大概会在什么地方。

他带着赵立志先后找了学校附近的几个网吧、录像厅、茶楼，却一无所获。

赵立志虽也跟在他后面一起找，却一路都在质疑这种大海捞针的方法到底管不管用。

当赵立志在一间台球厅又颇不耐烦地问高原这个问题时，一抬头，恰好看见了缭绕烟雾中的刘正。

赵立志兴奋地把刘正指给高原的时候，高原看见刘正持着台球杆，正一次次瞄准，一杆杆击打，仅剩下的几个台球随之一个个落袋。

直到刘正最后一次用力击打，黑八和白球剧烈撞击之后，朝着两个方向分头滚动，黑八滚到角上直接落了袋，白球先是撞到对面案子边沿，反弹之后又缓缓滚了回来，将停未停之际也落入中袋。

267

边上几个青年鼓起掌，啧啧夸赞刘正技艺高超。

刘正客套的话都没有，只是嘿嘿笑。

他把球杆扔到球台上，摘掉白色手套，这时候，才看见站在旁边围观的高原和赵立志。

"你们找我？"刘正并没有因二人的突然出现而感到意外。

"当然是找你。"赵立志说，"你可真是不好找。"

刘正看着边上几个青年，咧嘴一笑，对赵立志说："怪我喽。"

高原说："我们来——是想问你胡迈在什么地方？"

刘正低头抚弄自己的手指，待高原说完，抬起眼皮，缓缓地说："胡迈在哪里我还真知道。"

高原急切地询问，刘正却说他知道并不意味着就要说出来。

高原急切，却又无法。

刘正说高原还欠着他一笔旧账。高原心里清楚，刘正说的正是那次高原和赵立志几人见义勇为——刘正的人勒索六中学生没能得逞。

高原问刘正要怎样。刘正说，新账旧账一起算，就赛一场台球，如果高原赢了，他就告知胡迈的下落。

高原点头同意。

这时，赵立志急了，他见识了刘正打台球的水平，当然知道赢他并没有那么容易，就问刘正如果高原输了又怎么算。

刘正看着高原，皮笑肉不笑地说："任我处置。"然后盯着高原问："行不行？要行，咱就摆球；要不行，我还有事要忙，咱们各行其道。"

"你这是强人所难。"赵立志急了，"要比得换个项目，不能比台球。"

刘正仍是轻声慢语："我说了，就比台球，不比我还有事要忙，先走了。"

说完，他转身作势要走。

高原坚定地回应说："比。"

赵立志劝他别上刘正的当。

刘正也再次确认："你想好了，输了可是要任我处置的。"

高原淡然说："想好了，我赢了你就告诉我胡迈的去处。"

刘正说："没问题，君子一言，驷马难追。"

一个青年迅速摆好台球。

刘正掏出一枚硬币，托在掌中置于高原面前说："咱们一局定输赢，为了公平起见，猜硬币的正反面决定谁开球，你先猜，要字还是要花？"

高原说："字。"

刘正高高抛起硬币，又接于掌中，打开，花面朝上。

刘正先开球。

119

刘正瞬间便将摆成三角形的台球"炸"得四处乱滚。他运气好，球滚来撞去，歪打正着就将一个台球撞进了底袋。刘正一鼓作气，又打进了三球，直到白球走势不好，被挡在了高原的球后面，实在没有进球的角度，才乱戳了一杆把机会让给了高原。

赵立志第一次见高原打台球。

高原打第一个球的时候就令他大为惊讶，从来没见过有人那样打球，闹不清是不是高原自己的独创，不管讲不讲理，效果却是出奇地好。

他见高原每打一个球之前，都先把球杆落在将打之球和将进之袋上面，像是开辟了一条看不见的进球之路，也像沿着这条神秘之路在将打之球上面标定了一个点，然后他就瞄着那个存在于他心中的点击打，球总是准确无误地沿着他设计好的路线稳稳当当地滚入袋中。

三个球打过之后，刘正觉出了压力。

其间，高原也给过刘正一次机会，但刘正用力过猛，他的球在袋口上面蹦了两蹦，没落下去。

之后，高原再没给刘正机会，一杆清了台面。

"看不出来呀，"刘正摘下手套说，"你打台球还是个高手。"

高原谦虚地说："这都是物理知识的皮毛，碰巧用上了。"

刘正不可思议："你别逗我了，这打台球跟物理知识有啥关系？"

"这个嘛，说起来话就长了，得列公式算结果，若有机会，咱慢慢探讨。"高原盯着刘正，"你答应过我的，我赢了你就告诉我胡迈的去处。"

刘正一愣，笑着问周边人："我平时说话算数不？"

周边人也不答，只是哈哈笑，显出各色神态。

赵立志急了："咋，你输了想说话不算数？"

高原却不急，只是冷冷地盯着刘正。

"急啥？"刘正对赵立志说，"我也没说不说呀。"

他又看着高原说："胡迈在建国路的川菜馆。"

赵立志疑惑："川菜馆，他在川菜馆干什么？"

高原也问："就是上次你帮姚自远讨工钱那家？"

"没错，就是那家。"刘正说，"至于干什么，你们去了自然知道。"

二人刚出门，赵立志就迫不及待追问高原打台球的窍门，他真信了高原说给刘正的列公式、算结果，恨不得让高原现场列出公式来。

其实哪有高原说的那么神乎其神，只不过是有一年暑假，高原被妈妈送到镇上的姑妈家小住，隔壁正好有家台球厅，高原无处打发寂寞，就成天在台子上戳台球打发时间，熟能生巧，也就开发出了自己打台球的"技能包"。

两人赶到建国路的川菜馆时，果真就见到了胡迈，但令他们惊讶的是，胡迈竟在川菜馆当服务员。

他们进去时，胡迈正系着围裙在擦桌子，听见有人进来，头也不抬地问："几位吃点什么？来吧，坐这边，这张桌子刚擦干净。"

这时，他终于擦完了桌子抬起头，惊愕地看着高原和赵立志，片刻愣神之后，头也不回地钻进了后厨。

高原和赵立志硬是把他又拉了出来。

赵立志大惊，问胡迈："你在这里干什么？体验生活？"

高原也说："你不请假就来这里，时间长了会被退学的。"

胡迈摇摇头，满脸愁容里包含着无以言说的苦涩。

原来在这段时间，胡迈一直跟着刘正做一桩被告知"一本万利"的生意，结果就在他以为要大赚一笔的时候，却被告知生意赔了，不但赔光了他的本钱，还倒欠刘正五千块。

胡迈别无他法，想着只能找他爸要五千块，先还了在刘正那里的欠账，谁能想到他找到爸爸时，才知道这段时间，爸爸的生意也遇上麻烦，赔得更惨，连家里的房子、车子都抵押了出去。

胡迈还不上刘正的钱，以为能通融，却被刘正强押到这川菜馆打工，说一个月抵五百，十个月之后彼此两清。

胡迈实在没有其他办法，只能打工还钱。他委屈地说，肯定是刘正设了圈套骗他的钱，但他只是推测，并没有证据。

高原和赵立志要拉着胡迈走，胡迈却拒绝了，他说又能走到哪里去呢，没有钱还刘正，只能慢慢用打工抵扣。

120

高原和秋帆翻箱倒柜，也只凑到了一千多块。

赵立志捉襟见肘，凑不到钱，就每天借跑步练体能之名，到距离学校很远的综合市场捡废品，然后再卖到收购站换钱。出身贫寒的赵立志从没有干过这样的事，但为了帮胡迈还账，他说服自己。可是，即使他捡遍了市场里所有能捡到的纸盒子、酒瓶子、易拉罐，每天也只换到十来块。

赵立志急切而又沮丧，实在想不出更好的赚钱之策。

这个时候，田雨格在北京参加完全国青少年机器人总决赛刚返回。

田雨格在奔赴北京比赛之前，又对"无敌大宝贝"进行了"毁灭性改造"（高原语），不但改良了防守系统，也优化了进攻系统。

正好在那时，高原的"自燃"实验成功，不但能够控制燃烧烈度，而且利用燃烧产生的热量自制了一款造型奇特的动力弹射管，能够轻而易举把一块拇指大小的橡皮子弹射到一层楼那么高。

高原兴奋极了，力劝田雨格把他的最新发明加装在"无敌大宝贝"中。

田雨格欣然同意，也正得益于此，"无敌大宝贝"从全国中学生的参赛机器人里脱颖而出，得了一等奖。

田雨格带回来一个振奋人心的消息，他们获了奖的"无敌大宝贝"，作为全国青少年科技发明成果的优秀代表作品，将于 2002 年 12 月 30 日，跟随神舟四号飞船一同飞往太空。

"飞往太空？我不是做梦吧？"高原大呼。

"不是做梦，是梦想成真，我们做到了。"田雨格兴奋。

高原当然也兴奋，却隐着哀愁，田雨格追问，才得知胡迈欠账的事。

当天下午，田雨格就递给高原一个大信封："胡迈的事也算我一份。"

高原疑惑地问："这是什么？"

田雨格催他："你打开就知道了。"

高原撕开信封，见里面竟是一沓百元新钞，足有三千块。

他问田雨格钱从哪里来，田雨格说是机器人比赛一等奖的奖金。

高原不收，说得个奖金不容易，让她自己留着，胡迈的事他自有办法。

田雨格不乐意了，问高原有什么办法，高原又吞吞吐吐说不出来。

田雨格硬是把钱塞给高原，说本来这也是她和高原共同的奖金，她还正愁这钱拿回来怎么分配呢，要她说，用来帮胡迈还账正好。

高原见此，也不好再拒绝。

赵有志知道胡迈的事情后也送来一千块。

赵立志质问赵有志钱从哪里来，赵有志如实告知，每周末替城中村一个生意人在念小学的孩子补课，除了按天付费外，那孩子成绩每有提高还有奖金。

他用了一个学期，把那孩子的成绩从垫底提到了前五名，所以就有了这笔丰厚的收入。

赵立志直咂舌，却说不出话。他着实想不到赵有志还有这本事。

田雨格的奖金加上他们之前凑的，还差四百够五千，高原就收了赵有志四百，并给他打了借条，说胡迈的事情处理结束后，等他有了钱再还给赵有志。

赵有志当然推托不要借条，但高原告知如果不收借条他就不收钱。

赵有志坚持不过，只能依高原。

他们凑够了钱准备去找胡迈，高原却叫住了大家，分析说这钱要是给胡迈，胡迈肯定不会收，不如直接给刘正替胡迈还钱，然后告诉胡迈是他们拆穿了刘正，刘正怕他们报警，所以主动免除了胡迈的债务。

几人也认可高原的主意。

当即，他们就先去找刘正还钱，然后让刘正现场打电话给胡迈，一字一句说出他们互不相欠的话。

当天下午，胡迈换上校服返回六中。

几人假装意外，瞒着凑钱替胡迈还账之事。

121

胡迈回到学校后就像变了个人。

他和班里大多数同学一样，也破天荒地开始过起了三点一线——教室、饭堂、宿舍——的生活，而再不像以前那样动不动就不见了人影。

胡迈的回心转意并不能使他很快适应，尤其是之前学习欠账太多，导致很难跟上进度，坐在教室里就像听天书，开始几日还能凭借自制力坐住，可时日一长，也就慢慢地失去了耐心。

他有时在课堂上走神做白日梦，也有时忍不住瞌睡，索性趴在桌子上睡起来，直到有一次因睡觉被老师当场点名罚站。

胡迈觉得自己不是读书的料，动起外出打工的念头。

他委婉说给高原的时候，却被高原当场反驳，并说就算打工也得高中毕业之后。

随后，高原召集赵立志、秋帆和田雨格，提出几人包干负责胡迈的文化课，但凡负责哪一科，不等胡迈来问，他们主动去问胡迈，不会的督促他弄会，不懂的帮助他听懂。

大家无异议，都愿意帮助胡迈。

胡迈被大家在后面逼着，不得不努力向前。

田雨格看他基础实在太差，建议不用跟着老师同步上课，而从高一书本重新学起，后来发现他学高一的知识都费劲，索性从初中开始。

胡迈家里的房子、车子都抵押还了债，他爸爸也不知去向。

到了周末，别人都回家，他却没地方去。

胡迈打算就待在学校宿舍，没想到尚未到周末，高原和赵立志都来抢他。高原说胡迈若到他家住，他就亲自下厨给胡迈做皇家大煲汤。胡迈问他皇家大煲汤是啥，他卖关子不讲，只说胡迈去了他家自然知道。赵立志不服气，说胡迈只要去他家，他就带胡迈去郊区的逍遥谷。胡迈问他逍遥谷在什么地方，他也保密，说胡迈只要跟他走，就自然带他去。

胡迈颇为难，最后只能折中，周六去一家，周日去另一家。

于是，他们叫上秋帆、田雨格和赵有志一起，周六在高原家里喝高原亲自下厨做出来的皇家大煲汤，周日则随赵立志同去逍遥谷。

大家都说跟着胡迈沾光，因为他，才有喝有逛。

胡迈周末逛得不亦乐乎，可是周一到了学校，脑袋就变大。

每个学科的知识点和作业都等着他，包干负责督促他学习的小老师们也催着他。

这日课间，老魏神不知鬼不觉地出现在教室门口。

闹哄哄的教室就像收音机被拔掉了电源，瞬间就安静下来。

老魏朝着胡迈招招手，其他人见此，大大松了口气，胡迈的心却提到了嗓子眼。

他不确定，是他刚才上课打瞌睡被老魏看到，还是犯了其他什么事。

老魏问胡迈："你爸爸有消息没？"

胡迈摇头。

老魏又问："生活上、学习上有什么困难？"

胡迈仍摇头。

"有什么困难要告诉我。"老魏停顿了片刻，走近胡迈，拍了拍他的肩膀，情深意切地说，"你家里人现在不在身边，我这个班主任就是你家长。"

胡迈鼻子一酸，泪水涌上来，却把头扭向一边，努力克制。

胡迈又回过头，憋着眼泪说："嗯，谢谢魏老师。"

老魏叹了口气，塞给胡迈一个袋子："你把这个拿着。"

胡迈犹豫。

老魏硬塞给他："我给你，你就拿着。"

胡迈回到宿舍后打开袋子，里面除了一沓复习资料外，还有一个信封，信封里有五百块钱。

他们那时候总在宿舍里说起老魏，从你一言我一语的小道消息里，大家不但知道老魏每月只有六七百块钱工资，还知道老魏既要用这工资赡养农村的父母，还要供妹妹读书。

老魏为了省钱，平时在食堂里都不怎么舍得吃肉菜，大多数时候只要一个素菜，有的时候，他甚至都不要菜，只从食堂打了米饭或者馒头，回宿舍就着咸菜吃。

胡迈再也忍不住，抱着老魏给他的袋子泪水横流。赵立志吓了一跳，以为他家里又发生了什么变故，待得知实情后，赵立志也陪着胡迈落泪。

两个年轻人第一次深深地意识到，他们的前进和成长又怎只属于自己，背后，永远有人默默地注视和关心着他们。

122

赵立志下课后和同学说句话的工夫，就不见了高原。

他跑回宿舍，也没见着，又去了物理实验室、图书馆，同样没有见到高原的影子。

他碰见田雨格一问，才知道高原刚才在回宿舍的半道上被化学老师叫去了办公室。

他谢过田雨格，就去化学老师办公室门口等高原。

赵立志越是心里急，越是觉得时间过得慢。

久不见高原出来，他差点凭着陡然泛起的冲动敲门去叫。

就在他欲行动之时，高原恰巧出来。

他火急火燎迎上去说："咱误了大事。"

高原一头雾水，问他："误了啥大事？"

赵立志说的竟是上次替胡迈给刘正还钱那档子事。

他提醒高原说："上次应该让刘正打个收条，要不然过段时间他要赖说没收过咱们的钱，再找胡迈去要，咱们也没留下证据，有理说不清，岂不是吃了大亏。"

高原也意识到这是个大事，问赵立志："你怎么不早说？"

赵立志啧啧叹息："我这不是才想起来吗？"

高原问赵立志："那咱们——现在去找刘正补张收条？"

"走，现在就去找他。"赵立志坚定地说，"他必须给咱开个收条。"

两人去刘正班里找，却被告知刘正快一个月没见人影，虽然班主任没当众宣布，但八成是已经退学不读书了。他们又去了刘正的住处，却是房门紧锁，敲也没有回应。他们又去上次的台球室，仍是不见刘正。刘正不露面，他们的收条自然没法开。二人也无计可施，只能耐心等着刘正出现。

赵立志偶然遇到姚自远后，就再没有等待的耐心了。

赵立志那日在城中村迎头遇上姚自远，他乡遇故知，姚自远再不好意思走掉，两人就别别扭扭坐在一起吃了个饭。

吃饭的时候，姚自远忍不住，就坦诚说了刘正骗钱的内幕。

姚自远对赵立志说，其实刘正许诺胡迈的什么带他赚钱、什么校园商业投资还有高到离谱的盈利从一开始就是骗他的。

刘正不但骗胡迈投钱，还骗胡迈向刘正借钱。

刘正找了姚自远还有其他很多人配合他演戏，让胡迈信以为真。

胡迈到最后也没看穿刘正的骗局。

姚自远说刘正不但骗了胡迈，也骗了其他好多人。

姚自远也未能幸免，刘正之前许诺给他的提成一分钱都没见着。

赵立志大为震惊，问刘正身在何处，姚自远说刘正早跑了，但他并不清楚刘正具体跑去了哪里。

赵立志找到高原问怎么办，高原也无奈，说还能怎么办，人都跑了，有办法也成了没办法。

他叮嘱赵立志这事他俩知道就行，不能告诉胡迈。

赵立志点头答应，又摇头叹息。

他心有不甘，却又毫无办法。

高原又何尝不是，但他只能将这生活的波澜平息于自己心中。

123

刘正自此再未出现，就像人间蒸发。

高原和赵立志不甘心，隔三岔五就去刘正的班里看一看，直到高考之后，刘正所在那个班的人都毕业离开，教室上了锁，他们才止住脚步。

他们又去校外，有次终于看到刘正住处的门打开，兴冲冲推门进去，却被告知刘正早就不在那里住了，那间房子已经被房东另租给了他人。

他们也一次次去网吧、录像厅、台球室，却同样没见到刘正的影子。

他们不得不接受现实——再也找不到刘正了。

二人自始至终没有将其间发生的诸多事情告诉胡迈。

他们和胡迈在一起时，永远说的是学习，就算话题偶尔被胡迈扯开了，只要胡迈停下来，不管他俩谁接了话茬，必定要再转到学习上。

胡迈当然懂得他们的良苦用心，但在学习上，胡迈心有余而力不足，极为苦闷。

高二下学期，全年级文理分科。

用老魏的话说，这也没啥难选的，除了语数外三门公共科目外，个人盘算一下自己的成绩，擅长理科就报理科，擅长文科就报文科。

那时候，有"学好数理化，走遍全天下"的说法，班里大部分同学都报了理科，高原、秋帆、赵立志和田雨格也不例外。

例外的是胡迈，他竟然报了文科。

赵立志惊讶地问他怎么突然就擅长文科了，胡迈自嘲说他选文科是属于老魏没说的第三种情况。

赵立志细问，胡迈解释说，自己不是擅长文科而报文科，而是不擅长理科才报文科。

随后不久，就到了期末考试，再之后就是暑假。

九月一日再开学，新晋高三的学生们就驶上快速运行的高考轨道。

他们的一周双休变成了单休，月考变成了一月两考，晚自习从之前的八点延长到八点半。

高原不得不把自己稀奇古怪的各种实验暂停下来。

赵立志去操场训练的时间也越来越少。

田雨格的机器人虽然仍不离身，但事实上她已经腾不出更多的时间给它。

胡迈虽然经常为学习苦恼，却也尽力地用几乎所有的时间背记一条条干巴巴的历史和地理知识点。

只有秋帆仍旧沉浸在他的题海里，他刷过的题目几乎覆盖了一月两考里所有的知识点，所以没有任何意外，他的试卷几乎全对，次次排名第一。

随后不久，秋帆便很少出现在学校。

他一次又一次请假去参加留学前的能力考试，递交赴外申请，办理各种关系，联系即将就读的大学。

没过多长时间，秋帆办妥诸事，奔赴加拿大读大学。

秋帆走后没几天，田雨格也接到了北京一所大学招生办的电话。

那所大学的老师告诉田雨格，因为她在全国青少年机器人大赛上取得了优异成绩，根据他们学校的招生政策，计划优先降分录取田雨格到学校的机器人专业就读。

田雨格高兴极了，刚挂完电话，就把这个好消息告诉了高原。

她和那所大学的老师说了，获奖的机器人是她和同学高原一起研究出来的，高原的贡献还更大一些。

对方答应，如果高原也具备这方面的特长，经他们考核后，同样可以降分优先录取。

田雨格兴奋地动员高原："下决心吧，我们一起去北京读大学。"

高原颇觉意外，替田雨格高兴，却并不打算同去北京的大学读机器人专业。机器人是田雨格的爱好，以后或许也会成为她的事业，但高原的志向不在此。田雨格追着问他的志向在哪里。

他那时候自己都不清晰，所以也就说不明白。或许是化学实验，也或许是物理研究，可能两者都有，也可能两者都不是。

他那时并不能坚定做什么或者不做什么。

田雨格说："我不催你，你再想想，想好了告诉我。"

高原心意已决，却又不知该如何即刻就回绝田雨格的好意。

"我给你一周时间。"田雨格说，"一周后我给人家回话。"

高原没来得及说行还是不行，田雨格就转身跑远了。

田雨格似乎知道高原所想，却又怕他说出来。

她把时间留给高原，也是给自己一个明知渺茫却又不愿放弃的机会。

124

高原过完一个周末再到学校时，就看到了挂在校门口那条红底白字的醒目标语——参军吧，兄弟。

习惯了循规蹈矩学习生活的学生们一下子被标语吸引。

他们释放着在这个年纪对新鲜事物应有的热情，兴高采烈而又极富好奇地互相询问着，为什么会突然多出这么一条标语，也讨论着彼此认识的人参军的种种故事，更盼望着某种说不清的变化。

上午的课堂上，每一个人都压抑着内心的躁动，明摆着，他们的心思都不在课堂上。

高原虽眼睛盯着黑板，心思却飞到十万八千里之外——他想着看到的征兵标语，也想着自己未来的人生。

赵立志不时地将头扭向窗外，预感到将要发生什么，更是生怕错过什么。胡迈压根没有听课，低着头，却没有像往常那样沉浸式睡觉，分明在做白日梦。

同学们终于熬到了下课。

也在这时，学校的广播响起——通知所有人到操场集合。

高原随同学们到操场集合后，看见主席台后面也挂着和校门口同样的横幅——参军吧，兄弟。

那几个字如种子一样埋在了高原的心底，并迅速生根发芽，在他的世界里长出一片蓬勃茂密的森林。

高原瞬间热血沸腾，觉得那个横幅是号召，是动员，也似乎是专门为他而悬挂。

高原充满期待地望向主席台。

主席台上坐着的除了校长，还有四名穿着不同军装的军人，校长介绍他们分别是陆军的二期士官代理排长，海军的上尉艇长，空军的军校学员，二炮的上校工程师。校长说，正值六中的国防教育日，特别邀请四名解放军同志给同学们普及参军知识，解答大家的疑问。

随后，校长还发表了慷慨激昂的简短演讲："同学们，你们是六中的一员，更是伟大祖国的一分子；你们是六中的学生，更是将来建设国家的青春力量。今天的你们，立足于六中的小小舞台，尽可以畅想无限可能的未来，你们可能是推动科技进步的科学家、教书育人的老师，也可能是守卫边关的军人，无论你将来想成为一个什么样的人，今天都要牢牢记住，我们微小却不渺小，我们虽然只有一己之力，但仍然要永远秉持家国天下的情怀，冲破自我利益的狭小牢笼，去畅想更大的未来，去奔赴更大的舞台，去实现更大的价值。今天,如果你以自己是六中的一员而自信和骄傲,那么,我希望,在不久的将来,六中的师生们因为你而无比自豪、倍感荣光!"

同学们用热烈的掌声表达了对校长讲话的认同。

随后,四名解放军分别介绍了各自部队的情况,还讲了许多高中生参军的故事。

有的是高中毕业考军校成为军官,有的是高中毕业参军在部队提干,也有的是在部队做出非凡成绩立功受奖。

每一个故事的主人公都让大家觉得格外熟悉,就像身边某个天天见面的同学。

他们觉得故事里的主人公能做到的事情,同学们都能,自己当然也能,于是,人人都充满了跃跃欲试的期待。

更让同学们惊讶和惊喜的是,四名解放军虽然不是同一个军种,却竟然都毕业于六中——太意外了,他们竟然是同学们的学长。

高原第一个鼓掌。

他就像在湖面上砸下一颗石子,更多的掌声很快如涟漪般扩散开。

报告会已经结束了,同学们却迟迟不散。

他们将四名解放军一层又一层围住,急切而又热烈地询问自己关切的问题。有的问自己够不够条件考军校,有的要了解参军入伍的报名程序。

高原排队等着向二炮部队的工程师了解情况时,见赵立志正和海军的上尉艇长说得热火朝天。

高原已经从人群里退了出来,却见赵立志还在人群里,只不过这次他对面站的已经由海军上尉变成了空军军校学员。

高原好不容易等到赵立志出来,却又找不见胡迈。

他以为胡迈对此不感兴趣提前回了教室，赵立志却说刚才见胡迈在问陆军二期士官代理排长问题。

他们挤进人群去找，果真见胡迈和二期士官代理排长在一起。

赵立志嘀咕说，胡迈问的时间真够长的，看样子是铁了心去当陆军。

他们等到胡迈出来问时，胡迈却并没有承认赵立志的揣测，只说就想多了解些情况。

接下来有很长一段时间，"参军"成为六中学生讨论最多的话题。

125

月考再揭榜时，高原头一回得了年级第一。

赵立志知道高原有这个实力，也知道高原在初中时就是和秋帆交替拿第一的学霸，只因为到高中后把很大一部分精力分给了稀奇古怪的实验和机器人，名次才没冒尖。

高原现在集中精力搞学习，得个第一也算实至名归。

可赵立志故意奚落高原，说他这个第一是因为秋帆走了才得的，要是秋帆还在，准得压着他。

高原乐呵呵坦然接受赵立志的观点，隔空大喊秋帆的名字，感谢秋帆让了第一给他。

田雨格却不乐意了，盯着赵立志问："什么叫秋帆准得压着高原？"见赵立志不应，又说："这每门课的分数都是真才实学的体现，名次也不是谁想得第几就得第几，这个要凭本事，就算秋帆在，就一定能得第一？"

赵立志第一次见田雨格如此较真，硬是不敢接她的话。

高原替赵立志解围："秋帆本来就是常胜将军，这是事实。"

田雨格不依不饶，仍盯着赵立志问："以前是以前，能代表现在吗？"

赵立志看出今天的田雨格不好惹，自我检讨说刚才说错了话，让田雨格多批评指正，就是别揪着不放，然后他赶紧走开。

胡迈一开始还建议高原请客庆祝得了第一，这会儿看着情况不对，也借口有事先走一步。

高原见赵立志和胡迈走远，才像看陌生人一样盯着田雨格问："你今天怎么回事，吃枪药了？"

田雨格却特别委屈，争辩说："老赵本来说得就不对，我说他可不是为你，我是主持公道。"

高原乐了："哟，还主持公道呢，看不出来呀，你都成公理的化身了。"

田雨格瞪他："去，你才是公理的化身呢。"

高原叹口气说："行，算你没错，但你看到没，你把老赵和老胡给吓跑了，他们以后可都对你另眼相看了。"

田雨格噘嘴说："谁对我怎么看我都无所谓——"

高原笑了："你这话我怎么理解，是无欲无求了？"

田雨格接着说："我只在乎你对我怎么看。"

高原被噎住了，原打算说的话卡在喉咙，又咽了下去，两人都陷入沉默的尴尬里。高原打破了沉默，硬咳了两声，装作满不在乎地说："我还怎么看你——肯定是用两只眼睛看。"

田雨格愣了一下，又露出浅浅的笑——她懂了高原所说，也懂了高原懂她所说。田雨格欲言又止，还是问了："你想好没？"

高原明知故问："想好什么？"

田雨格看着高原："跟我一起去北京上大学。"

高原嘴角的笑瞬间僵住，他说："对不起。"

"什么意思？"田雨格问，"你不跟我一起？为什么？"

"我打算报考军校。"高原坚定地说。

田雨格望着高原许久，高原也望着她。

高原心里清楚田雨格对他的期许，也自然知道此刻他强加给田雨格的失望。

他等待她对自己的埋怨，他等待她的生气、伤心，同时，准备迎接她的大爆发。

"祝愿你心想事成。"田雨格终是露出笑脸，大大方方地向高原伸出手去。

高原也紧握住田雨格的手："也祝愿你在机器人事业上学有所成。"

"我尽力替你圆梦。"

"我们一起努力。"

田雨格遗憾于机器人事业失去了高原。

高原有自己的梦，也选好了自己前进的方向和道路。

那之后，高考的倒计时日历被一张张撕去，每个高三学生似乎都在憋着劲向着高考冲刺。

赵立志的英语短板虽没有补得如其他各科那样齐，但已稳定冲过七十二分，再不像以前那样拖后腿。

胡迈终是学不进去那些在他看来难如天书的知识点，表面上学得刻苦，却进不到脑子里。

他接替赵立志成为操场上的常客，每日里雷打不动锤炼和塑造着自己。

这个时候，大家也都知道，胡迈打算在即将到来的征兵季参军入伍。

日子如流水，涤荡着一个个年轻人的梦想和心灵。

他们经此磨炼后注定换羽新生，成长为更加优秀的自己。

126

胡迈没能如愿入伍。

他在征兵最开始的体检阶段就遭到了淘汰。

高原和赵立志都看到了胡迈为参军付出的从未有过的辛苦，但那些辛苦也只让他的体重下降了不到十斤。

正如高原和赵立志预见的，也如胡迈担心的，他在医院的体检室一踏上体重秤就失去了到军营的机会。

胡迈离开体检的医院后，独自走了很长的路，最后走到了人民公园。

他一路走一路伤心。

他曾经错失了太多的机会，也走过漫长曲折的道路。

他为此付出了应有的代价，经受痛苦，遭遇磨难，以为可以重新换一种活法，可是到头来并不能遂愿。他不奢望考军校，没想过上大学。

他已经把对人生的预期降得很低，只是想到部队里成为普通一兵，可即便如此，路仍走不通。那一刻，他觉得自己失败至极。

胡迈一直走，走到夕阳西下，走到月上枝头，走到清凉的湖边。

他停下来，长久地望着湖水。胡迈悲哀到了极点。

高原寻来，看见胡迈，大喊胡迈。胡迈听人叫他，奋力向前跑去。

赵立志也追上来，拽住胡迈喊："我们见到你爸爸了。"

胡迈转过头来盯着赵立志说："你骗我。"

"千真万确。"赵立志看向高原，"不信你问高原。"

胡迈把急切询问的目光转向高原。

高原点头："千真万确，我们见到你爸爸了。"

胡迈赶回家里才知道，高原和赵立志四处寻他不见，抱着侥幸心理去他家时，他爸爸也正寻他。胡迈爸爸清偿完债务一无所有，债权人念及旧情，把已经不属于他们家的房子暂时借给他们住。

父子俩许久不见，胡迈说爸爸苍老了许多，爸爸说他就像一下子长大了。

父子俩互相鼓劲打气，爸爸说要东山再起，他许诺爸爸要振作精神，明年再报名参军。

那之后，胡迈更加努力。

他不但严格控制饮食，高强度训练，还把征兵要求贴在宿舍，符合一条用红笔画掉一条，就像一个独守战场的士兵一枪枪消灭敌人。

高原和赵立志受到胡迈的激励，更不敢有丝毫懈怠。

他们静静等候夏天到来，预备着全力以赴奔向六月的考场。

每天起床，高原都会对赵立志和胡迈喊："加油！"

赵立志和胡迈也回复他"加油"。

那段日子，老师们对同学、同学们之间的问候语也都变成了"加油"。

他们就像一辆辆即将驶上高速路的汽车，急需为远行蓄满油箱。

127 高考结束后，高原独自去了一趟山里的导弹旅。在过去的很多年里，高原极不情愿见到爸爸，也因此拒绝前往导弹旅。

他不知道爸爸为什么总是长久不归，也质疑爸爸消耗在大山里的青春是否有价值和意义。

他不懂爸爸所从事的导弹事业，所以不理解曾是高才生的爸爸为什么会有那样的选择。

高原对爸爸一次次的误解、埋怨，日积月累便在内心野蛮生长为对爸爸的逐渐疏远甚至是排斥。

高原曾经笃定自己一定和爸爸走不同的道路，要胜出爸爸千倍万倍。

可是现在，似乎一切都在悄然发生着改变。

高考之后，他本可以自由地去实现曾经畅想过无数次的人生。

高原犹豫了。

他曾经排斥的爸爸，以前抗拒的导弹旅，却时时出现在他脑海里。

高原就像看见人声鼎沸里有人朝着他摇旗呐喊，也像是在迷雾重重的大海里远远望见若隐若现的明亮灯塔。

他即将填报志愿，漫长的人生即将翻开新的一页。

此刻，高原特别想念并且急于见到爸爸。

爸爸和以前一样，又去执行任务了。

高原不知道爸爸是在哪里执行任务，那是秘密，没人告诉他。

他也不知道爸爸何时回来，那同样是不可言说的秘密。

但是这一次，高原并没有心生埋怨，而是读懂了爸爸。

高原并没有急于离开，而是走近爸爸在导弹旅的战友——伯伯、叔叔。高原从他们的讲述里得知了他们的十八岁——有的报考地方大学，有的没考上大学选择参军，也有的直接考取军校。

此刻，他们会聚于导弹旅，有的是干技术的工程师，有的是在机关的参谋干事，也有的是站岗放哨搞后勤的士官。他们的使命和目标一样，只是岗位分工不同。

高原疑惑，考了地方大学怎么能来导弹旅。

一个叔叔告诉高原，他们毕业那阵子，部队有政策，可以直接到专业对口的大学招聘应届毕业大学生，直接签了合同到部队就是中尉军官。

那个叔叔又指着另一个戴眼镜的叔叔，说眼镜叔叔是货真价实的学霸，当年考的可是清华大学的国防生，在入学时就和部队签订了合同，所学是与部队相关的专业，毕业直接到部队，并授予中尉军衔。

高原这才知道，地方大学毕业也能到导弹旅，他以前对此一无所知。

高原又皱着眉头问另一个平头叔叔。平头叔叔和其他几个叔叔都是没考上大学参军到导弹旅，为什么十多年后平头叔叔是军官，而其他几个叔叔是士官？平头叔叔对此当然最有发言权，告诉他说，他们当初的确都是参军入伍从战士起步，但是在当战士阶段，有两种成为干部的途径——其一是参加每年的军校考试，就和高考类似，过了录取分数线就能上大专或者本科，上完大专授予少尉军衔，本科则是中尉；其二是各方面表现优秀，比如当骨干、立功受奖、在任务中表现突出等，可以直接提拔为干部。

平头叔叔说，这些都有年龄限制，过了年龄也就不再有机会，未能成为干部的战士，一部分干完两年的义务兵服役期就退伍，有的在专业技术方面有专长或者上过士官学校，就可以继续服役。

两年义务兵服役期结束继续服役的转为一期士官，一期和二期士官服役期三年，三期和四期四年，五期五年，六期九年。每一期都是一个关口，就像中考和高考一样，过不了关就要退役离开部队。

干到五期、六期的凤毛麟角，就像上学上到博士一样稀缺，甚至比那个还要少得多。干到六期就和高级工程师一样，多是某方面的技术专家，也是导弹旅的宝贝。

平头叔叔极为优秀，入伍后参加了军校的招生考试，顺利地考取了第二炮兵工程大学，毕业后又主动申请回到原来的连队，现在已经是上尉军官。当年和他同批入伍，现在留在导弹旅的同年兵则是三期士官。

高原问那些伯伯、叔叔，学哪个专业才能和导弹打交道，大家都笑而不语，他才意识到那应该也是秘密，不能说。但高原是个有心人，他们说得最多的一个学校是二炮工程大学。

他细问得知，导弹旅的大部分工程师，以及好几个发射营长和连长都是从那所学校毕业。高原大开眼界，怀揣满满收获即将返程时，见到了爸爸。

高旭东刚刚返回营区，布满倦容的面庞上洋溢着喜悦。

"儿子，对不起。"高旭东说，"差点又让你白跑一趟。"

"怎么会呢。"高原奔向爸爸，"我这次可是满载而归。"

高旭东疑惑，上下打量着儿子，看不出他的"满载"在何处。

高原大笑，宣布："我要考军校。"

"好呀，我支持，你说说，想上哪所军校？"高旭东问。

"二炮工程大学。"他信心满满。

"好，好，我代表二炮全体官兵欢迎你。"

高旭东乐呵呵地注视着几乎和自己个头一样高的儿子。

高原急切地回到学校一查，果真有第二炮兵工程大学的招生信息。

128

赵立志在填报志愿之前，最艰难的就是预估自己的英语分数。他对着已经公布的答案对了一晚上，仍是心里不托底，隔了一夜，第二天早上又对。

大家以为他考砸了，也不敢催，就耐心等着。没想到赵立志说出他预估的分数竟然是 90 分——满分 120 分的卷子他得 90 分。这远远高于他之前每次月考的英语成绩，也大大地超出了大家的预料。

胡迈替他高兴，大喊说："单为这个就该请客庆祝。"

"哪有时间庆祝。"田雨格催促说，"赶紧先填志愿。"

班里同学都已经填完了志愿，只剩下赵立志一人。

老魏一直在办公室等着赵立志，一听说赵立志的英语预估了90分，他激动得差点从椅子上跳起来，嘴里念叨着："这就好办，这就好办。"

老魏知道赵立志要报考军校，可是如果他英语过不了60分，就算总分过了录取线，在面试的时候也极可能因英语这个短板被刷下来。

现在有了90分这个成绩，赵立志就等于补齐了自己的短板，不但考上军校十拿九稳，而且还可以挑。

老魏建议赵立志报考国防科技大学或者军医大学，那些都是军校里的佼佼者，若考上了将来必有所成。但赵立志一看往年的录取分数线就打起退堂鼓。

高原和田雨格建议他报考大城市的军校，能见世面不说，机会也多，但赵立志看着不多的几所大城市的军校，全省招生数都只三五个，稍有竞争者就会有变数。

赵立志把招生信息看了一遍又一遍，最后决定报考边疆的一所陆军学校，不论比照往年录取分数线还是今年的招生数量，他觉得被录取都不成问题。老魏苦劝他，在这人生的关键时刻应该就高不就低，现在选择什么样的学校和专业，大概率决定了一生怎么过。

老魏说，军校都是提前录取，就算万一不被录取，还可以正常报考其他学校。

赵立志坦言相告，对于别人，错过了军校还有第二次机会，但对于他只有唯一的一次。

他必须考上军校，不能有任何的万一，他若考不上军校去了地方大学，就等于断送了弟弟赵有志上大学的机会。

他不可能让自己的选择存在一丝一毫的不确定性，他担不起那样的风险，因为这种选择的赌注是弟弟的命运。

他只要考上任何一所军校，就是全家的胜利。

老魏掂出了赵立志肩上的千斤重担，也不再苦劝。

"事在人为。"老魏拍着赵立志的肩膀，"哪所军校都能出将军。"

胡迈说："老师说得没错，老赵将来肯定能干成将军。"

老魏又拍拍高原："我希望你们都成为国家和军队的栋梁之材。"

"魏老师，还有我呢。"田雨格因老魏没提她而表达抗议。

"还有我。"胡迈也举手。

"你们都一样。"老魏意味深长地说，"虽然每个人今天选择的道路不一样，但是不管在哪里，你们的努力都应该是一样的，奋斗的决心也应该一样。因为改革，你们来到了六中，你们的到来又引发六中的改革，你们是六中与众不同却又具有代表性的一届学生，我希望你们每个人都是一面旗帜，在自己的人生里迎风招展，也为以后的六中学子做榜样。"

高原郑重地对老魏说："老师，您的话我们都记住了。"

老魏点头，对大家说："你们的努力六中也都记得。"

田雨格哭了，她抱着老魏的胳膊说："老师，我们爱您。"

"我——也爱你们。"从来不苟言笑的老魏也动了情，眼里溢满泪水。

老魏仰起头，睁大眼睛，尽力不让泪水在学生们面前落下来。

129

八月初，田雨格收到了来自北京的录取通知书。

几天后，高原收到了二炮工程大学的录取通知书。

那之后，赵立志几乎天天往邮局跑，但他的录取通知书却毫无消息。

胡迈最先替赵立志着急，去邮局让人查是不是弄丢了，人家说不可能丢，他不信，要自己查，邮件被翻得乱七八糟也毫无结果。

他一边唉声叹气，一边老老实实把邮包邮件归置整齐。

胡迈从邮局回来后悄悄问高原，赵立志会不会没被录取？

高原只觉得不大可能，却又说不准，只能在忐忑中沉默不语。

他们谁也不敢再在赵立志面前提录取通知书的事，都小心翼翼却又焦躁不安地陪赵立志等待着，也不清楚等来的会是录取通知书，还是未被录取的坏消息。

他们第一次体会到了度日如年的滋味。

当赵有志签收了邮递员送来的"中国人民解放军陆军边海防学院录取通知书"时，大喊着朝家里跑去。

那一刻，他的喜悦丝毫不亚于哥哥赵立志。

赵大鹏把录取通知书看了再看，看了正面又看反面，就像鉴别百元大钞的真假一样认真。在赵立志和赵有志的欢乐笑声里，赵大鹏却流下了泪水。赵大鹏说赵立志圆了他的梦，还说赵立志也圆了赵有志的梦。

赵立志倒没想那么多，心儿早已飞到了那所边疆的军校。

开学之前，高原他们几人又相聚到了人民公园的雪松下。

高原说起和胡迈在人民公园的第一次相遇。赵立志回忆起胡迈在教导团的时候冒着受处分的风险翻墙出去给他买运动鞋。田雨格也说，那次胡迈慌里慌张踢坏了她的机器人，要不是高原解围，她绝不可能让胡迈脱身。

胡迈一言不发听大家说着与他有关的往事，待大家说完了，他才语气沉重地说:"你们都走了,剩下我一个人怎么办?"

大家的情绪被胡迈感染,也都陷入沉默。

许久,高原才说:"我们在军营等你。"

赵立志也说:"对,你今年底还可以报名参军,到时候你到哪个部队,我和高原毕业后力争到哪个部队找你会合。"

田雨格擦干刚才悄然涌出的泪水,问赵立志:"你们都在部队会合了,我怎么办?"

高原说:"部队建设离不开高科技,你把你的机器人研究到世界领先,我们必定也能会合。"

田雨格信心满满:"没问题,这个我能做到。"

胡迈也振奋起来,对众人说:"一言为定,我先到部队等你们,咱们定个四年之约,四年之后我们再相聚。"

晚风徐徐吹来,吹皱了湖水,也吹得雪松轻轻摇曳。

高原指着雪松说:"你们看,雪松在点头,同意了我们的约定。"

"我们一定要记得今日之约。"

"相聚军营。"

"四年后见。"

四双手紧紧叠在一起,感应着彼此热血的温度和心的真诚。

130 冬天,胡迈如愿参军入伍,成为新疆军区的一名列兵。胡迈随同批的新兵坐火车一路西行。听到广播播报赵立志上的军校所在的城市站名时,胡迈立马兴奋起来。

他打开车窗,伸头到窗外,想看到赵立志,也想看到赵立志所在的军校。

火车又一次启动，胡迈什么都没有看到。落座后，他依旧激动难耐，又给同行的新兵们讲起这座城市里有一所陆军军校，军校里有他最好的同学和朋友。

他告诉新战友说，他的好朋友三年半之后就会从军校毕业，那时候就是一杠两星的中尉。

新战友们都惊讶胡迈还有那么优秀的朋友，投来艳羡的目光，也询问他的朋友当年怎样考的军校，毕业之后又会分到哪里，等等。

胡迈热心地回答他知道的一个又一个问题，也探讨性地猜测他不知道的。

火车在他们热烈的讨论中向着西北前行。

伴随胡迈回答完新战友所有的问题，赵立志上的军校所在的城市也完全消失在他的视野里。

那一刻，他觉得距离赵立志那么近，却又那么远。

胡迈决定给赵立志写一封关于葛青松连长的信。

同一时间，赵立志奔跑在被积雪覆盖的军校操场上。

他一圈又一圈地奔跑，全然忘记了疲劳，脚下的积雪被踩化，在跑道上留下了一串深深的脚印。

他汗流浃背，一边跑着，一边甩掉外套。这个时候，他的脸上不光有汗水，也有泪水。在他甩掉衣服的地方，放着一封拆开的信。

信是高原写给赵立志的，来操场之前他刚刚收到。

胡迈趴在行李包上一笔一画给赵立志写着信。

"老赵：你好，告诉你一个喜讯，我参军了。"

…………

胡迈继续写——

"有一个关于葛青松连长的不幸消息，我觉得应该告诉你……"

赵立志疲惫至极，实在跑不动了，仍旧拖着沉重的步子在操场上蹒跚前行，脚下已经踩出泥水，头上冒着热汗，脸上泪水和汗水混合在一起。

他瘫倒在甩掉衣服的地方，又一次拿起了信封，取出信纸，看着高原信里的内容心如刀绞——葛青松连长三年前就牺牲了。

胡迈的信再也写不下去，泪水一滴滴掉在信纸上。

信纸被打湿的地方，黑色的字迹逐渐模糊，但尚可辨认——葛青松连长牺牲了。

这是一个只有赵立志被蒙在鼓里的秘密。

三年前，六中高一新生军训结束后不久，葛青松连长就主动请缨调去边疆作战部队。

从城市郊区教导团的连长到边疆作战部队的连长，很多人不理解葛青松连长为什么会如此选择。

很多年后，高原理解，赵立志和胡迈以及秋帆也理解，葛青松连长用行动践行了他无数次说到的家国责任。

那年夏天，葛青松连长带队到边境巡逻，突遇大暴雨过后的洪灾。看见还未脱险的群众，他多次往返救助，群众脱险，他却不幸被洪水冲走，再也没能回来。

葛青松连长践行了自己的诺言。

葛青松连长成了葛青松烈士。

那年，高原和胡迈打算约赵立志重回教导团，打电话过去时，从张震排长那里得知这一噩耗。

高原和胡迈知道葛青松连长在赵立志心中的分量，怕对他打击太大，就约定不告诉赵立志，这一瞒就是三年。

三年后，他们都决定将这个不幸的消息告诉已经考上军校的赵立志。

赵立志回到宿舍翻箱倒柜。

他从一摞厚厚的信件和书籍中找到一张旧照片。

照片是他和葛青松连长的合影——那时候，葛青松连长的脸上洋溢着灿烂的笑容，青春帅气，英姿勃发，目光炯炯地望向前方，就好像在无穷的远方和无尽的未来有他值得奋斗一生的伟大事业。

生涩的赵立志站在他身边，就像一个忠实的粉丝崇拜地拥着偶像。

在他们背后，训练大棚和格斗擂台清晰可见。

照片上的情景历历在目，一切宛如就在昨天。

赵立志从未想过，他和葛青松连长自教导团一别，竟成为生死永别。

131

冬去春来。

桃花开了，柳树绿了。

豫州市的人民公园内，游人渐渐多起来。

有家长推着婴儿车在湖边漫步，有儿童在草地上追逐嬉戏。青年人打篮球、踢足球的居多。老人们则坐在长椅上聊天晒太阳。

湖面上的冰早已化开，上面浮着有各种卡通图案的旅游船。

岸边的雪松依旧傲然挺立，只在有风时才微微摇动枝头，像是在朝着游人们点头示意，也像惦记起久未谋面的远方故人。

在北京的一所大学校园里，田雨格正忙于测试她最新研究的机器人。高大帅气的男同学兴冲冲地跑来，告诉田雨格世界大学生机器人大赛的消息，并邀请田雨格和他组队参赛，却迟迟得不到田雨格的答复。

他不得不留下来旁观田雨格测试新式机器人。

田雨格的机器人迟迟不能进入预定轨道，男同学急切，不待田雨格同意就上手帮助田雨格操作，并告诉田雨格操作时该如何如何，但机器人仍不能进入预定轨道。

田雨格不悦，欲要回自己操作，男同学却只顾自己操作，并没有意识到田雨格的急迫。

田雨格问他："你知道机器人比赛的核心是什么？关键又是什么？"

男生扭头看向田雨格，显然没有遇到过这样的问题，也不知道田雨格莫名其妙地问这稀奇古怪的问题是什么意思。

他答不上来，却又找托词说这个问题没有落到具体的机器人技术问题上，又教导田雨格该怎么提问题。

田雨格不耐烦，明显不乐意听男同学自以为是的高见。

她不由分说拿过机器人，再操作时，机器人成功进入预定轨道。

男同学看得瞠目结舌，不服气地问田雨格："你是怎么做到的，我刚才为什么不行？"

田雨格昂着头，骄傲地说："因为你不知道机器人比赛的核心是什么，也不知道关键是什么，所以你当然不行。"

田雨格收起她的机器人欲走，男同学却急急忙忙从后面追上来，拦住她说："田雨格同学，咱们组队的事，你再考虑考虑。"

田雨格当即回复："不用考虑，我从来都是单打独斗。"

她像想起了什么，突然又转了话风："只有极特殊情况才跟别人组队。"

男同学见有转机，急切问："什么是极特殊情况？"

田雨格答：“这个与你无关。”

然后扬长而去。

田雨格回宿舍后，迫不及待地拨高原的电话。

那边通了，却没有人接听，直到挂断。

田雨格不甘心，再次拨过去，却仍是无人接听。

同一时间，二炮工程大学内，高原的手机在内务柜里一次次闷响。

宿舍里空无一人，放眼望去，里面有四张上下铺的铁架子床，每个铺上都铺着洁白的床单，床单上放着叠得豆腐块一样的被子，被子上面放着军帽。靠窗的位置有一张黄颜色的桌子，桌子上面整齐地摆着八只刷牙缸子，缸子把都统一朝向一边，连里面的牙刷、牙膏也整齐划一，就像一队纪律严明的士兵。

高原正和同学们在导弹训练大棚里苦练操作。

他们的身后有“禁止携带手机”的明显标识。

教员在上面讲解完知识点后问学员们：“大家听明白没有？”

学员们大声回答：“报告，听明白了。”

教员脸上露出满意之情，命令说：“下面，我们进行分组练习。”

他随即下命令：“第一组。”

一队学员闻令而动，起身答“到”。

他们得到教员的具体任务分工后，出列跑向模拟导弹操作系统。

高原站在队伍的第一个，也是模拟训练的一号操作手。

学员们经过紧张的检测之后，依次回答“四号手准备完毕，三号手准备完毕，二号手准备完毕。”

所有的目光都聚向高原，他也大声答复：“一号手准备完毕。”

随着教员下达"发射"口令,高原倒数完十个数,摁下了红色的发射按钮。

一系列指示灯闪烁之后,第一组学员模拟操作的各项指标和参数都是优秀,学员们忍不住大声欢呼和庆祝。

阳光穿过玻璃照着高原,他的面庞在阳光里洋溢着成功的喜悦。

高原返回宿舍时,收到赵立志的来信。

"高原,你好,关于葛青松连长牺牲一事的来信收悉……"

此刻,在西北边疆的陆军学校,赵立志正在参加学员队之间的模拟夺取阵地演练。

他扛着"模拟一连"的红旗冲在上山队伍的最前面。

赵立志一会儿单手攀爬崎岖的山路,一会儿提醒身后的战友注意安全,领先一段后,又转过身去,大喊着"一连的战友加油"。

他把红旗高高举起,他的位置就是一连的位置,其他连的扛旗者拼力追他却追不上。

一连落在后面的学员看到一连红旗的位置后也有了动力,咬紧牙关向山上冲去。

赵立志最先把"模拟一连"的红旗插在山顶上,一连的学员齐聚在红旗下,满是汗水的脸上闪耀着胜利的荣光。

任务总结会上,赵立志站在了前台,胸戴大红花,笑容满面。

那一刻,在陆军学校西北更向北的边疆哨所,胡迈的胸前也戴着大红花。胡迈所在边防哨所的荣誉榜上,分门别类列着士兵的成绩,有军事训练、内务卫生、执勤守纪、政治学习等,每一栏后面都有胡迈洋溢着自信笑脸的照片,有的排在第一位,有的排在第二位,那就像是他一个人的光荣榜。

几个月后，荣誉榜上贴出一纸公示。

胡迈因表现优秀被部队推荐就读士官学校。

132

2022 年 9 月，高原和田雨格从导弹旅回豫州。

他们刚走出豫州机场，高原就接到一个电话，对方似乎是问他在哪里会合，也问是不是要接。高原语气坚定地说不用接，并告知对方在老地方见。田雨格问他谁的电话，他神秘一笑，说暂时保密，一会儿就知道。

电话又响，田雨格直说他是大忙人，接起来一听，竟是老魏。

老魏已是六中校长，为延续六中优良传统，邀请杰出校友给毕业班学生作报告。这次，他们几个 2001 级的学生代表被老魏点了将。

这会儿，老魏等不及，催问高原他们到了什么地方，问需不需要接。

高原告知不用接，说他们聚齐了一起到学校向魏老师报到。

挂完电话，高原又忆起他们毕业那年六中校友来作报告的场景。他清晰地记得那条"参军吧，兄弟"的巨大横幅，也记得他们围着主讲人询问怎么参军、怎么考军校的热烈和急迫。转瞬即逝的时光让高原唏嘘不已。

"你还不知道吧？"田雨格对高原说，"六中现在的变化可大了。"

高原好奇："怎么个变化大？"

田雨格告诉他："咱们毕业没几年，六中就成了全省中学生军事训练示范学校，老魏当校长后，又把升学率提升一大截，现在已是省重点。"

高原啧啧赞叹："老魏厉害呀，想当年，六中可是全豫州的老末。"

田雨格也说："一直以为老魏是个好老师，没想到更是好校长。"

两人正说着话，车就驶进了豫州市区。

司机问高原到哪里停车，高原说人民公园。

田雨格疑惑地问："咱不直接到学校？"

高原说："有几个老熟人在人民公园等你呢。"

话刚说完，车子已经到了人民公园门口，田雨格隔窗就已看见赵立志和胡迈。彼此虽然已经好几年没见，但依旧像是昨天才刚刚分别。他们相见之后激动得又是握手又是拥抱，仿佛有一肚子的问题要问，却又不知先问哪一个。

"走吧，旧情回头再叙。"高原催促大家，"还有人等着咱们呢。"

"谁等咱们？"胡迈问。

"咱—— 这不是人都齐了吗？"赵立志也疑惑地问。

田雨格同样费解地望向高原。高原已经带头走进了公园。他看见了雪松下的人，雪松下的人也看到了他，他们彼此大幅度地挥着手。

这时候，田雨格惊讶地大喊："秋帆！"又半信半疑，扭过头来找高原确认，"那个是不是秋帆？"

高原回头说："当然是秋帆，他都等了咱们好一阵子。"又戏谑地问众人，"你们要不要见他？要不想见，咱们现在就掉头离开。"

这时候，大家已等不及听高原说完话，一边大喊着秋帆的名字，一边跑向这个仿佛从人间消失了近二十年的故人。秋帆也向他们奔来，他们相遇后兴奋地拥抱在一起，又彼此打量着对方。赵立志抱着秋帆啧啧称赞："这么多年过去了，一点没变，还是这么斯文。"

胡迈沉浸在激动中："老秋呀老秋——"

还没等胡迈尽情表达，就被田雨格抢了先，她问秋帆："先老实交代，你现在是中国人还是外国人？"

胡迈看看田雨格，又看看秋帆，瞪大眼睛问："你——入了外国籍？"

"我怎么可能改国籍。"秋帆赶紧摇手，又拍着胸脯说，"我秋帆可是堂堂正正的中国人。"

胡迈激动地说："中国人就好，来，抱一个。"

秋帆回国不久，现在是一家军工企业的高级工程师。

赵立志闻此，兴奋地说："那咱们还是一家呀。"

胡迈也说："一个军工，一个军队，一家人不说两家话。"

秋帆点头认可："对，咱们都是为实现强军目标服务的人。"

田雨格举手："哎哎哎，这个强军目标不光是你们的，也有我一份。"

赵立志疑惑地问她："你的智能机器人跟我们的强军目标有关系？"

高原说："这个我可以做证，田雨格同学已经参与其中。"

胡迈问："参与你们火箭军武器改造了吗？哪一部分？"

高原嬉笑着说："这个嘛——保密。"

田雨格也得意地说："就是，不能让你知道——保密。"

他们说话的工夫，已经走到了雪松下。

十八年倥偬一梦间。

人民公园也尽显时间之河奔涌向前的痕迹——雪松前面的道路从以前的水泥路变成了五颜六色的瓷砖，中心湖的四周多了大理石材质的雕花围栏，远处的假山变化最大，顶上不但遍布绿植，最中间还建起了一座琉璃瓦的亭子。唯独雪松仍旧挺拔如初地耸立在那里。

田雨格问大家："我们在树下许下过自己的愿望，都还记得吗？"

大家点头，却都不语，似乎心儿早已迫不及待回到了过去。

"我们照个相吧。"高原提议。

赵立志和胡迈爬上了树枝，他们的身手还像当年一样矫健。

秋帆站在另一侧的树枝下，伸手拉着头顶的树枝，把他本来就修长的身材拉得更显细长。

田雨格倚着雪松树干而立。

高原站在田雨格一侧，把所有人都收进了取景框，伸出"V"字形手势刚带头喊出"茄子"，却来了电话。高原不得不中断拍照。

电话是老魏打来的，又催问几人何时到学校。

高原看看表，回复老魏说："魏老师，我们两点半准时到。"

挂了电话，他问众人："从这儿步行到学校——十来分钟没问题吧？"

大家脸上露出难色，田雨格难色最重，皱眉说："在我的印象里，从这儿回学校的路不算近，怎么也得二十分钟吧？"

高原疑惑："有这么远吗？"

赵立志笑说："如果我没记错，当年我从人民公园跑回学校最快一次用时十一分钟。"

高原恍然大悟："天哪，那是我记错了，时间紧迫，咱们赶紧照相，看来得跑去学校。"

"那就赶紧吧。"赵立志催。

胡迈正色说："若再被魏老师抓了迟到，就羞得进不了校门了。"

众人被胡迈逗乐，想笑，却都在镜头前尽力憋着。

"大家跟我一起喊。"高原急切地说，"茄——子。"

众人也齐声喊："茄子。"

高原刚一按下拍照键，赵立志和胡迈就问："完事没？"

刚等到高原肯定的答复，他们就从树上跳了下来，抢先一步朝学校跑去。秋帆不甘落在后面，也紧追而去。高原一手攥着手机，一手拉住田雨格，奋力去追。他们跑出公园、穿过马路，一会儿赵立志和胡迈在前面，一会儿他们又被其他人超越。他们不服气，就又紧追上去。

几人气喘吁吁地在六中校门口站定时，高原看表，神采飞扬地对大家说："我宣布，此刻是北京时间下午两点二十八分。"

秋帆和田雨格累得双手掐腰，想说什么，却只顾得上大口喘气。

赵立志倒显轻松，面带惊讶地说："不错呀，大家英勇不减当年，够快的，不光没迟到，还富余出两分钟。"

胡迈也长出了口气，拍拍胸口，像是把跳到嗓子眼的担心又拍了进去，如释重负地说："没迟到就好，我还真怕被魏老师揪住罚站。"

"此时不同往日。"田雨格对胡迈说，"你现在可是解放军。"

胡迈严肃起来，郑重地说："不论何时何地，我永远是六中的学生。"

赵立志也说："对，我们永远是豫州六中2001级二班的一员。"

"对，永不改变。"秋帆的眸子里分明含着泪水。

"你们说的我都同意。"田雨格也大声宣布。

"走，咱们回家。"高原率先朝着学校走去。

"回家。"大家紧跟其后。

他们迈着坚定步伐的身姿像是二十一年前的情景重现。

那时候，他们刚从教导团军训归来，也是这般走进六中的校园。